法佑苍生

仇红学 著

群众出版社
中国人民公安大学出版社

图书在版编目（CIP）数据
法佑苍生 / 仇红学著. —北京：群众出版社，2017. 4
ISBN 978 - 7 - 5014 - 5675 - 8
Ⅰ. ①法…　Ⅱ. ①仇…　Ⅲ. ①纪实文学—中国—当代　Ⅳ. ①I25
中国版本图书馆 CIP 数据核字（2017）第 075719 号

法佑苍生　仇红学　著

出版发行：群众出版社
地　　址：北京市丰台区方庄芳星园三区十五号楼
邮政编码：100078
经　　销：新华书店
印　　刷：三河市书文印刷有限公司
版　　次：2017 年 6 月第 1 版
印　　次：2017 年 6 月第 1 次
印　　张：7.625
开　　本：880 毫米 ×1230 毫米　1/32
字　　数：214 千字
书　　号：ISBN 978 - 7 - 5014 - 5675 - 8
定　　价：48. 00 元
网　　址：www. qzcbs. com
电子邮箱：843195700@ qq. com
营销中心电话：010 - 83903254
读者服务部电话（门市）：010 - 83903257
警官读者俱乐部电话（网购、邮购）：010 - 83903253
文艺分社电话：010 - 83901730　　010 - 83903973

目　录

赴任 A 市

（一）

在我这一生中，三十二岁、三十五岁是两个重要的节点。

三十二岁，我登上了副处这个阶梯，任黄龙市委政策研究室副主任。有人说："你向志远发了早苗。"

似乎也不属于"早苗"。一来在那个时代，在其他地市，和我同期毕业的同学中，三十岁上下甚至二十八九提了副处的大有人在。二来当年的我血气方刚，满腹经纶，志存高远，早早就向副处这个标线发起了冲锋。三十二岁才实现人生第一个目标，对于我来说稍许有些遗憾，何谈"早苗"？

但在黄龙这个内陆城市，在这个农业产值比重较大的城市，干部年龄普遍老化，年轻干部升职的机会与概率很小。能在三十二岁踏上副处这个层级，决定了以后发展的空间和人生的高度。

三十二岁，正是人生的正午，十一二点钟的太阳。这太阳似火，熊熊地燃烧着，毫不吝啬自身的能量，把灼热的光焰奉献给他人，奉献给社会，奉献给人类。

哲学家说，人生就是选择，选择决定命运。三十五岁那年，我的人生走到了又一个十字路口，面临着又一次重要的选择。是继续留在机关发展，还是抓住机遇到基层任职，投入到火热的实践一线，经受一场风雨人生的洗礼？

平心而论，留在机关发展的空间更大，升职的机会更多，提拔的几率更高。而且从我的经历和性格来看，在机关工作似乎更适合我。我理论功底深厚，工作思路清晰，语言文字过硬，各种材料驾轻就熟，是市委机关公认的一支笔，深受领导的赏识和同事的公认。命运垂青于勤奋的学子。在我面前，是一张绚丽的红地毯，只需要认真、踏实地走下去，便会收获天边五彩斑斓的云霞。但机关工作的程序化有余、挑战性不足，似乎不是我喜欢的生活。学习、传达、发文、开会、检查、通报，一切都是在走程序，在走过场……一个接一个的会议，一个接一个的发文，以会议贯彻会议，以文件贯彻文件……

这么多年，在机关，你就像一架没有思想、没有生命、没有感情的机器一样运转着，消耗着。没有春夏秋冬，没有喜怒哀乐，没有七情六欲，没有风花雪月，没有日月星辰。偶尔到基层检查工作，接触到人生的一个角，触碰到生活的火花，但那是别人创造的人生，那是别人擦亮的火花。作为上级领导，你只能给予热情的肯定、高度的评价、积极的推广，充其量是隔岸观火，水中望月，你能创造什么？真正属于你自己独特的价值又在哪里？夜深人静，掩卷沉思，你会有一种隐隐的失落感、落寞感。

第二种选择就是下基层。中国官场文化讲究宁当鸡头、不当凤尾。到基层任职固然风光无限，可以一展抱负，实现人生价值，但月宫常寂寞，高处不胜寒，风险常相伴。鸡头是一种高风险行业。鸡头有鲜红的鸡冠招摇过市，不只好看，而且好吃，被砍下来当作美味佳肴的可能性更大。亲朋好友提示，身边典型案例警示：×××下去当了一把手，没两年就被手下告了，背了党纪处分滚回来了；×××下去当了副县长，处理群众上访事件把握不到位，被撤职查办了；×××下去当了公安局局长，位高权重，风光一时，结果辖区一洗脚屋发生火灾，死伤十几人，背了处分……一桩桩、一件件、一幕幕似乎都在昭示着：风险为大，不要冒失；一日失足，终生为憾。

夜阑人静，月白风清，辗转反侧，苦思冥想，反复比较，苦于抉择……

这是一个思想激烈交锋的过程，是一个痛苦选择的过程。好在雨过天晴，柳暗花明。经过一段时间的斗争，我还是下定了决心：到基层去！到一线去！到暴风雨中体验一把人生！在大风大浪中，像雄鹰一样搏击一次长空！

（二）

时不我待。难得的五年一次县（市）党政班子换届工作启动了。

由于自身优势，加之我已是副处，到县里任职属于平调，难度不是太大。我向黄龙市委分管组织工作的领导表明了下去锻炼的请求和态度，得到了领导的肯定答复。

2002 年 2 月 21 日，黄龙市委召开常委会议，研究任命了一批干部，决定任命向志远任 A 市（黄龙市下属的县级市）市委常委、政法委书记。

2 月 28 日，黄龙市委组织部刘副部长与新任职 A 市的几名副县级干部谈话。他说：这次 A 市市委班子调整的面比较大，增加了几名常委。这是A市市委班子建设的一个变化，也是你们个人成长历史上的一次变化。希望去了以后，要进一步加强自身建设，维护班子的团结，维护班长的权威；要尽快熟悉环境，熟悉工作，尽快进入角色，缩短适应期；要不辜负市委对你们的期望和重托，把工作搞好。几位新任职的同志一致表示：珍惜这次机遇，干好工作，不辜负市委领导的嘱托。

3月8日，我赴A市报到就职。到A市宣布任命的有市委组织部刘副部长、干部科卫科长。A市四大班子正副职领导都参加了宣布任命会议。

在欢迎会上，我和其他三名新任命的同志都亮了相，表了态。我发言如下："根据黄龙市委的安排，我到A市任市委常委、政法委书记。这既是组织对我的信任，也是一种责任。A市是个好地方，各项工作在全市名列前茅。尤其是近两三年来在焦书记、黄市长的带领下，A市经济发展，社会稳定，政通人和，各项事业蒸蒸日上。能到A市工作，向A市人民学习，向A市干部群众学习，是一种幸运，也是一种缘分。我决心在市委及四大班子的带领下，协助谢副书记抓好政法工作，确保社会稳定，为A市经济发展保驾护航。

"我具体讲三点，也算是对自己约法三章。一、摆正位置。作为班子成员，我一定从大局出发，正确处理集体和个人、班子和个人、班长和成员的关系，把政法工作置于党委的坚强领导之下，坚决维护党委的领导核心，坚决维护班子的领导权威，坚决维护班长和一把手的权威。二、干好工作。黄龙市政法工作会议已经召开，各项工作千头万绪。我一定深入调查研究，尽快熟悉情况，尽快进入角色，把工作干好，不辜负市委的重托。三、廉洁自律。抓政法队伍先从"四长"抓起，抓"四长"先从自身抓起。作为一名基层政法委书记，我一定认真遵守党员领导干部廉洁自律的规定，要求别人做到的，自己首先做到，要求别人不做的，自己首先不做，树立良好形象。

“以后很长一段时间，我们就要在一起共同工作、生活、战斗了。衷心希望各位领导和同志们对我多指导、多批评、多帮助、多支持。衷心感谢今天为我们宣布任命的刘副部长、卫科长，衷心感谢参加会议的 A 市四大班子各位领导！”

第一仗

（一）

到 A 市后，我参加的第一次市委常委会议竟是专题研究城建和产业结构调整。这对于我这个从事了十多年法律工作的专业人员来说，充满了新鲜感和诱惑力，能够走到经济工作第一线，贴近经济，贴近民生，是我多年来求之不得的愿望。我在内心默默念叨：看来，下基层这条路是走对了。

3 月 15 日。市委二楼会议室。市委常委会。

主持人：焦×× 市委书记

参加人：黄×× 市委副书记、市长

谢×× 市委副书记

丁×× 市委常委、组织部长

薛××　市委常委、纪检委书记

向志远　市委常委、政法委书记

吴××　市委常委、宣传部长

乔××　市委常委、常务副市长

关××　市委常委、武装部长

列席人：陈××　人大常委会主任

阮××　政协主席

王××　法院院长

赵××　检察院检察长

陈刚　公安局局长

王××　城建局局长

李××　土地局局长

蒋××　环保局局长

曹××　农业局局长

赵××　发改局局长

议程：一、听取东环路拓宽改造工程汇报。

二、听取松林寺广场拆迁情况汇报。

三、听取五大产业基地（芦荟、干鲜果、牧草、畜禽水产、农副产品加工）实施意见的汇报。

会议开了整整一上午，12点30分才结束。会议议定：为了加快松林寺广场扩展进度，尽早启动拆迁工作，为松林寺创建“4A级”景区创造良好环境，成立松林寺广场拆迁工程指挥部。

焦书记在总结讲话中要求各位常委、副市长各负其责，认真抓好会议议定的各项重点工程的实施，市委将定期检查并向全市人民通报各项工程的进展情况。根据各位常委的分工和工作需要，每项重点工程由一至两名常委和副市长负责日常工作。会议决定，由我和袁副市长负责松林寺广场的拆迁工作。

（二）

说到A市的城市建设，A市市民是自豪的，市民发自心底地喜欢、热爱这座城市，省里其他县市的干部、市民也对它充满了仰慕、敬佩之情。A市城区面积不是很大，却精细管理，苦心经营，街上的建筑各具特色，色彩各异；加之多年来种植的法国梧桐树浓荫蔽日，树冠相接，形成了一条天然的林荫大道，犹如走进一座原始森林一般，A市当属受之无愧的生态园林城市和森林城市。虽位居北方黄土高原，却具有江南城市的韵味，令外地游客流连忘返，啧啧称赞，心中留下难忘的美好记忆。A市还是全省仅有的县级中国优秀旅游城市，既有古寺、雅苑、名楼等历史文化遗产，也有大山、大水、名川等自然山水风光，是难得的休闲观光旅游胜地。每年吸引国内近百万游客前来观光旅游，对拉动当地消费、提升城市影响力起到了不小的作用。省委领导对A市的工作也经常给予高度评价，下乡调研、开现场会时常把A市作为首选之地。我有一次在省委党校学习时，就听授课老师讲到A市的产业结构，说在全省来看县域经济，A市的产业结构是个典范，三产结构合理：一产有华贸、红光、黄河油脂等一批农业产业化龙头企业来领航，二产有华光集团、机车厂、电线厂、胶管厂等一大批国有大中型企业作支撑，三产有松林寺、桃花岛、龙虎山、古渡口等精品景区为代表。一、二、三产业各有特色，各有千秋，互相配合，共同发展。这样的产业格局是合理的，必将促进一方经济、社会的发展与繁荣。

来到这样一个各项工作都处于先进行列的城市，担负执政一方、造福一方、稳定一方的责任，我除了感到油然而生的自豪和光荣，更感到一份沉重的责任。

责任重于泰山啊！我决心不负领导重托，尽快进入工作角色，以松林寺广场拆迁为突破口，打好第一仗，由此打开工作新局面。

3 月 27 日，我和拆迁指挥部几名领导和成员单位负责人到松林寺现场办公。参加的人员有：主持桥坪镇党委工作的镇长李 × ×、（乡镇党委书记暂时空缺）、镇人大主席郭 × ×、松林寺所在地松林村党支部书记秦 × ×、村委会主任李 × ×，各居民组组长及群众代表五十余人。会场设在松林寺一个闲置的仓库里。群众代表有的自带马扎坐着，有的在地上铺一张旧报纸坐着，有的弯腰蹲着，有的七扭八歪地站着，仓库本来就是一个破败、衰落的简陋面目，现在迎来一群衣着不整、自由散漫的群众，操着山南海北的口音，烟雾弥漫，混合着难闻的汗气味、脚臭味和偶然的响屁味，俨然一个刚开张的农村集贸市场，五颜六色，俱味杂陈，鸡飞狗跳，好一副活色生香的市井图。

"大家安静了，大家安静了。"领导在临时搭起的桌子后落座，镇长李 × ×就敲了敲麦克风，开始主持会议，"现在开会了。"

按照事先安排的议程，先由群众代表发表意见。

代表甲是一位留着一绺山羊胡子、衣冠不整的高个子老年人。他猛地站起来，操着和他年龄不相仿的声调喊道："人常说靠山吃山，靠水吃水。松林寺建在我们村地盘上，本来该为我们村老百姓造福，可这么多年，村里人不仅没有沾光，还跟着遭祸害。松林寺扩建一次，逼我们老百姓搬迁一次。我们的宅基和房产是老祖宗遗留给我们的，祖祖辈辈在这居住了十几代，凭什么像赶羊群一样把我们赶走！你们干部还讲不讲诚信？讲不讲法律？"老者一激动，山羊胡子抖动着，唾沫星子四溅，在强烈的太阳光线下看得很清楚。

会场一阵骚动，群众跟随老人发泄着愤怒的情绪："是呀，你们政府干部还让不让人活！是要把人往死路上逼……"

代表乙站起来发言。她是一位穿花棉衣、头上裹一条绿色头巾的中年妇女。憋着涨红的脸，她像机关枪一样说道："我是二队的。我家七口人，上有公婆七八十岁，下有三个儿女正在成人，家庭负担本来就重，没有正当营生收入。就因老先人把我们生在松林寺边，让我们跟着倒了八辈子霉。前几年拆迁，让我们搬迁到现在这个地方，政府说得天花乱坠，说是为了松林寺的发展，要把松林寺门前的路打开。我们响应政府号召，舍小家为大家，搬了，一平方米房屋只补了五百二十元，为建新房我们每家都欠账十几万。没过几年消停日子，这次政府又拿创建4A级旅游景区说事，说是要扩建寺前广场，又要我们迁一次。这不是要我们老百姓的命吗？其他家情况我不管，我家的窟窿实在太大了，实在迁不动了；再迁就要出人命了……"

人群中又是一阵骚动，像海面上掀起的风浪，像天空响起的炸雷。场面有些失控。

镇长李××手持话筒高喊："安静了，安静了！保持会场秩序！发言一个一个地来……"

代表丙从李××手里抢过话筒："说起补偿标准，我村群众气不打一处来。一平方米五百二十块钱！这是哪家的标准？是省里的？还是市里的？还是县里的？共产党的政策是好的，却让你们县里、乡里的干部把经念歪了。省人民政府29号文件明文规定，拆迁要充分保护人民群众利益，补偿标准不低于当地人均收入的三倍。按这个标准，一平方米应该是七八百元，而A市执行的是每平方米五百二十元。国家补偿老百姓的拆迁安置费都被你们这些贪官截留了，私分了，老百姓成了冤大头。我们比窦娥还冤呀……"

群众跟着起哄，下面一片喊冤声。

代表丁："政府不还群众一个明白，我们死也不迁。"

代表戊："我们摆好了棺材！政府要强拆，我们拼死相争！"

会场一片喧哗，群情激奋，乱成了一锅粥。

作为主政一方的乡镇长，李××被这种混乱的场面震住了，脸冒虚汗，呼吸急促，一副惊慌失措、无法收拾残局的尴尬样子。他把求助的眼神转向我："向书记，你看这……"

我镇静地劝说："不要紧，莫要慌！让群众诉诉苦、发发牢骚是好事。"为了疏导群众情绪、稳定会场秩序，我建议宣布休会二十分钟，给群众以上厕所缓冲的时间。

李××一宣布休会，会场像炸了的蜂窝一样，憋了几个小时的人群争先恐后向向厕所和广场分流，一些妇女离厕所还有十几米，就解开了裤带，双手揣着笨重的棉裤腰，红红的裤带搭在脖子上……

（三）

会议再开始时，群众的情绪已平静，会场一片安静，偶尔会有咳嗽声、吐痰声。

我打开话筒，一阵嗡嗡的噪音刺痛了人们的耳膜。稍加调试后，话筒效果正常。我开始讲话："松林村的父老乡亲们，我叫向志远，是市委下派的干部，到A市任市委常委、政法委书记。从报到那天算起，我来这里满打满算只有二十几天，不到一个月。对于大家来说，我是个新兵，是个新手；到A市任职，对我来说完全是一张白纸，没有阅历，没有资历，没有经验，是个"三无"干部。松林村的父老乡亲，你们是我的长辈，是我到A市的第一任老师。今天，我不是来当领导来了，我是怀着诚惶诚恐的心情，来拜师来了。在这里，我这个年少无知的学生给在座的各位老师、各位长辈鞠躬了。

"来之前，市政府的几位局长，如城建、环保、土地等给我介绍了松林寺广场拆迁的基本情况，也反映了大家的情绪，对大家的不满和意见也有所耳闻。今天到了这个会场，给我的感受是震惊，是出乎意料。我有三个没想到。第一个没想到我们松林村的父老乡亲为松林寺的发展乃至A市的城市发展，做出了这么大的牺牲——响应市政府号召两次搬迁，舍小家为大家，舍小业为大业。这种无私奉献的精神感天动地，值得全市人民学习。在此，我代表市委、市政府感谢松林村各位父老乡亲的付出和牺牲。第二次给大家鞠躬了！

“第二个没想到大家对拆迁工作的负面情绪这么大，抵触情绪这么高，可以说是群情激奋，怨声载道，骂声一片。说实在的，坐在主席台上，听着群众的骂声，我这个市委领导、市委新任命的拆迁指挥部总指挥脸发烧，心发烫，心里很不是滋味。能怪我们的群众吗？我们常说，共产党的干部是人民的公仆。我刚才也说了，今天我是拜师来的。哪有公仆责怪主人的道理？哪有学生责怪先生的道理？我今天来之前是洗了耳朵的，叫作洗耳恭听，听取大家对拆迁工作的意见。什么意见都可以提，什么难听的话都可以说，骂娘都可以，但有两点——一是不能骂共产党，二是不能侮辱人格。

“第三个没想到我们松林村位处这么一个风水宝地，发展前景这么远大，发展前景这么美丽。这次拆迁全因松林寺而起。松林寺要创建国家4A级景区，国家旅游局经现场实地评审，认为松林寺周边环境差，寺前广场狭窄，建筑杂乱无章，与松林寺整体环境不相协调，影响游客主观体验和感受。松林寺创建于唐代，是距今一千三百年的皇家寺院，历代香火旺盛，供奉不断，善男信女趋之若鹜，香客居士从者如流，求子求学灵验无比，去病消灾如愿以偿，真乃佛家圣土，风水宝地。我们松林村的父老乡亲有幸沐浴佛家之灵气，占尽松林之地利，世代居住于此，繁衍于此，人丁兴旺，财运亨通。但是，时代在发展，社会在进步，人民要致富。我们不能躺在先人的功劳簿上举步不前，我们不能占有佛堂的地利而不思进取。我们要抢抓机遇，发展自己，让钱袋子鼓起来、腰板硬起来。机遇千载难逢，稍纵即逝。机遇在哪里？对于松林村的老百姓来说，机遇就在当下！机遇就在眼前！机遇就在这里！松林寺创造4A级景区，就是最大的机遇！对于乡镇、村干部来说，帮助老百姓抓住这次机遇，你们就是功臣！失去这一难得的机遇，你们就是历史的罪人！

“我来帮大家算一笔账，看看拆迁合算不合算。拆迁前，除少数十几户是门面房有租金收入外，大部分都是老旧的民房，没有任何商业开发价值。拆迁后，按照市政府的补偿安置方案，除每平方米平均补助五百二十元（这是根据省人民政府文件测算出来的标准，在全省不属最高的，但也不属最低的，我们市里取了个中间水平）外，每户在新开发的仿唐一条街两侧，重新规划一座相同面积的住宅用地。这些新宅基全部位于街面，每家都可以临街建设门面房。我们的口号是，一户一间门面房，千家万户共同奔小康。大家算算，门面房的商业开发价值有多大，比起你们现在居住的破旧民房来，门面房就是聚宝盆，是印钞机。松林村的父老乡亲们啊，你们祖祖辈辈面朝黄土背朝天！从今天开始，你们可以洗净泥腿，走出土地，利用门面房开商铺，开饭店，开旅店，实现从农民到商人的转型，大把票子往手里赚。请问，这样的好事谁愿意拒绝？难道我们松林人天生是在土地劳累、在土里刨食的命？我们松林人也要开工厂，办企业，置商铺，当老板。大家有没有这个自信?"

像一盆水浇进滚烫的油锅里，现场一片沸腾。这沸腾，不是前边开会时的群情激奋，而是熊熊烈火点燃的激情，是对美好生活的希望和憧憬，是立即投入火热生活的跃跃欲试。台下群众的眼睛发亮了，脸上挂满了汗珠和微笑。他们仿佛看到了黎明前一道光辉的曙光……

（四）

松林寺广场拆迁工作终于打开了突破口，群众的思想开始有所转变，对抗情绪慢慢消退，干部开始进家入户，与群众具体商谈补偿事宜。干部进了门，老百姓都笑脸相迎，端茶倒水，再没有开始时闭门谢客、非礼干部的行为。一周后，拆迁工作开始。

重赏之下，必有勇夫。指挥部出台一项政策，先行启动拆迁的前十户，政府奖励每户两千至五千元不等。几户村民打响了第一炮，争先恐后地拆门窗，溜瓦砖，腾房子。

看到这一场面，我和拆迁指挥部的同志暗暗舒了一口气。一个多月来苦口婆心的群众工作终于见到成效了——功夫不负有心人啊！

4 月 18 日，我第十一次来到松林寺拆迁现场。挖掘机舒缓地伸展臂膀，几间民房瞬间倒塌，扬起一股冲天的灰尘……松林寺拆迁取得突破性进展，工程进展加快，完成了百分之六十。拆迁指挥部高度戒备，高效运转，密切关注着工程的进展动态，及时收集反馈来的各种信息，分析研判，制订方案，全力化解。对一些思想仍然抵触、行动迟缓的群众，运用多种办法做耐心细致的思想工作，分化瓦解，以情感人，以理服人。可以说是费尽千辛万苦，说尽千言万语，走遍千家万户，乡镇干部跑断了腿、磨破了嘴，吃尽了苦，使几个难缠户打消顾虑，消除对抗，与政府配合，开始拆迁。

对极个别居心不良、公开与政府对抗的挑头人物，指挥部统一思想，痛下决心，敢于下手，坚决打击。

松林村秦书记、李村村委会主任到指挥部反映，有个村民叫王小五，他家的房屋本来就属于违章建筑，这次也在拆迁范围内。从一开始，王小五就跟政府对抗，不仅自己不拆，还公开说怪话，煽动邻居不拆，并扬言要报复登门做工作的乡村干部。

听到情况报告后，我于 4 月 6 日下午赶到松林寺，立即召开了指挥部工作会议，安排到会的公安局长陈刚着手展开对王小五的调查摸底工作，收集其现实表现及违法犯罪线索，为打击做好准备。

两天后，公安局传来消息，两年前松林派出所接到群众举报，称王小五一天夜晚在镇上一旅店留宿时对一名年轻女服务员有流氓强奸行为，后因女服务员离开旅店回原籍四川，一直杳无音讯，无法取得证据，致使王小五逃过了打击。

警情就是命令。我当即决定，让公安局抽调精兵强将组成专案组，全力侦破此案，以此打击震慑犯罪，为拆迁工作保驾护航。专案民警千辛万苦，千里奔袭，按图索骥。不到一周时间，就在四川省南充地区找到了受害女青年，采集了得力证据，锁定了王小五强奸罪的犯罪事实。公安局长一声令下，犯罪嫌疑人王小五被抓捕归案。

打击犯罪迅如霹雳，让拆迁工作势如破竹。个别犹豫，彷徨，抱等待、观望态度的群众，看到政府坚定的立场和坚决的态度，一夜之间扭转了方向，调转了船头，按照政府的要求开始了自家的拆迁。

（五）

更难忘的战斗在后面。

不到三个月时间，松林村除一户之外，全面完成拆迁工作，工地上已打扫干净，看不见残垣断壁、砖瓦堆积、建筑垃圾如山的场面，听不见挖掘机隆隆的轰鸣声。被拆迁的农户已领取政府的拆迁补助金和过渡房屋安置费。有的投亲靠友，有的自谋生路，在临时租赁、借住的房屋里开始了正常的生产和生活。人们掰着指头算计着，撕着日历念叨着，满怀着对一年后搬进宽敞明亮新住宅和美好前景的向往。同时，群众雪亮的眼睛齐刷刷地盯着村头那唯一未拆迁的建筑——一座单体三层楼房，看政府怎么办！

是的，在一片新拆迁出来、整理好的工地上，在秋高气爽、风和日丽的蓝天下，那幢单体三层仅剩框架的楼房高高地耸立着，像一座碉堡，直插云天。这是在同政府抗争，同拆迁抗争。

这个问题处理不好，政府的形象何在？法律的权威何在？群众的信任何在？弄不好，就会前功尽弃，全盘皆输。群众会认为政府欺软怕硬；前边已拆迁补偿的方案会被推翻，拆迁成果会一风吹尽。

又一次严峻的挑战摆在指挥部面前！

指挥靠前，一线作战。

8 月 12 日夜，指挥部在松林寺管委会办公室召开会议，专题听取、研究最后一个钉子户情况的汇报，吃透情况，制订行之有效的工作方案。

李镇长汇报：这一户户主叫张猛子，原籍河南；后招婿入赘到松林村。全家七口人，上有八十岁的岳父、岳母，中有妻子，下有三个孩子——都未婚娶，全家在一起生活，是个大家庭。第一次拆迁时，他家由原来的住处搬迁到现在村头的位置，利用政府的拆迁补偿金加之多年积蓄，在新规划的宅基上盖起了一座单体三层楼，全家搬进新宅住了两年。这次松林寺广场拆迁，他家又在范围之内，需要二次动迁。考虑到他家人多收入少、二次搬迁的实际情况，在丈量、计算房屋拆迁面积、发放拆迁补偿金时都予以了照顾。张猛子一家也知道享受了优惠政策，比别人家拿到的补偿金多，就和政府签订了拆迁补偿协议，一次性领取拆迁补偿金及过渡房安置补助款共三十万两千一百元。但张出尔反尔，拒不动迁。经过乡镇不下二十余次登门做工作，松林寺管委会主任答应在过去补偿金的基础上再适当予以补偿，又给了张猛子家三万元，张才于8月5日开始拆迁。下门窗，搬家具，腾完房屋，三楼屋顶已掀开了预制板，打开了天窗。这时，张猛子又反悔了，拒不拆迁，还开出天价，要政府再补偿他十万元。这几天，乡镇和松林寺干部轮番上门做工作，都不见效。张猛子安排八十多岁的岳父、岳母住在一楼已扒掉窗户的房间里，冰锅冷灶，破被烂褥，与政府摆开架势对抗，扬言政府要拆，得拿两条人命来换！

公开向政府示威！出尔反尔，诚信何在！敲诈政府，“是可忍，孰不可忍”！指挥部成员个个义愤填膺，拍案而起。但是，义愤代替不了理智，情绪解决不了问题。冷静下来后指挥部决定，再做一次工作，给张猛子最后一次机会。

乡镇干部说，张猛子是倒插门的女婿，在家里支不起杆；他老婆是个母老虎，真正管事的是他老婆。他老婆才是跟政府对抗的幕后人物、房屋柱子，在暗使劲。

那就找他和他老婆一起谈。为了体现政府诚意，也为了达到谈话效果，我决定亲自出面做工作，会一会这个钉子户。

张猛子和他老婆已被叫到松林寺管委会会议室。

苦口婆心的思想工作，昏天黑地的说服教育，摆事实、讲道理，算补偿、给优惠，讲明政策，晓以利害，指明前景，动之以情……直说得口干舌燥，会议室里烟雾缭绕，烟蒂塞满了几个烟灰缸。四个小时过去，时针已指向次日凌晨2时许。屋内灯火通明，挑灯夜战，唇枪舌剑，几个回合；屋外一钩明月，月白风清，寺院幽深，禅更悠远……张猛子水泼不进，软磨硬泡；其妻更是母老虎发威，大吵大闹，死皮泼赖，硬不改口。最后撂下一句狠话：除非再加十万！少一分坚决不干！家里两条人命，何去何从随便！就看你政府怎么办！

思想工作不是万能的，指挥部每个成员都感到深深的无奈。能法外开恩，在法定补偿金和已兑现的优惠政策外再给他十万元吗？不能！坚决不能！这是底线！

给了，一是违反法律和政策！二是群众怎么看，按政策已拆迁到位的拆迁户会怎么看？给了，会导致前功尽弃，让拆迁成果付之一炬。

与张猛子这个钉子户的谈话至此破裂，依法强制执行摆上议事日程！

（六）

8月14日下午。A市法院会议室。强制执行协调会议在这里举行。黄市长、袁副市长、高副市长、人大候副主任、政协杨副主席和法院、检察院、公安局及政府各部门负责人共六十余人参加了会议。

我说："目前A市城市建设的形势既有喜人的一面，又有忧心的一面。表现在：松林寺广场拆迁中个别钉子户，直接影响到寺前广场和松林仿古一条街建设；城市这一块，个别村庄阻碍施工，个别村民阻碍国家重点建设工程。我市城市建设进入攻坚阶段，必须坚定信心，采取得力措施，把这股邪恶势力打下去，保证城市建设顺利进行。强调几点：一是统一指挥；二是周密部署；三是警力到位；四是责任到人；五是工作细化；六是实地演练；七是文明执法；八是万无一失。”

下午5时，我与各部门去松林寺广场现场查看，安排警戒任务。警力安排共二百五十人。其中：公安一百人，检察院三十人，法院五十人，司法局二十人，城建局五十人。

第二天，对松林寺广场钉子户张猛子房屋进行强制拆迁。有关方面共出动二百五十余名警力，在广场东西两面撒开警戒线。8时20分左右，我宣布A市人民法院对张猛子房屋强制执行集中行动开始！顿时，五十余辆警车警笛齐鸣，形成强大震慑。法院执行人员在公安机关配合下，强制进入其房屋，把被执行人抬进警车拉走，带离现场。拆迁组人员立即进入现场，两台挖掘机像老虎一样扑向违章建筑。仅用一个半小时，被执行人的房屋便像庞然大物，轰然倒塌！

强制执行现场声势壮，规模大，效果好，做到了万无一失。各级领导齐声叫好。我作为现场总指挥，一声命令喊到底，指挥各个部门协同作战，有力地控制了现场局面。11时，整个活动结束，执勤队伍撤离。四套班子和部门领导回到松林寺会议室召开了一个简短的总结会。

后来，在松林寺现场办公时，焦书记、黄市长对我们这班人多次提出表扬，大家深受鼓舞。焦、黄两位领导对这段拆迁工作经验作了总结：一是四大班子高度团结，保持一致，没有杂音。这是讲政治的表现。二是各部门互相配合，紧密协作，分工不分家，形成了强有力的团队精神。这是搞好拆迁的关键。三是把人民群众的利益维护好，解决好搬迁群众的实际问题。这是最重要的一条经验。

焦书记要求新闻舆论部门组织大块文章，宣传在拆迁中干部、群众可歌可泣的事迹和舍小家为大家的无私奉献精神。

由于在拆迁工作中表现突出，A市市委对桥坪镇党委、政府班子及时作出了调整。

8月19日，在桥坪镇机关干部和村党支部书记会议上，市委组织部干部科科长宣布了任命决定。我代表市委讲话："候××同志调任黄龙市信访局副局长后，桥坪镇党委书记和镇长的人选就成了大家关心的问题。市委对乡镇班子建设十分重视，前天晚上召开常委会议，对桥坪镇班子主干进行了调整。李××同志任桥坪镇党委书记，郭××同志任桥坪镇镇长。这两个同志大家都很熟悉。李××同志政治坚定，作风过硬，工作风风火火，雷厉风行。郭××同志是个很有发展潜力的年轻干部，做到了理论和实践相结合，富有基层工作经验，工作踏实，一丝不苟。尤其是在广场拆迁中，两位同志立下了汗马功劳，经受了一次政治考验，交上了一份合格答卷。可以说，桥坪镇这次班子调整达到了三个满意：市委满意，群众满意，我这个包乡镇的领导满意。

"这样调整有三个好处：一是体现了党的干部政策，鼓励了实干同志。二是有利于桥坪镇的稳定和工作的连续性。三是有利于桥坪镇拆迁工作的善始善终和经济发展。

"提三点要求：一、全体同志要与市委保持一致，服从市委决定，维护班子权威，维护班子团结，维护一把手权威，支持他们开展工作。人事问题就是政治问题，含糊不得。二、新到位的两名同志要以身作则，谨慎谦虚，向老同志学习，向同事学习，向农村基层干部学习，做团结、实干、廉洁、勤政的模范，带领桥坪人民争当全市经济发展的火车头。三、上任伊始，先抓主要矛盾，选好突破口。一是继续抓好拆迁的后续工作，二是发展民营经济。"

“一村一警”的力量

（一）

刚到 A 市工作，我就在思考一个问题：如何开拓创新，走出一条政法工作新路子，迅速打开工作新局面？

3 月 11 日下午召开的市委常委会议共有八九项议程，有干部任命事项、学教活动安排、干部分流的方案，还有上级组织、统战、宣传、纪检、政法工作会议的传达贯彻等内容。在汇报筹备召开 A 市政法工作会议时，我根据上级精神，参照外省市的做法，提出在 A 市大力开展“一村一警、一警四员”活动的政法综治工作新思路，得到市委书记、市长的充分肯定，指示在认真调查研究的基础上，以市委文件出台一个具体实施方案。

所谓“一村一警”，即组织全市公、检、法、司政法机关全体干警在干好自身业务工作的同时，每名干警联系一个村庄或社区，每月驻村至少三天，排查化解村里的矛盾纠纷，向村民宣传党的方针政策和法律知识，维持农村社会治安秩序，维护农村社会稳定。所谓“一警四员”，即在农村选任政治素质高、有一定文化基础、热心公益事业、身体健康的村民担任治保员、调解员、信息员、宣传员，在派驻政法干警的带领下，充分发挥预防、化解矛盾纠纷的作用，积极开展社会治安综合治理各项活动，共同维护农村社会稳定。

“一村一警、一警四员”是项创新、探索、开拓性的工作。这一工作思路的宗旨在于：一是加强对社会面的控制，强化基层基础工作；二是改进政法机关的工作作风，密切政法干警与人民群众的联系；三是提高政法干警的综合素质，使他们学会、增强做群众工作的本领。可以说，这项工作能发挥一箭三雕、一石三鸟的综合效能，是一项牵一发而动全身、牵头抓总的统领性工作。针对当时一些活动虎头蛇尾、形式主义盛行、不求实效的实际，我决心把这项工作认认真真、扎扎实实地开展下去，确实做成民心工程、德政工程、实效工程，避免一阵风、走过场，力戒面子工程、政绩工程。

3 月 12 日，在我办公室召开了政法委书记办公会议，研究通过了《关于在全市开展“一村一警、一警四员”活动的实施方案（草案)》。方案决定：这项活动从 2002 年 3 月开始，至 2005 年 3 月结束，一搞三年，不搞短期行为。全村干警每月进驻所包村庄三天。每天都要填写包村日志，详细填写下乡包村的时间、排查的问题、采取的措施及解决问题的结果。市委政法委对每个包村干警的工作情况进行考核，定期通报，奖优罚劣。

3 月 20 日，在市委会议厅召开 A 市政法工作会议。全市政法干警及乡镇、企业负责人四百余人参加了会议。我宣读了 A 市市委关于开展“一村一警、一警四员”活动的方案，并当场宣布了公、检、法、司机关每名干警包村庄、包社区的名单，下发了包村工作日志本，明确了工作任务和考核责任。

会场气氛一时紧张，下面有干警在小声议论。主要是因为干警对这项工作缺乏充分的心理准备。平时大家习惯于四平八稳、按部就班地在机关上班，没想到一下子被推到农村第一线。按照方案要求，五天之内就要下到各自所包村庄开展工作，在本职工作外又要再挑一副重担，心理上有个转弯、接受、适应的过程。我想，有议论不是坏事情，一石激起千层浪，说明大家对“一村一警”活动很关心。议论就是参与工作的一种形式。不管怎样，先干起来，在行动中统一思想。

会后，我不失时机地立即安排政法委王副书记、阎副书记、刘副书记分头到公、检、法、司督查，督促各家分头召开会议，安排落实“一村一警”方案要求，督促干警安排好手头工作，尽快下到所包村庄，与农村干部、群众见面，进入工作角色。

不到一周时间，A 市三百六十名政法干警打着背包，带着简易的生活用品，走出机关，走向农村，走向群众。一场轰轰烈烈、扎扎实实、为期三年的“一村一警”活动，正式在 A 市一千三百平方公里的国土上拉开了大幕！

（二）

火车跑得快，全靠车头带。领导带了头，民警有劲头。

按照方案要求，一委四长即：政法委书记、法院院长、检察院检察长、公安局局长、司法局局长，率先带头，积极参加“一村一警”活动，每人包一个村庄，给全体干警起到示范带动作用。

3 月 21 日，我在政法委一名副书记和乡镇一名领导的陪同下，第一次来到我包联的村庄——鼓楼街道办事处上郭村，开展“一村一警”活动。

上郭村位于城乡接合部，离市区七八公里。全村有五个居民组，五百二十户，两千三百口人，算是个中等规模的村庄。村庄靠近 A 市高科技工业园区，A 市几个大型国有重点企业相邻该村，村企矛盾突出，村企关系复杂，每年都发生几起村民偷盗企业原材料、农民和工人打架、村民围堵企业大门等案件。一些失地农民抱着靠山吃山、靠水吃水的心理，不把精力放在发展生产、勤劳致富上，而是打企业的歪主意，想走捷径，靠坑拐企业致富。

来到上郭村，迎接我们的有村支部书记郭 × × 、村委会主任李 × × 、村委会副主任及治保主任。围绕社会治安大调查这个主题，我召开了由村干部、各居民组长、群众代表等三十余人参加的座谈会。大家畅所欲言，反映了目前存在的一些不稳定因素。对于村干部反映的某村民不服从村支部、村委会统一管理，损坏集体路面和他人财产问题，我当场责成随后赶到的派出所所长严肃查处，坚决支持村干部开展工作，为农村干部撑腰壮胆，为农村发展保驾护航。对村民反映的村企矛盾问题，我建议由鼓楼街道办事处领导出面，建立村企定期联席会议制度，让农村干部和企业领导经常见面，沟通情况，协调问题，化解矛盾，构建和谐、稳定、双赢的村企关系，确保大局稳定。

最后，应村党支部书记郭 × × 和村民代表要求，我讲话："今天，我不是以 A 市市委领导的身份，而是以一名普通干警的身份，来到咱们上郭村，响应市委的号召，参加'一村一警'活动。我今天向大家报个到，今后至少三年里，我会经常来咱们村，与大家共同工作，共同生活，与全村干部、群众融为一体，成为上郭村的一员。

"上郭村得天独厚，位于 A 市工业发展集聚区，又处于城市发展延伸带。这为我们村发展集体经济、带动群众发家致富提供了有利条件。我们要发挥优势，在以下四方面大有作为：一要联系高科技工业园区建设的实际，无条件地保障 A 市重点工程建设顺利进行，同时依法维护村民的合法权益。要围绕周边几个国有大型企业的主导产业，支持村民创办小微企业，搞好配套服务，以此发展、壮大我们自己，促进村民致富。二要联系城市建设扩容升级的实际，配合搞好城市建设，发挥城市建设的辐射带动作用，把我们上郭村的巷道硬化、路灯照明等硬件建设搞好，促进村容、村貌迈上一个新台阶。三要联系农村产业结构调整的实际，谋划新产业、新品种、新路子，走出以粮棉为主的传统、低效益农业怪圈。四要联系社会治安实际，扎实搞好'一村一警'活动。"

会后，按照方案要求，确定了上郭村的治保员、民调员、信息员、宣传员，明确了各自的任务和要求。参加座谈会的村民反映，"一村一警"还真管用，解决了实际问题，包村干警是我们村民身边的"派出所"。

在以后三年的时间里，我认真执行方案要求，每月三次必到包联村庄走访群众，了解民情，化解矛盾，维护稳定。

2002 年 4 月 7 日上午，我去上郭村开展"一村一警"活动，走访了七八户人家，发放警民联系卡。书记、村委会主任和"四员"都到场。

2003 年 4 月 30 日 8 点 30 分，我去上郭村开展防治非典型肺炎主题活动。村党支部书记郭 × ×汇报了村里防治工作情况，摸清了底数。9 点 30 分，在郭书记的陪同下，我来到村办企业黄牛场。厂长任合全谈了他关于企业发展的设想，说当下最迫切的是资金问题，他已与信用联合社谈妥一笔数目不小的贷款，眼下已找好担保单位，很快开工。他对企业前景充满信心。

2003 年 11 月 25 日下午，我去上郭村慰问一个贫困户。他家里上有八十一岁的老母，下有收养过来的六岁的残疾儿子，他本人六十多岁，身体还硬朗，在农村算是文化人。但家里困难的情境让人震撼。贫穷，确实让人害怕。A 市《黄龙日报》报道了他的境遇后，作为上郭村的包村干警，我责成阎副书记联系了民政局，为他解决了棉衣、被褥等过冬御寒用品，并代表机关送去一千元慰问金。同行的《民主与法制》记者张闻娇也捐赠了两百元，同村一位教师捐赠一百元。

2003 年 12 月 8 日上午，我带领公安局、鼓楼办等人员到上郭村，研究安排村干部家经济林被大面积砍伐一案的侦破工作。要求以公安局李副局长挂帅、刑侦队参与、鼓楼办配合，组成严打整治工作队，迅速开展侦破工作，限期破案抓人，巩固上郭村稳定局面。

在我的带领下，公、检、法“三长”也包联了村庄，积极参加“一村一警”活动。公安局局长包联桥坪镇松林村，针对松林寺广场拆迁中出现的矛盾和问题，深入群众宣传法律知识，教育村民自觉树立法律意识，依法维护自身合法权益，维持正常的拆迁秩序。检察长包联柳林镇堡子村，重点解决了一村民雇工建房摔伤的纠纷。经调解，双方均满意，依法维护了双方的合法权益。法院院长包联柳湾镇泉沟村，解决了信用社与村民小组、村民的一起十二万余元的贷款纠纷，打消了村民的疑虑，融洽了干群关系。

（三）

“一村一警”活动刚启动，还闹出了一个笑话。A 市公安局张副局长来到他包联的村庄，向村干部宣传“一村一警”工作的意义。“什么?”村干部问，“我们村都已打了三眼井了，市里还要求一村一井？这不是官僚主义吗?”经张副局长宣传、介绍，村干部们才弄明白“一村一警”的含义，表态拥护市委的决定，配合干警开展工作。后来，这个村的工作走在全市前列。

为了大力推进“一村一警”工作，避免一阵风、走过场，A 市市委政法委开展了系列主题活动，引导活动健康发展，走向深入。三年时间里，先后开展了八大主题活动：一是社会治安大调查。二是解决突出问题，维护农村稳定。三是以案讲法。四是治安防范一百天。五是矛盾排查调处月。六是预防与控制非典型肺炎。七是吸、贩、种、制毒品问题大调查。八是加强法制教育，强化社会治安。

每项主题活动结束后，都要求包村干警填写工作日志，写出活动报告，一式三份，一份交乡镇，一份交单位留存，一份交市政法委作为考核依据。

精心组织、严格检查、严肃考核，是推动活动扎实开展的关键。

4 月 29 日，我与公安局班子成员见面。陈局长介绍了每名成员的基本情况后，我对前阶段工作给予高度评价：一是加大严打力度，侦破了一批大要案。尤其是庄子村团伙案件的侦破，是我市严打斗争取得的重大战果。二是配合政府工作，为经济建设保驾护航，受到市委、市政府领导的表扬。三是比较圆满地完成了三次大的警卫任务，确保首长和会议安全。四是积极参与社会治安综合治理，开展“一村一警、一警四员”活动。

对下一段的工作，我提出四点要求：一是认真贯彻地区会议精神，再掀严打整治斗争新高潮。对庄子村案要深入剖析，举一反三，吸取教训，加大治安乱点的整治力度。二是以派出所等级评定为契机，加强派出所基础工作。三是把“一村一警”活动纳入规范化轨道，与业务工作同安排、同部署、同检查、同考核、同奖惩。四是把城市防控体系建设摆上议事日程，加大巡逻密度，提高巡警队的素质和装备水平。

5 月 4 日，我在桥坪镇检查工作。这里的基础工作扎实，“一村一警”工作走在前边，我提出表扬。

5 月 13 日，我带领办公室人员深入柳湾、临河两乡镇检查工作。柳湾镇党委书记吕 × × 等人汇报了工作，对“一村一警”工作认识高，动作大，行动快，乡镇的组织、协调、督促、配合作用发挥得好。但基础工作，尤其是资料搜集、整理工作滞后，我当即提出了改进建议。一周后，检察院包村干警与柳湾镇召开了“一村一警”联席会议，促进工作落实。

6月2日上午，我去峪口镇检查工作，先后到吴闫村和黄家窑村。吴闫村包村干警周建智帮助群众解决了许多突出问题，群众送锦旗一面。黄家窑村包村干警从健全党支部、村委会班子入手，加强基层组织建设。新组建的党支部及村委会班子有凝聚力和号召力，仅七天时间就完成了夏粮征收任务。

7月26日上午，我看到公安一期信息，反映峪口派出所包村干警工作认真负责，收缴一支非法枪支，心有所感，批示送公安局领导：峪口派出所在严打专项斗争中充分发挥“一村一警”作用，周密排查，重拳出击，先后收缴三支非法枪支，杜绝了隐患，维护了农村稳定。希望全体政法干警学习虞乡派出所和包村干警认真负责的精神，扎实工作，使“一村一警”活动收到实际效果。

8月16日，我在政府西楼会议室召开全市“一村一警、一警四员”再动员大会，三百四十五名包村（区）干警和各乡镇党委书记、政法委书记、派出所所长参加了会议。会议由我主持，谢副书记作工作报告。这个报告由耿副主任起草，近万字，是一篇内容丰富、观点鲜明、有指导意义的报告。我最后强调了三点：一是加大打击力度，保持对刑事犯罪的高压态势；二是加强小区创建力度，构建城市治安防控体系；三是关于“一村一警”几个问题，谈到了形势、认识、公示牌和发挥乡镇作用等问题。会议开了一个半小时，收到了预期效果。

9月5日上午，我在市委三楼常委会议室听取五个检查组关于“一村一警”活动情况的汇报。我最后讲了三点意见：一、这次检查取得了预期效果。摸清了基本底数，发现了好的典型，找准了存在问题，理清了工作思路。二、全面、正确地认识这项新生事物，要看方向、看主流、看前景。三、认真搞好第三次主题活动，促进“一村一警”收到实效。

（四）

A 市“一村一警、一警四员”的做法和经验，在全市、全省受到高度关注和推广。2002 年 4 月 19 日，《山西日报》报道了 A 市的工作，标题是《“一村一警、一警四员”A 市三百余名干警包村搞综治》。2002 年 6 月 12 日，黄龙市委常委、政法委马书记亲临我市，先后检查了鼓楼街道办事处、柳湾和峪口的矛排工作、一村一警工作，对柳湾镇的工作评价很高，比较满意。下午，在宾馆二楼马书记下榻的房间，谢书记汇报了柳湾派出所一起涉法上访案，我汇报了全市开展“一村一警、一警四员”活动和政法各方面工作。马书记对“一村一警”活动给予很高评价，要求我们进一步认识这项活动的重大意义。马书记说，“一村一警、一警四员”这项活动是社会治安的治本措施，是政法机关改进作风，深入基层，直接和群众见面，理民事、解民怨的一种好形式，是减少矛盾纠纷、防止矛盾激化的好办法。他要求我们不断总结、提高，为全黄龙市提供经验。同时，对于如何推动这项工作扎实开展，马书记提出了一些具体的有操作性的意见，如典型汇编，成立领导机构，公、检、法、司分别召开现场会议，等等。最后，马书记表态，适当时候黄龙市要在 A 市召开现场会，推广 A 市经验。

后来，黄龙市召开全市涉法信访案件暨矛排工作汇报会。我重点汇报了 A 市开展“一村一警、一警四员”的做法。马书记在讲话中对 A 市多次予以表扬，要求在各县（市）推广 A 市的做法。

6 月 20 日，黄龙市综治委下发《关于创建社会治安综合治理先进市的方案》，明确提出在全市学习推广 A 市“一村一警、一警四员”的做法。

6 月 24 日，《黄龙日报》四版头条以《A 市一村一警、一警四员显威力》为题，报道了 A 市的经验，很有分量，对 A 市是个很好的宣传。

6月26至27日，A市的“一村一警、一警四员”工作经验，在全省治安防范现场会议上作了经验交流。

7月24日，省委政法委常务副书记由黄龙市委安副书记陪同，到A市调研，对我市政法综治工作，尤其是“一村一警”工作给予高度评价，并提出殷切期望。

6月19日，E县学习参观团一行二十余人，在县委书记、政法委书记的带领下，来A市学习考察“一村一警”工作。共参观了A市市委政法委、公安局、柳湾镇党委、柳湾派出所、大兴村五个典型。政法委石书记评价说一个点比一个点好，心灵受到震撼；表示要学习A市经验，做好E县的“一村一警”工作。

此后一个多月里，先后有F县、G县、H县等五六个县（市）到A市参观学习。

据不完全统计，三年间，三百多名政法干警共深入农村、社区，开展法制宣传三万五千余场次，调处化解各类矛盾纠纷三千五百余起，为农村经济发展和社会稳定提出司法建议七百二十八份，帮扶贫困家庭和群体三百五十余人次，有力地维护了社会稳定，促进了经济和社会发展。

2005年3月，在A市综治委第一次全委扩大会上，在对“一村一警、一警四员”先进工作者进行隆重表彰、对所有参与者颁发纪念册的基础上，我代表市委郑重宣布：经市委研究，为期三年的“一村一警、一警四员”活动转入经常化、制度化轨道。

槐树沟捉“鬼”记

（一）

2002年5月6日，《黄龙日报》第四版刊登了一篇名为《治安状况堪忧，村委会主任求助》的记者采访。一时间，干部和群众议论纷纷，成为街头巷尾的热点话题。

一个多月来，A市峪口镇槐树沟村村委会主任王三锁几次到报社反映，说他们村治安状况堪忧，百姓怨声载道，干部有苦难言。

他告诉记者：我们村位于中条山下，全村八百口人，只有一千亩瘠薄土地。由于几年连着干旱，村民生活拮据。去年6月至9月，村支部和村委会克服重重困难，在有关部门的鼎力相助下，打成了村里有史以来的第一眼深井。这眼井不但解决了全村人畜吃水难的问题，而且也带来了良好的经济效益。但从此井打成后，村里个别人不能正确对待这项为民造福的工程，而是对现任村干部产生妒恨，频频作案报复。

去年10月12日晚10时许，当我把深井成功上水的消息通过喇叭告诉村民时，作案者当夜就在我的羊圈投下拌有农药的食物，企图毒死我家的七十多只羊。多亏我家的羊在室内，结果只毒死了三只。10月13日晚，村学校三个教室和两个女教师的宿舍门被撬。门里还留有恐吓信，吓得老师不敢住校、学生不敢上课。10月19日晚，作案者利用黑夜在我家两处放火，企图烧毁我家在场边的老院羊圈和房屋。由于被人发现，作案者仓皇逃窜。更令人气愤的是，11月1日晚8时，我十六岁的侄子在干完活返家的路上遭蒙面人持刀追杀，头部连中两刀，身上衣服被砍得稀烂，惨不忍睹。多亏侄子跑得快，要不早就命丧黄泉了。这些案件发生后，我们曾多次向当地派出所报案和有关部门反映，但至今仍无结果。照此下去，谁还敢当村干部？谁还敢为村里办好事？

临走时，王三锁心情沉重地告诉记者，一个村子不稳定，不安宁，怎谈得上发展经济，增加农民收入？这股歪风如果不把它压下去，到头来吃亏的还是老百姓。

这篇报道也引起了A市市委书记的关注。市委焦书记批示：由政法委书记向志远牵头，督促公安机关尽快查清事实，向社会和媒体做出负责任的交代。

媒体的披露、社会的反响、书记的批示，使我感到案情重大，含糊不得。5月10日，我带领政法委阎、刘两位副书记和公安局张副局长，驱车来到位于中条山北坡的峪口镇槐树沟村，现场办公，安排部署，督办案件的侦破工作。

中条山横亘于黄龙地区东南部，绵延好几百公里，是拱卫西北的一道天然屏障。山上森林茂密，植被丰厚，动植物种类繁多，是大自然对人类的厚赠，号称A市的后花园。峪口镇槐树沟村就位于中条山的半山腰，是A市少有的几个山区贫困村。越野车驱动着十足的马力，在蜿蜒崎岖的山路上吃力地爬行着。路边草丛中不时窜出一只受惊的野兔，在沟坎上直立着，曲着两条前腿，用惊奇的眼光打量着这些山外的不速之客……

汽车爬上一段陡坡，在一个不大的空场地上停下来。眼前是一片略显稀疏的树林，林中隐约是十几座破旧衰败的农舍。正是上午10点左右，几座房舍的烟囱里冒出缕缕炊烟。山里的村民养成了早起劳作的习惯，此时正是他们出完早工回来吃早饭的时辰。

槐树沟村村委会主任王三锁、副书记刘旺财、村委会副主任王平安三人出来迎接我们。在略显简陋的村委会会议室坐定，政法委刘副书记说明了来意，峪口镇党委李书记谈了情况，表示对村里出现的问题要主动承担责任。村委会主任王三锁说，报纸上报道的情况完全属实，是他到黄龙日报社向记者反映的。他们村子有一百七十多户，八百口人，以王姓、田姓为主，其他都是杂姓，人口很少。去年村委会换届时他当选为村委会主任，有决心带领全村人共同奋斗，走出一条山区农村脱贫致富的路子，改变山村的面貌。但上任不久，村子里就连续发生了一串串怪事，先是不断给学校教室和老师宿舍投递恐吓信，后又投毒毒死干部家三只羊，还放火烧了干部位于野外的老屋。更为恐怖的是，发生了蒙面人砍杀其侄子的案件，致使其身上多处受伤。一桩桩，一件件，全是针对现任村干部及其亲属的放火、投毒、伤害案。到派出所报案至今，案子一直未破。在这样的环境下，村民人人自危，妇女、儿童不敢单独下地、上学，一到晚上家家房门紧闭，担惊受怕，长夜难眠。村干部本来很有雄心壮志，也信心满满的，准备大干一番，这下如霜打的茄子，彻底蔫了……王三锁说到这里，五尺高的汉子竟抹开了眼泪，其他几个村干部也耷拉着脑袋，连连唉声叹气。

峪口镇李书记让我给村干部讲几句话。我说，槐树沟村山清水秀，自然环境良好，老百姓勤劳朴实，像个世外桃源，给我留下了美好的第一印象。但近期发生了一系列案件，闹得乌烟瘴气，人心惶恐，又打破了我心中的美好印象。这是一个典型的重点治乱村。按照省委综治委最近下发的《关于在社会治安综合治理中认真开展重点治乱的意见》精神，我强调三点意见。一是问题十分严重，教训十分深刻。峪口镇党委要深刻汲取槐树沟村的教训，举一反三，深入开展矛盾纠纷排查活动，梳理汇总本辖区各类矛盾纠纷，建立台账，实行一把手负总责，认真化解，确保全镇大局稳定。

二是以打开路，限期破案。公安局要高度重视，闻警而动，迅速调集精兵强将，组建一支专案工作队，由张副局长亲自挂帅，进驻槐树沟村，广泛接触群众，收集线索，固定证据，开展工作，限期一个月侦破案件，给群众、给社会一个交代。

三是重点整治，取得实效。A 市全市范围的重点治乱工作从槐树沟村开刀，槐树沟村的整治从案件侦破入手，必须抓住这几起案件，从破案上打开突破口。但工作组的任务不仅是破案，还要向村民开展法制宣传教育，健全村规民约，健全各项规章制度，加强村级政权建设，在村里弘扬清风正气，打击歪风邪气，取得整治工作的全面胜利。

公安局张副局长表态：坚决服从市委的安排部署，坚决完成市委下达的工作任务，不破此案，决不收兵！不完成整治任务，决不言胜！

我们 11 时返回 A 市。返程途中，路过我联系的鼓楼街道办事处李家洼村，恰逢村委会召开千人群众大会，宣讲党的富民政策。村支部书记李卫红是我来A市认识、接触的第一位村党支部书记。他担任村支书十多年，经验丰富，在群众中德高望重。他邀请我上台与群众见面，给群众讲几句话。

我走上大会主席台，就社会治安问题强调三点："大家知道我是新来的政法委书记。政法委工作是干什么的？就是维护社会治安，保持社会稳定，促进经济发展。怎么搞好社会治安？

"一是抓两头，两头抓。我的工作方法就是一手抓正面典型，一手抓坏的典型。我刚才从峪口镇槐树沟村回来，槐树沟村的情况报纸登了，你们也听说了。槐树沟村就是一个反面典型。相反，与槐树沟村相隔不远，我们李家洼村就是一个正面典型，是好的典型。李家洼村不仅经济发展、百姓富裕，而且民风纯朴、互助友爱、团结和睦，全村多年没有发生一起刑事案件，难能可贵啊！我们就是要在全市树立李家洼村这样好的典型，号召全市人民向李家洼村学习。

"二是深入开展'一村一警'活动。市委从公、检、法、司机关抽调三百余名干警驻村进户，开展社会治安大整治工作。这是你们身边的警察、你们家门口的派出所，职责就是为村里发展保驾护航。给你们村派驻的警察是谁，你们知道吗？能叫上名字吗？（群众齐声回答：公安局党爱民）回答正确，你们要支持他的工作。

"三是号召全体群众踊跃举报违法犯罪行为，积极参与严打斗争。"

台下群众热烈鼓掌，情绪高涨。李书记陪同我走下主席台，从台下坐着的群众中穿过。只听见两位抽着旱烟的老年人在议论："甭说，这共产党的干部还真有两下子。""按人家书记讲的，认真抓下去，这社会肯定有希望……"

（二）

转眼一周过去了。"槐树沟"这三个字，牵动着我的心。干警工作状态怎么样？与老百姓关系处得怎么样？在条件那样简陋的小山村，干警吃住行怎么解决？案件有无眉目，有无进展？一个个问号，走马灯一般在我脑海里闪烁。

5 月 17 日，我第二次踏上了去槐树沟村的路。

干警们已在村里坚守一个星期，与群众吃住在一起。张副局长和一个刑侦中队长在老百姓家空闲的西房里交流情况，分析案情。其余干警已分头行动，有的到老百姓家中做工作，有的到案发地实地勘验现场，收集有价值的线索，有的下山去黄龙市公安局做物证鉴定……

张副局长说，开始群众对工作队不理解，有排斥情绪，对登门走访干警冷淡怀疑，不理不睬，认为干警是戴着有色眼镜来的，是带着先入为主的观点来的，是帮一派打一派。对了，这个村的村情复杂，派性严重，王、田两个家族势力大，多年积累的矛盾很深，群众认为我们工作队不可能做到公平公正、一碗水端平。针对这种情况，要求干警一定不能先入为主，一定不能偏听偏信，一定不能拉偏架，要全面地接触群众，既进东家，又进西家，既听好话，也听坏话，不偏不倚，客观公正。几天下来，群众见我们办事公平，就消除了隔阂，干警和群众的联系融洽了，再不给我们甩脸子了，对入户调查的干警倒茶倒水，热情相迎。目前可以说，群众的心结打开了，各项工作进展比较顺利。

张副局长说，干警们生活条件比较艰苦，住的是老百姓的土炕，吃的是临时开灶的大锅饭，喝的是山里的山泉水。水硬，不习惯，几个干警闹肚子。最糟糕的是，山里的蚊虫毒性大，一咬一个疙瘩，有的干警身上全是蚊虫叮咬的红疙瘩，奇痒难耐……但专案组的小伙子们毫无怨言，有个干警家里父母年老，孩子发烧住院，仍坚守岗位，坚持在侦破工作第一线。干警们表示，此案不破，绝不下山。多么可爱的警察！你们是真正的人民群众守护神。我的心被深深感动着。

临下山前，我握着张副局长的手，对他们的工作精神和工作方法予以肯定，要求他们再接再厉，连续作战，扎实工作，力争短时期在案件侦破上取得突破。

峪口镇李书记随车给工作队送来了米、面、油、猪肉等慰问品，表示对公安干警的敬意。

人民警察爱人民，人民警察人民爱。这就是新型的警民关系。

（三）

在紧张忙碌的日子里，我无时无刻不惦念着槐树沟，惦记着山上战斗的战友们。

又是十天过去了，办公桌上的台历显示：2002 年 5 月 30 日。

上午，我在市委四楼参加四套班子会议，听取了焦书记关于赴浙江考察民营经济情况的报告和市旅游局关于临河楼内部陈设和建设进度的汇报。下午，参加市委常委会，听取了组织部关于机构改革中副职配备的意见；听取了人大关于执法责任制和“两错”追究贯彻意见的汇报；听取关于领导干部学法、用法会议精神的汇报。下午 4 点，同谢书记到杨北巷光明旅馆。那里发生了一起杀人案，一名嫖客凶残地把一名失足妇女捅死在旅馆客房。我们又赶到医院停尸房，见到了正在接受法医检验的女尸。

忙碌的一天，紧张的一天。

下午 5 时许，从医院出来，刚回到办公室，接到张副局长从槐树沟村打来的电话：“报告向书记，槐树沟系列案件已取得突破性进展。目前已初步锁定犯罪嫌疑人，两三天内开始抓人；专案组撤离村庄，带嫌疑人回市里看守所审讯。”

“同意撤离。请务必保证嫌疑人人身安全。”我指示。

“坚决完成任务！”

6 月 8 日 8 点 30 分，参加中央政法委电话会议。

9点30分，陪同黄龙市委政法委李岗、王剑枫等一行五人，检查“一村一警”工作。

11时，在办公室听取公安局张副局长关于槐树沟一案侦破情况的汇报，犹如一声晴天霹雳，真没想到会是那样的结局。

（四）

拨开重重迷雾，案件水落石出，真凶露出水面。

制造这一系列案件的凶手不是村委会主任王三锁怀疑的对立面，而是他的侄子——所谓的案件受害人之一王黑娃。这是由受害人王黑娃自我策划、自我导演、自我完成的一幕自残丑剧。

张副局长汇报说，专案工作组开始把侦破的方向瞄准了与村委会主任王三锁有矛盾的对立面，深挖细查，找到了一些有价值的线索。据此，公安机关抓了一名嫌疑人，但经审讯和查证均不能证实。后经多方查证，疑点集中在王三锁的侄子——此案的受害人之一王黑娃身上。发生这一变化的根据是，作案人写恐吓信用的纸张引起了办案人员的注意。它既不是办公用的稿纸，也不是信笺纸，甚至不是学生用的作业本纸，而是村民上坟祭奠亡灵用的黄纸。这种纸因为不吉利，当地老百姓的风俗习惯是用多少买多少，全部烧完，不在家存放，怕对后人不好。经秘密侦查，全村一百七十多户家里都没有保存这种黄纸，只在王黑娃家中发现了。公安人员据此调整了办案思路，把怀疑的重点放在王黑娃身上；又提取了王黑娃的笔迹，去黄龙市公安局作了笔迹鉴定，结论系一人所为。至此，案情大白，犯罪嫌疑人锒铛入狱。

真是：

山重水复雾笼罩，峰回路转艳阳高。
中条山上擒魔妖，人民警察逞英豪。

为了防止意外，张副局长作了周密部署，专案组撤离槐树沟，把王黑娃带回市里审讯。经审讯，王黑娃承认恐吓信是他写的，房子是他烧的，毒是他投的，其身上伤痕系自残；动机只为一点，为了引起他叔——村委会主任王三锁的关注。他曾多次告诉王三锁，有人想杀他，但王三锁未予理睬和重视。用王黑娃自己的话说："我叔连瞅都不瞅我一眼，把我当憨憨打发。"

案件出现这样的结局，反差之大，是任何人，包括我这个政法委书记都难以想象和预料的。人生如戏，戏如人生。生活就是一部戏剧，它的开场是那么精彩，结尾却往往出乎人的意料。正所谓："情理之中，意料之外。"

（五）

后来，峪口镇李书记来我办公室，张副局长向他们通报了槐树沟一案的情况。我提出几点要求：由郭副书记带队，在前段时间案件侦破的基础上进一步做好说服、教育、帮助等工作，保持村里的稳定。帮助教育的重点：一是村委会主任王三锁。对他要恩威并举，软硬兼施，促使其思想转弯，面对现实，干好工作，搞好村里的团结。二是王三锁的对立面，防止其借风扬沙，借机反击。

第二天，槐树沟村村委会主任王三锁来访，我在办公室接待了他，向他通报了案情和公安局已认定的证据，给他做耐心细致的思想工作。面对铁的证据和板上钉钉的事实，王三锁还是对公安机关的侦破结论有怀疑。但仔细观察，在振振有词的外表下面，王三锁的脸上微露尴尬和难色。"这怎么可能？这怎么可能……"王三锁反复叨叨着，心中已露怯意。

他走了。目送他疲惫微驼的身影，我不禁感慨，世事难料，人生无常。

事情过去了一月有余，槐树沟村发生的一切像电影一样，一幕幕、一场场在我脑海中回放，让我欲罢不能。一手策划、导演、自演了这部电影的“天才”王黑娃到底是个什么样的人？他有着什么样的人生轨迹？他作案的真正动机是什么？一个个问号在我脑海中沉浮着，挥之不去。

公安局张副局长向我报告，王黑娃经鉴定，系轻微智障患者，加之犯罪情节轻微，对社会危害不大，经公安局研究决定，对王黑娃取保候审，明天办理释放手续。

出于好奇，出于关心，也是基于工作职责，我决定亲自到看守所提审一下王黑娃，会一会这个“大导演”“明星演员”。

审讯室的铁门打开了，戴着手铐、穿着囚衣的王黑娃坐在了我的面前。

我心中一惊。他，竟然还是个孩子，一张稚嫩的脸、一副瘦弱的身板，眼睛露着怯意，低着头，头上是刚长出来、短得不能再短的头发。显然，刚进来的时候，他是按惯例剃了光头的……

尽管有充分的心理准备，但我的大脑还是有些短路，无法把眼前这个柔弱、低眉顺眼的孩子与那个恶鬼联系在一起。

陪同我审讯的公安人员开始问话：“你叫什么？说说你的基本情况！”

“报告：我叫王黑娃，性别男，民族汉族，年龄二十二岁，生于1980年3月21日。于2002年6月7日因扰乱社会秩序罪被刑事拘留，同年7月30日被A市人民检察院批准逮捕。我决心痛改前非，认真劳动改造，重新做人。报告完毕。”

语速很快，口齿流利，像山涧的溪水，哗哗啦地流淌着，又像小学生在老师面前背课文一样。显然，这样的问话和回答已进行过无数次，让他烂熟于心了。

“说说你为什么要投递恐吓信并嫁祸于人。”

“我是跟电视里面的《不要和陌生人说话》学的，觉得这样很刺激，很有意思。整天待在山里，生活沉闷，所以就想这么做……”

这个回答又一次让我震惊！

审讯按固定的套路进行着。警察宣布：“经公安机关研究决定，对你变更强制措施，办理取保候审，懂吗?”

“不懂。”王黑娃一脸茫然。

“也就是说，明天释放你回家。回家，懂吗?”

王黑娃一愣。此刻，他应该高兴、惊喜——终于要恢复人身自由，终于要回家了，终于要见到父亲、母亲和其他亲人了……然而，出乎意料的是，王黑娃竟号啕大哭，挣扎着哭喊：“我不出去！我不回家……我要在看守所继续待着……”

所有在场的人全都愣住了！

“我不出去！我不回那个家！我要在看守所待着……看守所的叔叔对我好……我在看守所吃得好，住得好，睡得好……在看守所叔叔们教我学写字，看守所能看书……还可以写日记……

“回到家里，我过的不是人的日子；在看守所里，我活得像个人，人家把我当人看……”

这一幕，像烧红的烙铁一样，永远刻在我的脑海里，此生难以忘记。它是我心中永远的痛。

看守所人员告诉我：王黑娃生活在单亲家庭，幼年丧母。父亲续弦，继母强悍。他上学到二年级就辍学了，跟着父亲艰难谋生。每天天不亮就到中条山深处的高山上采药，风餐露宿，单衣御寒。头顶蓝天白云，脚踏壁立千仞，身后万丈悬崖，与山中鸟兽为伍，与林间溪水为伴。在孤独中打发时光，在缺失关爱中长大成人……

看守人员给我拿来了王黑娃在看守所读的几本书和写的日记，字歪歪扭扭，难以辨认，但看得出，他写得认真，写得执著，字里行间闪烁着对生活的热爱，对人生的希望：“6 月 3 日，在看守所菜园里浇水，脚上沾了一脚泥。所长表扬我劳动踏实。我要好好干下去。”“6月4日，读《雷锋日记》。雷锋叔叔全心全意为人民服务，是毛主席的好战士。毛主席题词，要我们向雷锋同志学习。”“6月9日，今天在灶房帮忙择菜，打扫卫生。大师傅蒸的馍又大又白，还香，比家里的黑馍好吃多了。所长说我表现积极，多奖励我一个馍。”

（六）

十几年过去了，我离开A市也快八九年了。每当想到槐树沟，我便会想起那个少年王黑娃——他的个头，他的眼神，他的音容笑貌，他的撕心裂肺的哭喊……他那在中条山悬崖上像猴子一样敏捷的身手，他那背着药篓挺直的身板……

他现在生活好吗？他结婚了吗？他阳光吗？他心中还有生活留给他的阴影吗？他还在中条山的密林里穿梭，在悬崖上采药？抑或他已像其他少年一样，加入了外出打工的行列，在北京、在上海、在重庆、在深圳，用自己辛勤的汗水谋取一份生活、赢得一份人生的尊严？

黄河见证的罪与罚

（一）

2002 年 5 月 24 日。上午参加 A 市市委常委会。一是听取组织部部长关于省委换届选举会议精神的汇报；二是听取纪检委汇报；三是议军；四是听取经济工作通报。会议一直开到 12 点 30 才散。

下午 2 点 40 分，接到 A 市公安局局长陈刚电话，报告黄河边上发生了一起凶杀案。罪犯把一辆出租车抛入黄河，女出租车司机目前下落不明。全局调集各警种警力一百余人，分工协作，联合作战，大范围开展排查摸底，力争尽快破案。

案情就是命令。我立即呼叫司机，带领机关随从人员，开足马力，向位于市区西边三十公里外的黄河岸边驶去。

黄河，中华民族的母亲河！母亲河的含义，在流经 A 市约五十公里的这段河道，得到了深刻而全面的阐释。

黄河母亲是柔弱的、慈祥的，但母亲的尊严是神圣的，凛然不可侵犯。作为黄河母亲的儿女，我们决不允许任何不肖子孙亵渎母亲的神圣。

罪与罚，一场正义与邪恶的较量在黄河边展开了。

（二）

3 点 20 分，我赶到黄河边的船运码头。公安局局长、政委、刑侦大队长等人早已等候在那里。

陈刚局长简单汇报了发案情况。据死者丈夫报告，5 月 23 日中午饭时，开出租车的妻子张月姣传呼机接到一条信息。她放下碗筷，告诉家人有活接，晚饭不要等，之后推开家门，开上出租车走了。这种情况司空见惯，丈夫不以为然，只是觉得妻子辛苦，为全家人生计付出太多，一个弱女子挑起千斤重担。一直到晚上 11 点多，仍不见妻子回来，也不见妻子的电话。12 点，丈夫试着给妻子的传呼机发了一条信息："速回电话，亲人牵挂。"等了一个多小时，仍不见回电。丈夫急了，连发了十几条信息，仍是音讯全无。

一夜焦急的等待……心如汤煮。他想象着各种可能，一种不祥之感弥漫心头。次日拂晓，他就敲开了派出所的大门。

那年，正是全国性的刑事犯罪高发期。继 1983 年雷霆万钧的"严打"和 1998 年频繁的专项斗争后，全国又处于新的一波犯罪高峰。尤其是针对出租车司机这一特殊群体的犯罪行为尤为恶劣，令人发指。A 市前一段就已经发生了两起出租车被抢、出租车司机被杀的恶性刑事案件，一时人人自危，出租车司机成为高风险行业，很多出租车夜晚停运，不拉远途，不走偏路，出租车上增加了各种安防设施如：GPS 定位、报警装置、司机乘客之间座位的硬隔离等。

接报后，公安机关立即安排警力，兵分多路，展开拉网式排查。功夫不负有心人。到中午 11 时，一条条信息、线索源源不断地从一线排查现场传来。

邻居说，昨天下午看见张月姣开着她的红色出租车在巷口停下，一个中等个子的男青年上了车，车向南拐，到大街就不见了……有农民说，昨天晚上 7 点多，天麻麻黑的时候，他从地里收工回家，看见田间土路上有辆车，红色的，车门紧闭。借着微弱的月光，他看见车里前排有人，像是一男一女。他以为是打野鸡的，便快步走开了……临近中午 12 时，一个重要的情况报到刑侦大队长这里。在远离 A 市二十多公里的黄河堤岸，一耕作的农民发现黄河中有一可疑物，体形较大，像是一辆车……

刑侦大队长一声令下，正在四处分头搜索的几十号警察立即吹响集结号，在黄河岸边集结。几名警察在老乡的提示下，齐刷刷跳进齐腰深的黄河里，向庞大的可疑物体而去……果然是一辆汽车，红色，车牌号晋 M7793。与报失的车辆完全一致！

公安局长陈刚说：我当时心里一沉，既高兴又悲伤。高兴的是案情有了重大进展，找到了失踪车辆；悲伤的是出租车司机吉凶难测，很可能……

"车辆已经打捞上来了，整整费了三四个小时。"田大队长说。

局长、政委陪同我来到码头。我看见堤坝上一辆吊车已把红色出租车从黄河里打捞上来了。刺眼的是，出租车内外都涂上了一层沉积的淤泥，像是考古工作者从地下挖出来的文物一样，带着新鲜的泥土。

"围绕这一被打捞出来的出租车，我们进一步调整办案思路，明确从 A 市到黄河边这条二十多公里的旅游公路为排查的重点路段和重点现场，各警种密切配合，分段包干，走访沿途群众，勘查重点路段，争取及早找到失踪女出租车司机的线索，做到活要见人、死要见尸，力争短时间拿下此案！警察们精神状态都很好，能打硬仗，能打胜仗，请书记放心。”陈刚局长表态。

面对这些可爱、可敬的战友，面对在5月的骄阳下奋战在刑侦一线的警察，任何冠冕堂皇的评价、慰问都是多余的。我紧紧握着陈刚局长的手连声说：“好！等着你们的好消息！”

（三）

“又一起出租车司机失踪案……”

“女出租车司机……漂亮的女出租车司机……”

“女出租车司机可能被强暴，可能被杀害……”

“太惨了，弃车黄河，弃尸黄河……”

一时间，各种传闻、猜测、想象、演绎、推理在A市大街小巷，酒肆茶社、寻常人家像瘟疫一样随风传播着。人们发挥着丰富的想象力，推测着案件N个可能的结局，为案情添油加醋，给故事煽风点火，展示着他们福尔摩斯般天才的破案才能。

黄龙市公安局领导亲赴A市，听取案情汇报，督办侦破工作，限期破案。

压力、责任、使命、担当像大山一样，压在A市市委身上，压在公安警察肩头。

（四）

6月10日上午，召开各乡镇、办政法副书记例会。由阎副书记主持，几位科长分别传达有关文件精神，通报“一村一警”第三次主题活动情况。我强调三点：一是以规范化建设为龙头，全面加强乡镇综治基层基础工作；二是以提高见警率为突破口，进一步增强“一村一警”活动的效果；三是组织公处公判会下乡镇，进一步加大严打整治的力度。

6 月 13 日下午，由我主持召开全市处理法轮功问题及稳定工作会议。公安、广电、电信、电机厂领导分别汇报了工作，刘副书记传达黄龙市会议精神，并对工作进行安排和部署。阎副书记传达十六大安全保卫工作实施意见。我最后强调了三点，对十六大的稳定工作、打击防范法轮功工作和严打整治斗争提出具体要求。我提出，这段时间，各部门安排工作要从稳定这一大局出发，正确处理改革、发展和稳定的关系，把改革的力度、发展的速度同人民群众可以承受的能力结合起来。企业的重大改革和改制、重点工程和城市拆迁、重大执法活动、重大庆典活动都要从有利于稳定出发，有可能引发群体性事件的改革措施一律暂缓出台。新闻舆论部门要多做正面宣传，营造欢乐祥和的气氛和局面。城市拆迁主要依靠做群众工作，不搞强制拆迁。凡针对企业、涉及企业群众切身利益的强制执行等执法活动，暂缓进行。

6 月 15 日上午 9 时，我参加市委常委扩大会议，研究出台工业园区、商贸园区一些优秀政策，至中午 12 点 30 分才散会。

会议中间接到陈刚局长电话："向书记，'5·23'女出租车司机被害案成功告破!"

我的心情为之振奋，立即向书记、市长报告。当晚 A 市电视台在新闻头条播出消息："经过 A 市公安局全体警察的昼夜奋战，震惊全市的'5·23'女出租车司机被杀案今日成功告破。罪犯是 A 市电线厂一个经警。该犯于 23 日把女出租车司机以租车为名骗到偏僻的村庄，强奸后掐死，抛尸黄河；后又把出租车弄到黄河边，推入黄河。另一包庇犯也被抓获……"

（五）

罪犯穷凶极恶，罪行令人发指。

罪犯华小山在一次偶然的聚会上认识了女出租车司机张月姣。张月姣年方二十五六岁，她颀长的身材、秀美的脸庞、青春的气息强烈地吸引着罪犯华小山，让他茶饭不进、夜不能寐、蠢蠢欲动，产生了邪恶的念头。他像一头野狼一样，开始实施周密的犯罪计划，把罪恶的魔爪伸向无辜的猎物——一只美丽的、柔弱的小羊……

他拨打了她的传呼机，以租车为名约她出来。车行到黄河滩涂的田间小路上，张月姣感觉到异样，便提出家里有事、让华小山下车。华小山露出野狼本色，对张月姣动手动脚，调戏污辱……几十万亩的黄河滩涂犹如大海一般，四野茫茫，渺无人烟。面对野狼的狰狞，小羊救助不能，呼喊无应，奋力的反抗、激烈的搏斗也无济于事，最终成为野狼口中的一顿美餐……

野狼喘息着，回味着美餐的诱惑。小羊趁机逃脱，走下出租车，向大路奔去，大声呼喊救命。夜色四合，夜风吹拂。在茫茫的黄河滩涂，小羊的哀鸣仿佛一场叹息，细如游丝，消失在夜色中……

野狼恼羞成怒，猛扑上去，把小羊扑倒在地，双爪伸向小羊的脖子，用尽全身力气猛掐、狠掐……几分钟过去，小羊窒息而亡，美丽、柔弱的生命消失在黄河滩涂，消失在5月23日那个静谧的夜晚。

野狼的兽性又一次发作，它把小羊尚带体温的尸体拖到出租车上，开车直奔黄河堤岸……

夜黑风高，水流湍急，远处传来一阵“汪汪”的犬吠声，隐约可见一丝渔家的灯火……野狼急于毁尸灭迹，在一处堤岸上停下车，把小羊的尸体抛向湍急的黄河；又选择二三公里外的黄河渡口，利用渡口的坡道，把出租车推进水流滔滔的黄河里。黄河一个浪头打来，庞大的出租车瞬间消失在黄河里，犹如猛兽一口吞下一个猎物一般。河面恢复了平静。黄河在静静流淌，夜色淹没了一切犯罪的痕迹。

野兽再凶残，也斗不过勇敢的好猎手；罪犯再狡猾，也逃不过法律的天罗地网。A市民警在局长陈刚的带领下，在百里黄河滩涂摆开了围剿犯罪分子的战场，在全市一千多平方公里的土地上拉开了人民战争的天罗地网。经过信息技术对比，很快锁定了犯罪嫌疑人。6月

14日凌晨2时，在家中酣睡的华小山被一举擒获。经突审，华小山对所犯罪行供认不讳。令人震惊的是，犯罪嫌疑人华小山竟然是A市某大型企业招聘的经警，负责厂区的门卫工作。

（六）

6月19日上午9时，我到公安局参加“5·23”案件侦破表彰会暨“严打”斗争现场办公会。一同参加会议的有市委政法委、宣传部以及政法各单位的主要领导。公安局局长、政委、刑侦大队长分别汇报了案件的侦破过程，各位领导对公安局的工作给予了好评。我对民警不怕疲劳、连续作战、二十四小时侦破凶杀大案表示肯定和慰问，对下一步工作提出了四点要求：“一是全力以赴，乘胜追击，限期侦破仍然挂账的‘3·16’和‘4·12’两起大案，给市委一个满意的交代。二是对于‘5·23’案件，检察机关要提前介入，快捕快诉，加快办案速度，体现从快原则。三是宣传部门要加大对‘5·23’案件侦破的宣传力度，大力宣传党和政府开展严打斗争的决心和信心，宣传警察的模范事迹，宣传法律的威慑和尊严，营造浓厚的严打氛围。四是严肃追究责任。组成一个专案组，深入电线厂查明犯罪嫌疑人的来历和身份，追究分管领导失察的责任，绝不允许犯罪分子混入我们的经警队伍。”

11时，因电视台要对公安机关破获“5·23”大案制作专题片进行宣传，陈刚局长陪同我到黄河边，补拍了24日在黄河边现场督办案件的镜头。

专题片播出后，社会反响良好，热评如潮。除了对警察神勇无畏、攻坚克难、连破大案表示敬意外，A市干部、群众还纷纷竖起大拇指：“政法委向书记深入发案现场，指导破案，好样的！”

命案必到，命案必破。从“5·23”案件开始，在A市工作的十年里，凡是发生重大命案，我必第一时间赶到现场，督办指导侦破工作，看望慰问一线警察，协调乡、镇政府为警察解决吃住等生活难题。这已成为一条不成文的规矩，也是我人生的信条和坚守。我认为，政法委书记就应该这么当。

（七）

转眼间，两年多过去了。经过严格缜密的侦查、批捕、起诉、审判、死刑复核、死刑核准等一系列法律程序，罪犯华小山定于次日，即2004年7月29日押赴刑场，执行死刑。

在选择刑场时，我经过深思熟虑，建议法院和公安机关在充分考虑安全的前提下，尽最大可能地选择在犯罪地，也就是黄河边，执行死刑，以体现刑罚的报复主义。罪犯在哪里实施犯罪，就叫他在哪里灭亡!

7月28日下午3时，在市宾馆二楼会议室，政法各单位召开了执行死刑预备会议。政法委阎副书记宣读了行动方案，分为现场押解组、会场保卫组、刑场警戒组、刑场监督组、后勤保障组等七个行动小组，要求各负其责，互相配合，圆满完成死刑执行任务。我强调，要高度重视，克服厌战、松劲、麻痹心理，从严要求，从严监督，确保监所、会场、道路、刑场的安全，做到万无一失。

7月29日凌晨1时，我在公安局局长、检察长、看守所所长、武警中队长的陪同下，深入看守所，检查监所的安全保卫工作。长夜漫漫，时针仿佛也放慢了脚步，考验着人们的耐心。这一夜，对于警察和将被执行死刑的罪犯来说，都注定是个不平常的夜晚。对于警察来说，责任重于泰山，绝对不能发生死囚脱逃、自伤自残事故。否则，将被严厉追责、查办，责任者人生轨迹也就因此而发生重大转折；对于即将被执行死刑的罪犯来说，从此告别阳光明媚的人生，进入另一个黑暗无边的世界，心理上如山的压力可想而知。

善有善报，恶有恶报。这个因果关系是这个世界上最朴素、最管用、最灵验的法则，多少人为此付出了生命的代价。想必华小山在生命的最后一刻，也会悟出这一道理。

早上，鲜红的太阳冉冉升起，光明照耀着人间，阳光辉耀着大地。7 时 50 分，死囚监室的大门打开，狱警威严地喊道："华小山，出列！"

华小山走出监室大门，一眼看见门口站立着两排头戴白色头盔、全副武装的威风凛凛的法警，似乎明白他的人生走到了尽头。身后的大门"哐当"一声关上了。这声音预示着，人生的大门也永远地向他关闭了。他不再回头，也不能回头。

9 点整，正义的枪声在黄河边一块空洼地上响起。这枪声，划破长空，划破田野，在千里黄河滩涂广袤的土地上显得特别清脆。我站在刑场保卫圈的外围，在几名警察的簇拥下，看见一股鲜红的血液扇面一样展开，像阳光下盛开的罂粟花一样鲜艳……

黄河母亲终于露出了久违的笑靥……

在阳光下，黄河静静地、缓缓地流淌着，像一片移动的绸缎。

黄河母亲再次伸开温暖的臂膀，把她的无私、温柔、慈祥和宽厚奉献给她的儿女们……

好市长

黄市长比我们这批干部早到 A 市一年零三个月。

他也是黄龙市下派的干部，之前在黄龙市民政局任局长。但在黄龙市我们很少交集，只闻其名，不见其人。2001 年初，他被组织任命为 A 市市委副书记，推荐担任 A 市市长。

初到 A 市，凡接触到的干部、群众都向我反映，A 市来了一个好市长，工作魄力大，敢于担当，敢于动真碰硬，尤其是 A 市的城建面容变化大。这样的好市长多干几年，A 市肯定会有一个大变化，经济、社会发展会跃上一个新台阶。

同是市委班子成员，同开一场会，同在一起工作，同吃一锅饭，几个月相处下来，我也感同身受，觉得黄市长这人不错，是个实干家，是个领班人，是个好市长，说点儿带感情色彩的话，他也是个老大哥。他长我五六岁，称呼老大哥一点儿也不过分。

他工作充满激情，思维敏捷，讲起话来滔滔不绝，上级精神、基层情况，甚至每个村庄的情况他都了如指掌、烂熟于心，各种数字信手拈来，能够精确到小数点后三位。基层干部，尤其是群众，喜欢听他讲话，说听黄市长讲话，是一份免费的精神大餐。他像一团火一样，总能感染人、鼓舞人、吸引人，让你不能拒绝。

他敢于担当，能打硬仗，攻坚克难，有一种不服输的精神。人们经常在市区街头、田间地头、工厂车间、建设工地看到他熟悉的身影——晴天一身土，雨天一身泥。每项工程的进度都在他的脑海里，每项工作的推进都在他的掌控中。上级总结推广他的做法，有媒体把他的工作方法归纳为“一线工作法”，即：问题在一线发现，矛盾在一线解决，工作在一线推进，干部在一线识别，稳定在一线保障。

为了实施“大县城”战略，吸引农民进城，提高城市化水平，在市委常委会上他力排众议，建议在A市东部平坦的土地上以天鹅湖为核心，打造一个五千亩的东部新区，扩大城市建区面积，提高城市承载能力。决策通过后，他带领政府一班人马强力推进，强力实施。他亲自走到群众中去，与群众见面，宣讲东部新区开发的意义，宣传开发东部新区之后给老百姓带来的商机，以大宣讲带动大拆迁，以大拆迁推进大开发，迅速打开了工作局面。仅仅一年多时间，东部新区开发就取得了突破性进展——“三通一平”等基础设施建设基本完成，一批标志性建筑拔地而起，天鹅湖水系环境治理取得明显成效。东部新区轮廓已初步形成，一座现代化新城矗立在城市东部，成为A市一道亮丽的风景线。上级领导频频到此视察工作，对新区的建设赞不绝口，纷纷称赞是“大手笔”。

A市北部是高速公路通往市区的门户，是城市的第一形象。之前，政府在此规划了一个农贸市场，老百姓沿街叫卖，商铺出店经营，人声嘈杂，卫生堪忧，环境“脏乱差”，多次被上级部门通报批评，限期整改。为了彻底改变城市形象，擦亮城市窗口，同时给更多农民提供进城就业的机会，在黄市长的提议下，政府启动了农贸市场提升改造工程。政府花重金聘请上海同济大学规划设计院进行高起点、高品位规划。规划效果图在街头巨型广告牌上矗立起来，市民一片叫好。但谈到拆迁，原有商户和失地农民又是一片反对声，多次到市委群体上访，打出“保土地、保吃饭、保生存”的横幅，群情激愤。关键时刻，又是黄市长一马当先，公开与群众对话。黄市长说，我们共产党的官是人民选出来的，是为人民办事的。我们不能害怕群众，怕见群众，要敢于走到群众中去，要善于做群众工作。这就是党的群众路线在农村基层的最好体现。针对群众的心结，从群众急于致富的心理出发，他在全市提出了一个响亮的口号：“一户一间门面房，千家万户奔小康。”这口号切合了老百姓的心理，富有很强的煽动性和号召力，把上访群众的情绪引导到发展经济、发家致富上；再加上政府连续出台一系列政策，确保失地农民享受低保、优先招工、优先选择门面房等优惠政策，稳定了农民和商户的情绪，平息了事态，规范化市场的建设很快进入轨道。

在老黄执政A市的三年里，A市的城市建设、旅游文化、经济发展进入了快车道，各项事业蒸蒸日上，欣欣向荣。A市的干部充满了精气神，经常加班加点，挑灯夜战；市委常委会、政府常务会、各种重点项目的协调会、重点工程的推进会连轴转，常常开到凌晨，真正做到了“5+2”、白加黑。虽然苦点，累点，但大家心往一处想，劲往一处使；能在党和人民赋予的岗位上干事创业，实现个人人生价值，再苦再累也值!

老黄这个人最大的特点是平易近人，团结同志，交流、沟通能力强。市委、市人大、市政府、市政协四大班子在一起，工作上是好同事，生活上是好朋友、亲兄弟。对每个班子成员的优点、长处和取得的工作成绩，老黄总会在会上、会下多种场合给予表扬，给予鼓励。为了加大工业企业和项目建设的力度，市委实行“二次分工”，即每个常委在分管本职工作的同时，还承担包乡镇、包企业、包重点项目的任务。黄市长对各位常委的包联工作很关心，不仅压担子，分任务，而且给权力，给保障，逢年过节还专门派政府秘书长到各常委办公室拜访、慰问，让大家感到了一份关心、一份温情。

对于我的工作，黄市长也十分关注。“一村一警”工作铺开后，黄市长在一次会议上给予高度评价，称赞这是一项创新性工作，是“创新性思维，大力度落实”，收到了实实在在的效果。松林寺广场拆迁实施过程中，他几次到工地现场办公，协调解决疑难矛盾，慰问一线工作人员，鼓励大家一鼓作气，打赢这场攻坚战。在拆迁最关键的时刻，他正在省城开会，仍然牵挂着拆迁的进展。在依法强制拆迁一座违章建筑时，远在省城的黄市长让在现场的秘书长打开手机，收听现场传来的声音，连声称赞：“干得好！请转达对向书记和全体政法民警的感谢！”

一次，省委政法委来A市检查稳定工作，黄市长在汇报工作时向在座的省、市领导说：“A市政法委工作在全市、全省处于领先地位，他们做了许多有益的探索，扎实开展了‘一村一警’等有效的工作，为A市经济发展保驾护航，受到全市干部、群众的好评。他们的经验总结起来就是，把政法工作和经济建设相结合，围绕经济建设这个中心全力做好政法工作，保好驾、服好务、护好航。感谢市委给我们派来了一个得力的干将、猛将。”

识人之长，用人之长。这就是黄市长的用人之道，也是这位老大哥的过人之处。

士为知己者死，女为悦己者容。有这样一位好领导掌舵，有这样一位好兄弟搭班，真乃三生有幸！

惨死在铁道旁的花季少女

（一）

2004 年 7 月 6 日下午，召开机关上半年考核交账会。七名领导班子成员和五名中层干部汇报了半年来的工作，会议气氛热烈。我最后作了总结，对各项工作表示满意：一是“一村一警”工作保持了良好发展势头；二是综治例会形成制度，发挥了龙头作用；三是矛排工作在黄龙市检查中名列前茅；四是文秘工作为全局服务，发挥了参谋助手作用；五是直接参与经济建设和中心工作。同时，对工作中存在的不足提出了批评和整改意见。还安排了下一步的重点工作：一是编发综治检查通报；二是继续搞好市直单位督查，对国税局和广电局下发督查通报；三是制订涉法信访案件治理方案；四是搞好宣判执行大会；五是职工福利事宜。还对领导班子分工作了调整。苏副书记分管政法队伍建设、严打整治斗争和机关工作；阎副书记分管“一村一警”和首问责任制；刘副书记分管纪检和执法检查工作。会议开了将近三个小时。临近结束时，接到市委办公厅电话，让我马上到市宾馆二楼213房间，说有重要任务。

（二）

我急匆匆赶到宾馆，推门而入。213是个大套间，是上级领导来A市检查工作时专用的，一般不对社会来客开放。

正对面沙发上坐着几位领导，表情异常严肃。陪同的A市纪委办公室宁主任向我介绍，他们分别是黄龙市纪委的任副书记、监察二室主任刘××，监察二室科员王××、刘××、薛××。

我心中一沉，黄龙市纪委派出如此强大的阵容，大有来头的。正在深思中的我，被任副书记的话打断：“我们收到举报，反映你市公安局局长陈刚有严重的经济问题。黄龙市纪委派我们专程到A市来调查核实。你是A市市委常委、政法委书记，请你协助我们开展工作。”

听到这里，我长舒了一口气。面对黄龙市纪委工作人员，有谁不会提心吊胆，暗暗捏着一把汗？“没问题。”我接着问，“具体任务是什么?”

“任务有三：一是立即通知陈刚到宾馆213房间接受调查。二是要求公安局提供一辆车，供纪委工作人员办案用。三是纪委调查期间，一切食宿开支由被调查人所在单位，也就是公安局承担。请通知公安局财务人员到宾馆办理相关手续。”

见我眼中有疑问，监察二室刘主任补充说：“这是有明文规定的。文件我可以随后给你看。”

我连忙摆手：“不用，不用。我们按纪委的规定执行就是了。”我同时表态，“请组织放心。我一定协助黄龙市纪委搞好调查。”随后，我立即拨通了陈刚局长的电话，通知他立即到宾馆 213 房间报到。

电话里传来陈刚局长的声音：“向书记，昨天，也就是 7 月 5 日上午接到报案，峪口镇铁道边发现一具女尸。死者是一名年仅十四岁的女学生。现在大批警力已调至案发现场，我正在现场指挥侦破工作，紧要关头，可能回不去……”

我用手捂住话筒，问黄龙市纪委领导请示：“怎么办？”

“他必须回来！”任副书记毋庸置疑地下了死命令。我转述了命令。

陈刚回答：“好，我二十分钟内赶到。”

利用等待的时间，我向纪委领导简单介绍了陈刚的情况：“他是公安战线的老人了。先是从 C 县交警队长干起，后调任 A 市公安局政委，2002 年任 A 市公安局局长。富有基层工作经验，为人精明，处世融通，工作有点子、有魄力，敢于动真碰硬，富有创新精神。A 市几起重大命案都是在他亲自指挥下侦破的。”

“不要光说好听的。他有什么不足之处？”纪委同志打断我的话头，问道。

我略为迟疑，只能如实反映：“公安局班子不太和谐，个别班子成员对他有意见。”

“廉洁方面，警察有什么反应？”

“没有听说过，也没有收到过这方面的举报。”

说话间，门已推开，陈刚风尘仆仆地赶到。

纪委领导开始了调查前的谈话。任副书记谈话，刘主任陪同，一个干部记录。

我借故离开房间，回避这一严肃的场合。

一个小时后，谈话结束。陈刚从房间出来，看起来情绪不佳，满脸阴云。

黄龙市纪委刘主任跟了出来，告诉我：“鉴于你们A市发生了这么一起重大的凶杀案，纪委任副书记决定，陈刚局长白天工作，晚上接受组织调查，侦查破案和接受调查两不误。”

我说：“这样最好。”

刘主任转向陈刚说：“陈局长，你要相信组织，相信纪委，我们会实事求是地处理针对你的举报，不会放过任何一个坏人，也绝不会冤枉任何一个好人。”

陈刚点头：“谢谢纪委。我现在就赶回办案一线，争取早日破案，以实际行动回报组织的关心。”说完，陈刚转身走了。

我心中沉甸甸的，像压着一座大山。

（三）

时间在不经意间流逝。“7·5”杀人案侦破工作进行得怎么样？有没有发现蛛丝马迹？作为案件侦破的总指挥，陈刚局长的情绪怎么样？纪委调查会对他的工作状态产生严重影响吗？一线参战警察的工作、生活怎么样？吃、住、行怎么安排？一线的情况牵着我的心，我坐不住了……

7月7日下午，我带领苏、刘两位副书记到峪口镇派出所，看望并慰问参与“7·5”杀人案侦破的警察，对案件侦破提出要求，并实地察看了案发现场。

受害人为七坪村二组居民刘某的女儿刘静，年仅十四岁。7月5日中午放学后，她在回家途中被人掐死于村外野地里，弃尸于小渠，身上覆盖青草。公安机关接报后，抽调警察七十余人上案，正在全力以赴地大范围排查。目前，尚无任何线索。此案犯罪嫌疑人作案动机不明显，现场没有遗留任何有价值的证据，破案的希望渺茫。

这几天正值暑期，气温高达四十度，警察冒高温、顶酷暑，在半径五平方公里范围里撒开大网，严密排查。警察的吃苦精神、敬业精神感动了我们。我们带了十箱矿泉水，表示慰问。

后又到峪口镇，协调镇党委、政府对警察进行慰问，解决警察生活困难。峪口镇李书记、曹镇长表示，这是分内职责，他们明天就过去慰问。

在位于七坪村的一线指挥部，我见到了陈刚局长。他汗流浃背，脸上有一抹灰迹，也顾不上擦拭，正同刑侦大队长一起听取三组警察关于排查线索的汇报。见我进来，他赶忙站起来迎接，待我坐下，他向我详细汇报了“7·5”案件侦破的进展情况。他说：“我们在侦破中了解到，前年，也就是2002年5月，在峪口镇张店村，也是在铁道旁边，发生过一起少女被杀案，死者年龄在十三岁，系在校初中学生，犯罪手段相似，也是被掐死的，没有被性侵痕迹。这两起案件犯罪手段相似，侵害的对象均是在校女学生，现场均位于偏远村庄的铁道旁，都用青草覆盖尸体，怀疑系一人作案。指挥部已决定并案侦查，尽快锁定凶手，早日破案。

“目前我们已调度全局警力，实行大兵团作战，多警种配合，派出的三支排查队伍今天已反馈回有价值的线索二十一条，初步确定了三名重点嫌疑对象。我已安排几名刑侦中队长上案，对这三名重点人从作案时间、有无犯罪前科、社会关系等多方面进行重点排查。”

最后，陈刚局长满怀信心地说：“请领导放心，再加一把力，我们就会有胜利的好消息。警察们情绪高涨，目前处于最佳的精神状态。”

此刻的陈刚局长全然没有了昨天面对纪委谈话的沮丧，情绪饱满，信心百倍，和他的警察一样，也处于最佳的精神状态。压力面前不低头，泰山崩于前不变色。这就是一名公安局长的素质！这就是一名公安局长的情怀！我紧紧地握住陈刚局长的手：“好样的！”

他心领神会，微笑着点头。

（四）

7月10日，接待省依法治理验收组到城西中学、河务局检查工作。对两个单位的依法治理工作，省市领导都给予了较高评价。我要求新闻单位和司法局宣传好这两个单位的经验，为全市行政执法单位起带头和表率作用。

送走省验收组，返回机关途中，接到陈刚局长电话："7·5"凶杀案成功告破。我情绪为之一振，心情十分高兴。下午4点和黄市长、高副市长及职能部门一道，赶到峪口镇派出所，慰问警察。会议由我主持，陈刚局长汇报了案件侦破情况，黄市长、高副市长分别讲话，充分肯定公安机关不怕困难、敢于碰硬、不辱使命、快破奇案的精神。

峪口镇当地群众听到案件告破的消息，蜂拥到派出所，放鞭炮、送匾。上书：智破奇案，为民除害。群众对警察的爱戴、对犯罪分子的仇恨表现得淋漓尽致，给予了公安机关最高的评价。此情此景让人感动，让人反思：什么是"三个代表"？什么是老百姓的切身利益？一句话说得好：金奖银奖，不如老百姓的夸奖；金杯银杯，不如老百姓的口碑。

犯罪嫌疑人徐小兵，男，二十七岁，峪口镇枣树巷村一组居民。是他把魔掌伸向了无辜少女孙晶。

老百姓对警察给予了最高的荣誉，对杀害两名少女的犯罪分子切齿痛恨，纷纷要求把暂关在派出所的凶手拉出来示众，大家要看一看罪犯的真实面目，看看杀害两名少女的凶手长的是什么模样——是不是青面獠牙的魔鬼，是不是奇丑无比的野兽？

群众的要求可以理解，但断然不能满足。

为什么呢？此时峪口镇派出所院里已挤满了愤怒的群众，足有七八百号。他们个个摩拳擦掌，咬牙切齿，恨不得吃了那个坏蛋的肉，喝了那个坏蛋的血。一旦把凶手拉出来示众，局面很可能失控，愤怒的群众会把凶手打伤、打残，甚至打死，一切不可预测的结果都可能发生，后果不堪设想。

凶手在派出所多滞留一分钟，则会多一分风险。我和市里领导都捏了一把汗。为了确保犯罪嫌疑人的人身安全，陈刚局长果断决策：调五十名警察手挽手形成两面人墙，把犯罪嫌疑人转移到警车上，迅速驶离派出所。当载着犯罪嫌疑人的警车驶出派出所时，在场的群众发出一片喊“打”声，起哄声……

（五）

“7·5”案件侦破后，有两件事记忆深刻，现补记于下。

一是在看守所，A市电视台《法制在线》节目女主持人现场采访犯罪嫌疑人徐小兵，搜寻其人生轨迹和犯罪心理。主持人用标准纯正的普通话提问。犯罪嫌疑人徐小兵，一个只有小学文化，土生土长的农家孩子，平时说的是A市老百姓通用的土话方言，此时竟也用标准的普通话作答，一板一眼，字正腔圆，像学生背课文一样，一点也没有惶恐不安、羞愧难当的表情。许多人看了都说，这娃脑子不够数，是个典型的二百五……

二是在案件侦破中，当用证据排除了其他两个嫌疑人，把侦查的焦点对准真正的凶手徐小兵时，他竟漫不经心、似懂非懂。侦查人员问：“那两个女娃是不是你杀死的?”他竟回答：“我不说。你给我糖吃，我就说。”侦查人员立即买了糖给他。他吃了糖后，一五一十、竹筒倒豆子一般，把作案的过程全都抖搂出来了。她供述的案发现场的情况和公安机关收集的证据高度吻合……

三是“7·5”案件侦破的总指挥、A市公安局长陈刚，在整个行动中表现出了高度的党性和坚强的韧性，白天指挥命案侦破，晚上接受组织调查。此种精神诚属可嘉。黄龙市纪委本着实事求是的态度，经认真调查核实，查明举报信反映的所谓经济问题失实，不予立案。黄龙市纪委在适当的场合以适当的形式，为陈刚恢复了名誉，洗刷了清白。

陈刚因为工作突出，2009 年被提拔为汾河市检察院副检察长，在新的岗位上继续为社会稳定出力流汗，无私奉献。不过，虽然岗位变动了，职务提升了，他还是十分怀念在 A 市难忘的战斗岁月，怀念一起出生入死，在一个战壕里战斗过的战友。

执行死刑

前期工作一切顺利。

今天要执行死刑。

7 点 30 分去看守所。黄龙市中院刑一庭副庭长孙大伟对两名死刑犯宣判，并验明正身。其中一名死刑犯叫胡翠翠，女，杀人犯。

8 点我赶到黄河会堂。8 点 30 分，大会开始。我主持了会议，谢书记讲话。公安局王怀德局长宣布对一批刑事犯罪嫌疑人的处理决定，法院副院长景国良对五案五名刑事被告人进行宣判。中院刑一庭庭长杜善忠宣布对两名死刑犯的判决，并宣布执行死刑命令。

判定书认定：胡翠翠，女，三十七岁，B 县桥头镇南韩村人。因家庭琐事和矛盾纠纷，胡犯翠翠对年仅十岁的继女怀恨在心。于2001 年 5 月 19 日趁家中无人，竟惨无人道地用斧头将一颗钉子敲入继女头部，致其颅脑开裂，当场死亡。事后胡翠翠为掩尸灭迹，在自家西厢房里挖开一个深坑，将继女草草埋葬，对外谎称继女负气走失，不见行踪，并向派出所报案。后经公安机关侦查，侦破此案，胡翠翠对所犯杀人事实供认不讳，并有犯罪工具、法医学鉴定报告等证据佐证，形成了完整的证据链。经黄龙市中院一审开庭审理，以故意杀人罪判处胡翠翠死刑，剥夺政治权利终身。另一名死刑犯系男性，五十六岁，A 市柳湾镇王仙村人。因抢劫罪被判处死刑。

在验明正身时，我听到中院刑庭的人员议论：因胡翠翠犯罪手段极其残忍，村里人对其痛恨至极，骂她是失去人性的“姚婆”。囿于社会舆论的谴责，婆家人和娘家人都不愿意为她收尸……这种情况对于多年从事执行死刑的刑庭人员来说，也是第一次遇到。

刑车沿人民大道往南，拐上凤凰大道、旅游路，一直到黄河坝。在一个地势开阔的河滩，武警战士在中院刑场指挥人员的指挥下，对一男一女两名死刑犯执行了死刑。

整个执行大会很威严。警笛声声，武警、公安战士威风凛凛，充分显示了法律的威严。

一个政法大学毕业的文弱书生，终于成为一名成熟的战士。这场血腥的死刑执行行动，全是由他一手指挥的。他显得那样冷静，他的声音震慑了每一位观众的心，赢得了阵阵掌声。这是对正义的呼唤，对社会安定的呼唤……看着台下一张张纯朴的学生脸孔，他一阵阵感慨，多么纯洁的心！他们代表着社会良心！但在走出校门后，他们还能面对社会的种种诱惑，仍然保持纯真的理想和追求吗？他们那纯真的面孔还能保持多久？

二十年前，他的心是敏感的、稚嫩的。而今天，他三十六岁，他的心已经变得冷酷、麻木……不，他还有一颗追求的心，他的血还是热的。只不过，少年的梦已离他而去……

10点，执行死刑完毕。按照惯例，我打通电话，向焦书记、黄市长报告：执行死刑完毕！一切正常！

回到机关，我接受了A市电视台记者的采访。

今天，市委、市政府在黄河会堂召开公处公判执行大会。公安局对一批犯罪嫌疑人进行了公开处理，人民法院对一批刑事犯罪被告人进行了公开宣判，黄龙市中级法院对两名罪大恶极、不杀不足以平民愤的死刑犯执行了枪决。这对于保持全市的政治、社会稳定，对于城市重点工程建设将产生巨大的促进和保障作用。全市政法机关要以这次公处公判执行大会为契机，进一步加大打击力度，为全市经济建设保驾护航。同时，正告一切违法犯罪分子，要以今天公处公判执行的案件为反面教材，认真进行反思，吸取教训，立即向政法机关投案自首！回头是岸，重新做人！

龙门警官[①]

（一）

警官龙门和他的妻子离婚了。

她太漂亮，太妖艳，太轻浮；而他太实心眼，人也长得单薄黑瘦，没有一丝英武之气。他拴不住她的心，外人都这么说。也有人说，龙门把女人宠坏了，爱得太痴情，爱极生悲。

不管旁人如何说三道四，龙门这几天就像三伏天的瓜秧子，蔫得直不起腰来。看来，这场婚变对他确是一个重创。龙门这一生多坎坷，家境贫寒，相貌平平，年轻时找过好几个对象都吹了灯，直到三十好几才经人介绍相上了现在的妻子柳惠。柳惠好漂亮，好年轻，

① 原文发表于《山西法制报》，曾获“义安杯”征文大赛二等奖。

比龙门小好几岁。初次见面时，龙门不敢直视她那妩媚多情的秋波，黑瘦的额头上沁出汗珠，柳惠见他窘迫的样子，“哧哧”地笑出声来。对于这样一个貌若天仙的女子，龙门和他那一辈子面朝黄土背朝天的父母都没敢存任何奢望。可柳惠喜欢上了这个穿警服的黑瘦小伙子。“我喜欢这样的实在人。”她娇羞地说。

龙门心里一阵阵地发甜。冬去春来，柳绿花开，龙门和柳惠幸福地结合了。

新婚不久，新娘柳惠就尝到了龙门“实在”的苦头。龙门出外办案一去就是十天半月，家庭的担子全落到她娇嫩的肩头。有时候龙门回家来，带回一身浸满汗渍污秽的衣服，那种酸臭呛得她直捂鼻子。柳惠生在城市，在父母的娇惯下长大，哪里受过这种累。她第一次流下了委屈的眼泪。更令她不能忍受的是，龙门一个月七十四元工资，哪里能满足她的消费欲望——她要穿得体面一些，用得高档一些，以保持自己的青春风采。结婚后，她常为生活拮据而难堪，而龙门却老实得很，不开窍，手掌罚款大权却不懂得为个人捞一把，弄得家里一贫如洗。望着同龄女性奢华的家具摆设，望着昔日的女伴手搭丈夫肩膀、骑着摩托车风驰电掣的背影，柳惠又一次流下了眼泪，她后悔了……

看到心爱的人因自己受委屈，龙门深深自责，感到不安。他默默地干好一切家务活，买煤、买菜、做饭、洗衣，外出时就让兄妹代劳。柳惠发起火来，他好言相劝，从不高喊一声。慢慢地，宿舍大院里传出龙门“贤内助”“妻管严”“怕老婆”的笑话。龙门听了“嘿嘿”一笑，也不往心里放。他确实太爱柳惠了，怕失去她，尽管在她身上有那么多常人难以接受的缺点……

“严打”开始了，柳惠的弟弟柳江因故意杀人被收容审查。傍晚，龙门拖着疲惫的身体下班回来了。这段时间，他白天晚上围着案子转，更显得黑瘦了，眼角布满了血丝。柳惠亲热地上前来，接过他脱下来的衣服，水汪汪的眸子望着他。他心里一热，这熟悉的多情的眼光，久违了。

柳惠打开厨房门，一股诱人的饭菜香扑鼻而来。桌上铺上了洁白的餐布，上面摆满了佳肴，还有他顶喜欢喝的“北方烧”。他心头一热，一把揽过柳惠，把娇小丰满的妻子紧紧抱在怀里，嘴里喃喃道：“柳惠，我爱你……”

“真爱吗?”柳惠闪动着清澈的眸子。

“苍天可鉴。”

“那好，弟弟的事情你给疏通疏通。”

“啊，他可是犯了人命案呀。”

“你是派出所所长，这个案子是由你们侦查的。你不会在证据上做个手脚，搞成伤害案不就结了！你这个死不开窍的老实疙瘩!”妻子娇嗔地用手指戳着他的额头。

“不，这不行…………”

“我可就这一个弟弟啊！你这个当姐夫的不看僧面看佛面，看在我这个妻子的分上，一定要救他一命……”柳惠哭泣着，无力地跪在地上。

妻子是美丽的，娇弱的。看到她跪倒在自己脚下的身影，龙门不由动了恻隐之心。可是，我是警官，我不能为犯罪分子开脱。法律是神圣……“我不能!”龙门坚定地说。

柳惠忽然歇斯底里发作起来，一把掀翻桌上的饭菜：“窝囊废……离婚……不过了……呜呜……”

龙门痛苦地蜷曲着身子。他意识到，他将要真的永远失去她了。

一声正义的枪响，结束了故意杀人犯柳江的生命。与此同时，龙门接到法院的离婚判决。

柳惠嫁给了一位腰缠万贯的公司经理，整天浓妆艳抹，食肥尝鲜，出入于交际舞厅。

龙门带着不满三岁的孩子艰难地生活着。他拼命工作，不愿一刻闲着，似乎想用无休止的工作忘却生活带给他的痛苦和羞辱。他更加消瘦了。

（二）

五年过去了，龙门已荣升为 A 市公安局副局长。

清晨，一缕阳光给整齐一新的办公室镀上一层金辉。龙门警官整了整威严的警服，大步走向楼下的警车。

今天，他要审讯一起出入高级宾馆盗窃的团伙犯罪案。自 1985 年以来，该团伙成员假冒港商身份，西装革履，频繁出入本市高级宾馆，伺机作案，盗窃旅客现金和项链、戒指等贵重物品，价值三万余元。公安机关投入很大警力侦破，但因犯罪分子作案手段隐蔽，现场遗留痕迹少，一直不能破案。今年“严打”一开始，龙门副局长亲自上案，日夜监候蹲守。经过二十多天的奋战，终于抓获了该团伙的主要嫌疑，其他同案者也一网打尽。

看守所里，审讯正紧张而有序地进行着。最后一名嫌疑人带上来，是一个女人。她面容疲惫，神色憔悴。

“姓名?”主持审讯的王警官开始讯问。

“刘丽娟。”

“年龄?”

“三十岁。”

“曾用名?”

“柳惠。”

……

“轰——”龙门的头脑一阵轰鸣，“柳惠……柳惠……是……

她吗?”

他努力睁开酸涩的眼睛。眼前这个女人似曾相识。那俏丽的脸型、大大的眼睛都是那么熟悉。是她，柳惠，我失去了的妻子……只是，她的眼睛失去了往昔的神采、往昔的热情。昔日的离妻，竟成了今日的阶下囚。“……我和前夫离婚后，与大华贸易公司经理结婚。后来，他另寻新欢，抛弃了我……我孤苦一人，无依无靠，父母也嫌弃我。我也想过回到前夫那里。他对我一片痴情，我的孩子还在那里。可我觉得对不起他，无脸面见他……后来，一个流氓团伙拉我上了贼船，我失去了一个女人所有的一切……为了满足享受的欲望，我还参与了他们的盗窃活动……”

柳惠的哭诉像针一样扎着龙门警官的心。但龙门警官的心是在斗争中熔炼过的。“调齐证据，移送检察院。”龙门警官一声令下，语气冷静庄重。

械　斗

黄河，是我们的母亲河，是中华民族五千年文明的发祥地。这里丰富的水源、广阔的滩涂推动和促进了沿岸经济的迅速发展，在给沿岸群众带来可观的经济效益的同时，不可避免地带来了一些矛盾和纠纷。

2003 年，千里黄河见证了发生在身边的一起特大滩涂纠纷的妥善处置和圆满解决。2 月下旬，A 市临河镇枣园村与 C 县山南镇杨家寨村因滩地界限问题，双方近千名群众在争议地段形成对峙。A 市临河镇枣园村百余名干活的村民被围河滩七八个小时，矛盾一触即发，极有可能引发群体性械斗事件。省、黄龙市领导高度重视，作出批示，A 市、C 县两市、县主要领导、分管领导带领有关职能部门深入基层一线，与群众面对面沟通和交流，多渠道化解矛盾纠纷。经过各级各部门六个多月的艰苦努力，这起黄河滩涂特大矛盾纠纷终于得到彻底解决。我作为A市委常委、政法委书记，自始至终参与了这起矛盾纠纷处理，并以日记的形式再现了各级领导对这一事件的重视，体现了他们务实的工作作风和处置突发事件高超的领导能力和决策艺术，彰显了共产党人“立党为公，执法为民”的政治本色，对类似矛盾的解决处置具有一定的参考和借鉴价值。

2003年2月25日　星期二

下午1时接杨秘书长电话转达焦书记指示，立即赶赴临河镇枣园村，处理该村与C县山南镇杨家寨村因滩地而引起的群体性械斗纠纷。

赶到千亩黄河滩时，双方已纠集了近千名群众，没有一个旁观者，全都持棍扛锨，准备血搏一场。A市公安局副局长和巡警队三十余名警察、临河镇派出所所长张峰已在现场。

我和C县县委副书记、政法委书记、公安局局长接上头后，双方让各自群众后撤两百米，形成了一个五百米的隔离带，避免群众发生冲突。

4点左右，黄龙市公安局治安科相科长赶到现场。在听取了两个县市领导意见的基础上，做出三项决定：一、前期双方领导均做了大量工作，有效控制了事态；后面事件的最终解决，两个县市领导负有主要责任。二、立即成立案件调查组，由黄龙市局牵头，着手对A市一方打伤C县群众一案进行调查。在此基础上，C县群众撤退，让开道路，以便A市群众撤退。三、市局扣留A市方拖拉机，以平息C县方群众情绪。

C县领导要求现场逮捕、拘留打人凶手，我表示了不同意见，说这样可能会激化矛盾，使复杂的态势更加难以控制。相科长接受了我的意见，没有对A市一方群众采取措施。

接着，双方耐心做群众思想工作。经过近一个小时的努力，终于使C县老百姓同意撤退，让开道路。下午6点30分左右，被困在河滩长达七八个小时的枣园村一百多名老百姓终于安全撤离。

在现场，我和C县领导一起向黄龙市委安副书记、政法委马书记汇报了事件的处理结果。8点左右，我们又驱车赶到山南镇。黄龙市委政法委李副书记、市公安局萧副局长均已到达。李副书记指出，这是一起因滩地纠纷引发的群体性突发事件，双方领导高度重视，相互配合，成功地处置了这一事件，避免了流血冲突。对下一步工作，他提出三点要求：一是控制事态，不能再发生冲突。谁再引起冲突，谁承担责任。二是由市局牵头，成立案件调查组，立即投入工作，依法、公正、稳妥地处理此案，确保两个村的长治久安。三是由两个乡镇抽调工作组分别进入枣园村和杨家寨村，开展整治工作，对群众开展法制教育，从根本上消除隐患。

晚9时30分，我赶回A市，参加市委正在召开的常委会。焦书记和各位常委对此案的处理都十分关心。

3月4日　星期二

上午召开A市政法工作会议。会议由我主持，焦书记、谢副书记分别讲话，高副市长主持颁奖。

中午1点30分，在市宾馆二楼参加会议。黄龙市委冯书记对A市全面建设小康社会、实现翻三番工作做了重要指示，中心思想是强化工业意识，加速工业经济发展。他讲到“七个坚持、三个转变”，非常有新意。

我4点左右在办公室与高副市长一起听取市公安局张副局长关于枣园村一案的汇报。此案由黄龙市政府一名副秘书长主管，市公安局处理，进展缓慢，枣园村老百姓情绪很大，有可能引发上访闹事。我们向黄龙市公安局报告了这一动向。

5 月 29 日　星期四

上午与黄市长、高副市长及有关职能部门去 C 县山南镇，参加由黄龙市副市长、副秘书长、民政局局长、公安局副局长等人主持的两县市枣园村与杨家寨村画界工作。但由于个别领导思想不明确，在画界问题上举棋不定，反复讨论，征求意见。直到下午，仍没能成功画界。此举引起枣园村群众不满。下午 4 时，我和高副市长到达现场，群众出现过激行为，出动拖拉机把杨家寨村群众种植的棉花毁掉。随后，C 县出动两百余名警力到达现场，枣园村群众全部撤离。

晚 8 时，黄龙市政府副市长主持召开协调会，决定按照黄龙市政府王市长的指示精神，两天之后放线，要求 A 市、C 县各自做好群众工作，不得扩大事态。

晚 10 时，我们赶到临河镇，连夜召开临河镇干部、群众大会，黄市长、高副市长和我都讲了话，表明了市委、市政府的态度，要求干部、群众保持理性的克制态度，保障两天以后的放线成功。在会上，我点名批评了枣园村支部书记和村主任，并让村主任当众站起来，严厉批评了他无政府、无纪律的行为。

回到市区，已是 12 点。繁忙而又紧张的一天终于结束了。

5 月 30 日（一）　星期五

下午 3 时接到电话，4 时准备放线，要求警力立即赶赴现场。

我和政法委几名同志开着两部车赶到现场时，画界工作已经开始，C 县警方早已在指定位置警戒。

5 时左右，画界结束。按照领导意见，安排枣园村几名干部到现场确认。没想到村干部提出画界有重大出入，上次画界是斜线，而这次几乎成直线，使枣园村损失土地六百余亩。一时群众情绪激奋，如干柴遇到火星，立即燃烧起来。不等警察撤离现场，几十名群众已下滩，拦也拦不住。

晚7时，天已昏暗，狂风大作。我们回到临河镇，听到现场干部报告：枣园村群众已毁掉界桩，把界桩石扔进了河里。

我心一紧，头脑里一阵轰鸣，事态发展到现在，已十分严重，谁也承担不起这个责任。我立即安排政法委两名干部赶往枣园村了解情况。

5月30日（二） 星期五

晚上9时左右，黄市长、谢副书记、袁副书记、牛副市长、高副市长、李政委和民政局、河务局等职能部门领导陆续到达临河镇。

晚10时，黄市长主持召开紧急会议，研究当前事态发展和应采取的对策。会议决定：一、坚决维护5月30日放线结果。二、在做好群众思想工作的同时，对群众的过激行为要坚决制止，对群众提出的意见，要通过正当渠道向上反映。三、对拔桩行为提出严厉批评。在做好群众思想工作的同时，积极研究恢复界桩的办法。四、成立若干工作组，立即开展工作。

黄市长向焦书记提出建议，连夜召开市委常委会议，研究拟采取的措施。

从临河镇回到市区，已是12点左右了。

5月31日（一） 星期六

由市委焦书记主持，连夜召开市委常委会议。会议从凌晨〇时25分开始，至3时结束。会议决定：一、我们要坚决维护黄政办函（2003）15号文件精神。二、临河镇枣园村个别群众认为5月30日画线与5月9日的画线存在很大出入，采取了过激行为，拔了界桩。这种做法是非常错误的，必须给予批评教育。三、鉴于目前界桩已拔、界限不清，再次请求黄龙市有关部门重新予以明确。四、市委、市政府和政法部门要全力做好枣园村的稳定工作，对群众开展法制教育，对个别不法分子挑拨是非、组织群众闹事的要给予严肃处理。五、责成临河镇政府在认真贯彻黄政办函（2003）15 号文件的前提下，把群众反映的问题再次核实，向上反映。六、为了稳定局面，做好此项工作，决定充实协调领导组，补充市委谢副书记、袁副书记，政府牛副市长、高副市长为副组长，市公安局局长王怀德、土地局局长樊××、民政局局长麻××为成员。领导组设群众工作组、案件处理组、维护秩序组。领导组所有成员都要及时深入地开展工作，确保群众情绪稳定，不出任何意外事故。

5 月 31 日（二）　星期六

市委常委会议结束了，我们回家休息。但黄市长顾不上休息，于凌晨 4 时 15 分赶至临河镇政府，与枣园村支部书记、村主任谈话，要求他们做好群众工作，必须接受所画界线，不得再次发生过激行为。

凌晨 5 时 20 分，黄市长赶至争议滩地，实地查看。上午 7 点 30 分，黄市长在临河镇政府召开全体干部会议，要求加强力量，进村入户做好群众工作，确保不出任何问题。

我和谢副书记于 8 时 30 分到达临河镇枣园村，到黄河滩涂查看争议的现场，召开村组干部会议，宣传法律政策，做好群众工作。

今天我的情绪稍微放松了些。一是因为有谢副书记在前面顶着，压力小一些。二是从昨天下午开始，感觉身体不适，感冒发烧，浑身乏力，胃很难受。中午吃饭前，在临河镇李书记的床上睡了一个多小时。

吃过中午饭后，我和谢副书记、牛副市长移师枣园村，靠前指挥。但还是发生了意外事件。下午，枣园村部分群众情绪激愤，下滩毁青，人数最多时达到三百余人。警察极力劝阻，仍无济于事。直至下午 4 时，才将群众劝诫回村。

C 县一方架起摄像机，将枣园村群众毁青的场面全部录入镜头，并随时向黄龙市政府领导反映动态情况。王市长几次打电话催 A 市黄市长，向他通报情况，予以严厉批评，将 A 市置于十分被动的境地。

严格来说，对于毁青事件，我们在警戒方面是有责任的。一是警力不到位。现场警力只有五六十名，与 C 县警力悬殊。二是我建议警力布置在村口阻止群众下滩，谢副书记不同意，认为这样会使警察与群众直接发生冲突。三是指挥还不靠前。对现场情况不了解，信息不灵，指挥不力。

6 月 1 日　星期日

上午 10 时，黄市长带领四大班子有关领导及市直有关部门，在临河镇境内杨贵妃故里会议室召开了枣园村全体村、组干部和部分村民代表会议。黄市长通报了市政府这段时间做的系列工作，传达了“5 · 13”黄龙市政府协调会议精神，教育群众把思想统一到市政府的有关决定上来，坚决恢复 5 月 30 号放线结果。

这是一次成功的对话会，群众的思想统一起来了，表示理解、支持市政府恢复界桩。

下午 3 时，黄市长带领四大班子有关领导到山南镇向驻扎在那里的黄龙市政府副市长汇报目前群众思想动态，力争界桩恢复后不再出现反复。但天有不测风云。晚 9 时许，黄龙市公安局抽调警力五十名，分六个小组进入枣园村重点户家中宣传关于处理毁青事件的通告。当时天黑停电，群众误认为公安局要进村抓人。在一伙人的敲锣煽动下，群众聚集千人之多，围攻进村工作组，并掀翻临河镇派出所的一辆警车，使本已趋稳的群众情绪再次波动起来，群众和政府已达成的信任破裂，认为政府欺骗了他们。恢复界桩又一次丧失了机遇。

6 月 2 日　星期一

几天来身体不适。因为工作累倒，这是平生以来第一次。

上午黄市长、谢副书记先后给我打电话，让我去临河镇。

10时30分，到达临河镇。在接受了与黄龙市专案组联络、沟通的任务后，我立即赶往山南镇。半路遇到返回的王怀德，他汇报的专案组意见与我们的思路是统一的。先做好群众稳定工作，案件处理相机行事。我们一起返回会议室，焦书记正在做村干部的思想工作。

下午去A市市医院检查身体，晚上妻子在宿舍为我输液。而黄市长和几位领导连夜在枣园村做群众工作，与五百余名群众面对面交流。群众先后响起六次掌声，直到次日凌晨4时方结束。

辛苦了，黄市长！古语云：板荡识诚臣，患难见英雄。

6月3日（一）　星期二

9点40分，在C县山南镇政府二楼会议室召开两县市滩地画界落实问题会议。主持人是黄龙市人民政府市长王××。参加人是：黄龙市委副书记安××、副市长柴××，民政、公安、河务及市政府副秘书长郭××等。两县市参加人员为：县（市）委书记、县（市）长、政法委书记、分管副县（市）长、公安局局长、河务局局长。

会议气氛严肃、紧张，充满火药味。在听取A市一方汇报中，王市长很不耐烦地一次次打断汇报，要求焦、黄二人解决吃亏思想，不要谈过程、谈要求，而要回到如何落实好市政府的决定上来。市政府的决定是无条件的，不存在对错，只存在如何执行的问题。王市长的批评措辞很严厉，也很动感情。据王市长身边工作人员反映，他平时态度和气，很少像今天这样发火。

两县市汇报完后，安副书记、柴副市长、郭副秘书长和黄龙市民政局张局长分别作了讲话。

柴副市长强调：一要加强领导。对由青苗赔偿可能派生出来的问题要有预见性。各级领导要吃住在一线，工作在一线，问题解决在一线。二要进一步明确任务。三要进一步抓好落实，确保永远不出问题。四要依法办事。

安副书记强调：对这一事件的认识，要确立一个原则，即毫不退让的原则。要克服狭隘的地方主义和为民请命的思想，树立双赢思想。以后怎么办？以后再出任何问题，由两个县（市）委、政府承担责任——是你的问题算你的，不是你的问题也是你的！对于由土地纠纷造成的群体性事件，既有群众问题，又有干部问题，要慎重处理。对违法犯罪带头者不能助长其气焰，但打击多少，怎样打击，什么时间打击，要把握好度，不该追究的坚决不追究。

王市长最后讲话：一、要从干部队伍的素质和思想工作作风上找原因。二、市政府出台的三个文件和两个协议是一致的。如何认识协议，不能存在怕吃亏的思想。三、由民政部门见证，两县（市）各自恢复界桩。四、管好自己的人，办好自己的事，维护好稳定。界桩恢复后，不能再出现反复。要使两县市友好合作、睦邻相处，从思想上真正沟通。五、明确一个责任。再出现问题，追究两县市委、政府主要领导责任。要把讲政治、讲大局、讲团结、讲纪律贯穿到解决问题的全过程中。六、青苗补偿问题，限一周时间内由 A 市拿出意见，征求黄龙市政府同意，C 县接受。七、落实通告问题。要把握两个原则，对严重违法犯罪的依法处理，不手软，同时要适时、适事、适量、适度，要有利于维护稳定、有利于问题的解决。对没有悔改的和本次会议之后再犯的，要从重、从快予以严厉打击，坚决抓起来。王市长再三强调，要加大工作力度，不能出现反复。所谓不反复，就是不要保留你们的意见——要求再画界。和市政府保持一致，维护了大局，就是双赢，并要求两县市就前段问题进行反思，分别向市委、市政府写出书面报告。

6 月 3 日（二）　星期二

下午 3 时，安副书记召开两县市政法委书记、公安局局长、分管副局长参加的会议，对案件处理作了指示。随后，我们立即赶赴黄河滩地执行警戒任务。

公安局张政委带领百余名警察在枣园村村口集结待命。谢、袁二位副书记和牛、高二位副市长，也在现场。

按照黄龙市政府的安排，下午4时，由民政局人员见证，两县市恢复界桩行动开始。5时，界桩顺利恢复，双方没有出现任何躁动，老百姓秩序井然。

从2月25日两村群众械斗事件开始，长达三个多月，牵涉市、县、乡、村各级领导，造成重大政治影响的两县市黄河滩涂画界纠纷在黄龙市委、市政府的坚强领导下，经过多方共同努力，终于告一段落，划了一个不是十分圆满的句号……

下午6时，安副书记从山南镇到黄河滩涂现场视察，后又到A市，专门和A市市委、市政府领导班子成员吃了一顿饭，以示平衡。席间，对还是说不清、道不明的画界问题，安副书记口头表示理解，但最后还是以一个反问来表示自己的态度：是A市市委、市政府的面子大，还是黄龙市委、市政府的面子大？

黄河滩涂，一道永远没有答案的世纪性难题。

注：6月3日之后，A市公安局和临河镇党委、政府认真贯彻落实"6·3"会议精神，本着"化解矛盾宜疏不宜堵、宜解不宜结"的原则，成立专门工作组，进驻枣园村，采取多条措施维护该村稳定。一是发布公告，使参与毁青、拔桩的群众自觉到公安机关承认错误，写出了保证书；公安机关对其进行了批评教育，没有追究相关责任。二是临河镇党委、政府派驻枣园村的工作组不断扩大工作范围：一方面，深入重点户家中做耐心细致的思想工作，使其不再带头闹事。另一方面，发动党员干部做好亲朋思想工作，使其不再参与滩地纠纷。三是加大法律宣传力度，不断增强群众的法律意识和法制观

念。经过两个多月的努力工作，枣园村的各种过激言论消失，群众的思想稳定，主要精力也转移到发展经济上来，对市、镇两级党委、政府的对立情绪消除，信任度增强。同时，八九月份黄河水量猛增，淹没了争议滩地，使这场历时六个多月、耗费了各级领导大量精力的特大黄河滩涂纠纷终于得到了彻底解决。

女人为何要承受如此深重的苦难

（一）

黄河油脂厂是A市一家农业产业化龙头企业，原料来自当地二十万棉农生产的棉籽，产品远销国内和国际市场，深受消费者青睐。由于它一头牵着千家万户的农民，一户牵着千变万化的市场，对增加农民收入、提高农民生活水平发挥着举足轻重的作用，是典型的“公司加农户”型的龙头企业，属于国家重点扶持的对象。国家对它在税收上给予减免，在财政资金和银行信贷上予以倾斜。虽然企业对当地财政的税收没有多大贡献，由于其显著的社会效益和对农民收入的拉动，A市市委和政府还是倾力支持其发展。每逢中央、省领导检查“三农”工作，黄河油脂厂是必到的企业。葛董事长屡次被选举为省、市人大代表，享受着崇高的社会声誉。

"天有不测风云。"2005 年 11 月 25 日，黄河油脂厂发生一起凶杀案，财务总监在家中被人残忍地杀害。

为企业保驾护航，是政法机关神圣的职责。接报后，我立即驱车赶往四十公里外的企业总部。

该企业属村办企业，20 世纪 80 年代后期改制成为农民股份制企业。它位于华强镇工业园区，占地三百余亩。员工基本上以本地村民为主，近几年招收了一批外来农民工，工人们的文化程度不高。好在企业自动化、信息化水平也不高，大多为手工和机械操作，属于典型的劳动密集型企业。企业管理层除外聘几个专家型人才从事研发外，都是本土培养的管理人才。他们从田地里走出来，在企业里摸爬滚打，积累了丰富的人脉资源和一线管理经验，被提拔到企业管理岗位，成为名副其实的"泥腿子"厂长、经理。

被杀害的黄河油脂厂财务总监刘英民就是这样一个企业负责人。

黄河油脂厂葛董事长热情地把我们迎进企业会客室。他说，昨天下午下班时，财务总监刘英民还到他办公室汇报工作，谈到这个月收支情况，建议他采取措施，加大清收欠款力度，保证年终正常给工人兑付工资。没想到一夜不见，竟成故人、阴阳相隔，实在让人想不通。"我们都是从小玩泥巴、穿开裆裤的拜把子兄弟，从一起种田到一起创办企业，老刘是我的左膀右臂。他为人实诚，忠实厚道，廉洁公道，从不沾企业一分钱。这样的好兄弟忽然走了，我这心里难受啊。"葛董事长手抹眼睛，"呜呜"地哭出声来。在场人士无不伤心落泪，我们也沉浸在悲痛的情绪中。

（二）

A 市公安局张副局长陪着我们来到凶杀现场——受害人家中。他家离企业也就八九百米的距离。门口有公安人员把守着，三米之外拉起了白色警戒带，无关人员不得入内。离门口十几米外的巷口，站着、蹲着三五成群的村民，在窃窃私语着。看见我们走来，立即停止议论，瞪着惊奇的眼睛目送我们走进院子。

穿过一个门洞，是一个三分见方的院落。院子坐北朝南，是一栋二层小楼，显示着这个家庭的殷实和富有。院子里，公安局女法医正在做尸检。身边是一具覆盖着白色床单的尸体，看不见头部和身体，只有一条腿露出来，脚上不见鞋子。在屋门的台阶上，是一摊鲜红的血迹，十分刺眼……

此时已是隆冬时分，刺骨的冷风令人不寒而栗。女法医穿着臃肿的棉衣，蹲在地上为尸体做着检查，敬业的态度让人心生敬畏。我向女法医点点头，眼神作了一下交流，就匆匆离开了现场。

回到企业，看见一个五十岁左右的中年妇女牵着一双儿女，哭泣着走出厂门。儿子、女儿都十一二岁的样子，头上缠着白纱，棉衣上套一件白色的孝衣（当地人叫号衫），紧绷在身上，同样显得臃肿，手里拖着缠着白纸的号棍……

张副局长说："这是死者的老婆和两个未成年的孩子。"

"家里没了男人，女人和孩子就失去了靠山。对这家人来说，好比天塌下来了。"紧跟着的一位村干部哀叹着。

妇人绝望的眼神、两个年幼孩子哭得发肿的眼睛……这一幕，深深地印在了我的脑海里。

（三）

在随后召开的案情分析会上，参战的刑警队员根据现场初步采集的证据纷纷发言，分析案情，划定范围，明确侦破主攻方向。

刑侦队员甲说："被害人社会关系明确，人很实在，为人处世厚道，没有男女关系传闻，也没有死对头，应该排除仇杀、情杀的可能。"

刑侦队员乙说："经解剖尸体，化验胃容物，初步确定死者死亡时间为当晚11时左右。这时候，死者老婆、孩子已经睡觉。因为两个孩子次日要上学，老婆一般早晨5点或6点就起床了，给孩子做饭。老婆、孩子住二楼，死者在一楼独居。对于凶手来说，这是个相对有利的时间和空间。看来，凶手对死者家的生活起居和习惯是熟悉的，不排除熟人作案的可能。”

刑侦队员丙说：“我同意乙的意见。冬季天黑夜长，农村人的习惯是早早入睡。这个时候谁能敲开死者家的门，只能是死者熟悉的人。如果是不认识的人，死者是不会轻易开门的。更何况死者是搞财务出身的，一辈子小心谨慎，断不会发生那样的失误。”

刑侦队员丁说：“凶手选择死者家里作案，应该排除和企业财务有关联。因为企业有严格的财务管理制度，不会存留大额现金，更不允许把现金带回家。”

队员们条分缕析，抽茧剥丝，头头是道，入情入理，终将案件理出了头绪，理顺了思路。

张副局长也作了分析推理，提出了一些真知灼见。

在此基础上，我做了总结讲话：“今天的会议开得很好，大家的分析都有道理，对理清办案思路都很有意义。我们就应该这样——人人都是诸葛亮，集思广益，发扬民主，发挥集体的智慧和力量。这样就没有破不了的案，没有过不了的坎。应该说，凶手是熟人、本地人，或者是本企业人的可能性大，外地流窜作案的可能性有，但不大。这样就缩小了侦查范围，可以集中优势兵力在熟人和本地人上下功夫，寻求突破。

“A市公安局刑侦队有敢破大案、能破大案的优良传统。比这案子更难的案子我们都破了，像黄河岸边强奸、杀害女出租车司机案、铁道边杀害两名女学生案，还有‘5·23’杀人焚尸案、‘7·18’抢劫珠宝案我们都能破，今天黄河油脂厂发生的案件，我们也一定能破。大家再辛苦几天，再坚持几天，坚持就是胜利。市委等待你们破案的好消息！”

虽然是数九寒天，朔风凛冽，但刑警队员们个个精神抖擞，信心百倍。道高一尺，魔高一丈。面对凶残的敌人，警察们再次高扬起了正义之剑……

（四）

初步排除了外地人流窜作案的可能，作案的本地人又藏在哪里呢？

死者所在的郝庄村在方圆十几公里是个大村，全村三百二十户，一千五百口人，分为五个居民组。死者所在的企业也是个远近闻名的大企业，职工三千五百多人，共十几个车间、三十多个班组。扩而广之，整个华强镇共二十三个村，五万四千多口人，在A市算得上一个人口众多、实力雄厚的大乡镇。刘英民作为黄河油脂厂的经营管理人员，与这些村庄的人或多或少都有联系。所有这些人，都可纳入“本地人”“熟人”的范围。

茫茫人海，大千世界。在如此大的范围里寻找一个凶手，无异于大海捞针。连续三天的排查没有任何有价值的线索，警察们心头像压了一座大山，不敢直视村民们怀疑的眼光。第四天，一位警察在排查时偶尔发现了死者门上钉着白底红字的铁牌：“信贷代办点。”

经询问死者老婆，才知道死者刘英民除了在黄河油脂厂担任财务总监外，还兼职村信用联社的信贷代办员。

由此问及企业葛董事长时他说：“这情况我知道。老刘人缘好，头脑清，村里征求厂里意见，就把代办员的担子交给他了。他也多了一份收入。这是好事，我支持。”

既然刘英民是信贷代办员，必然会有财务账目。账目在哪里？警察不费吹灰之力，在一楼刘英民的卧室床头发现了一个铁皮保险柜。保险柜的门锁着。在刘英民的办公桌和卧室搜寻，没有找见保险柜的钥匙。在尸体的衣服口袋里，也没有找见钥匙。问刘英民老婆和儿女、亲戚，均无结果。

保险柜钥匙失踪，成为了一个谜。而这个谜，也就是侦破工作的一个突破口。警察请来专业人员，用机器切割开了保险柜。一摞摞账本整齐地码放在保险柜里。侦查人员隐约感觉到，也许案件的谜底就藏在这些厚厚的账本里。

张副局长紧急联系A市审计局长，从各单位抽调了数十名业务熟练的审计和会计人员，集中食宿，对足足一尺多厚的账本进行了认真审计。一笔笔账目……一笔笔往来……一笔笔收支……紧张的一天一夜过去了。11月27日，当雄鸡一声啼叫，二十四小时没合眼的审计人员终于发现了一处破绽。

在第一五二三项贷出项目下，只有贷出三千二百元的记载，却没有借款条据作支撑。在这笔借贷的姓名栏下，清楚地写着三个字：刘子华。刘子华有重大嫌疑！刘子华是本村人，与死者家仅隔一条巷。

刑警队员们像猛虎一样，扑向刘子华家里。房门紧锁。邻居反映，刘英民案件发生后，就再也没见过刘子华的人影。

公安机关向全市和周边县、市发布协查通报。一夜之间，协查通报连同刘子华的照片张贴到了A市三百二十个大大小小的村庄及各个交通要道。A市各治安卡口启动了一级防控预案，三百名荷枪实弹的公安武警投入了搜捕围剿犯罪嫌疑人的战斗。公安机关布下了天罗地网，犯罪分子插翅难逃。

11月29日，杀害刘英民的犯罪嫌疑人在C县风口镇一家小旅馆束手就擒。经突击审讯，刘子华对杀害刘英民的犯罪事实供认不讳。

（五）

让我们用电影分镜头，真实地还原刘子华作案的动机和过程。

刘子华与刘英民系同村本家，沾亲带故。论辈分，刘子华管刘英民叫叔，两家互相走动，来往密切。刘英民对这个本家侄很器重，常常给予关照和帮助。

2005 年 3 月，才刚开春，刘子华来到刘英民所在企业的办公室，叔侄俩谈起春耕生产的计划。刘子华想种十亩中药材，苦于没有钱买种子和化肥，便向刘英民提出借贷三千块钱。刘英民痛快地答应了，让他晚上到家里取钱。

当晚，刘子华拿到了三千二百元借贷款，并打了借条，借期八个月，签名盖章。刘子华走后，刘英民收好了借条，并按财务规定在账本贷出项下予以注明。

转眼就是 11 月份，还款的日子到了，刘子华却为还不上款而发愁。一个罪恶的念头在他脑海中产生了。11 月 25 日 10 时 30 分，他敲开了刘英民家的大门。刘英民见是本家侄到来，便沏茶递烟。两人云山雾海侃大山，聊到 12 点多。趁刘英民不备，他抽出斧头，从身后向刘英民的脑袋砸了下去。一下、两下、三下……血流如注……他从刘英民身上掏出钥匙，熟练地打开保险柜，翻开账本，找出了自己三千二百元的借据后，把保险柜锁上，钥匙揣在身上溜走了。但他不知道，账本上赫然载着他的犯罪证据。

案件真相大白。

村民们震惊了：为了区区三千二百元，刘子华竟对自己的长辈、本家亲戚痛下杀手，致使刘英民命丧黄泉，家破人亡。其手段何其残忍！真是丧失人性！禽兽不如！

村民们连连上书 A 市市委和公、检、法机关，要求严惩凶手，伸张正义！

（六）

伸张正义的一天终于来了。

经过侦查、批捕、起诉、审判等一系列严密的法律程序，刘子华被判处死刑，剥夺政治权利终身。刘子华不服，提起上诉，二审维持原判。经最高人民法院核准，签发了执行死刑的命令。

2007 年 5 月 23 日，罪犯刘子华被押赴刑场。当囚车驶出监所大门时，外面围观的群众已人山人海，水泄不通。执勤的公安民警和武警战士荷枪实弹，肃立两侧，形成两道人墙，维持着现场秩序。

忽然，一个中年妇女从人群中闯出，冲破警察的封锁线，向囚车车轮下冲击，大声哭喊着："子华……"囚车紧急刹车，才避免了一场车祸。值勤警察一个健步跨上去，把中年妇女架开。她仍然挣扎着，哭喊着，撕心裂肺："子华，我要跟你去！我不活了……"

我的眼睛一热，湿润了。很快，我便冷静了下来，潮湿的眼睛又恢复了坚定的光亮。我想起了两年前那个冬天，在那个农家院里冰冷的地面上躺着的僵硬尸体，尸体上盖着洁白的床单……我想起了两年前那个冬天，在黄河油脂厂区门口看到的中年妇女领着两个年幼的儿女，穿着号衫，拖着号棍和他们哭泣的面容和身影……

"善有善报，恶有恶报。不是不报，时候未到。时候一到，统统都报。"一位共和国元帅的铿锵语调在我耳边响起。我是战士，我要做正义的守护者和捍卫者。"呯……"一声枪响，结束了罪犯刘子华的生命。我抬起手腕看表，时针指向 9 时 15 分……

事情过去十多年了，想必罪犯刘子华和受害人刘英民的坟头早已衰草萋萋，两人的肉体早已腐朽，化成白骨。但是，两个女人撕心裂肺的哭喊，却始终萦绕在我心头，挥之不去。一个是受害者的女人，一个是加害者的女人。

女人，你为什么要承受如此深重的苦难？

新来的市委书记

（一）

2005 年 5 月，A 市市委焦书记调任黄龙市人大副主任，省委给 A 市任命了新的市委书记。

新上任的市委书记姓原，很年轻，四十三岁。学历并不显赫，只是省城一所中专毕业，后续学历是中央党校本科、研究生。他个子中等，精瘦，身上只显骨头架子，没肉，显得身单力薄，短小精悍。他原任一个小县的县长，这次组织任命他担任 A 市市委书记，既是提拔，又是重用，是其仕途上一个重要的节点，也为以后的发展打下了坚实基础。

黄市长原是准备接任 A 市市委书记的，以他的资历、能力、政绩、口碑都堪当大任，名副其实。A 市干部、群众也风传黄市长要在

A 市提拔，不会调任其他县市。黄龙市委分管干部的副书记一次在 A 市调研时，在对 A 市工作给予高度评价的基础上，也借机放出风来暗示黄市长要提拔，要任 A 市市委书记。一段时间以来，黄市长的提拔去向已成定局，似乎是板上钉钉了。黄市长也志得意满，陶醉在上级、下级、平级的肯定、恭维和预祝中，前程似锦，一片光明，红毯铺地，鲜花洒道。

但世事难料。省委换届政策一出台，黄市长和他的团队失落了。政策规定，为了促进干部队伍的年轻化，超过五十岁的县长原则上不再提任县（市）委书记。这就像西王母拔下一根头簪，划出了一条天河，横亘在黄市长和县（市）委书记这个诱人的即将到手的职位之间。梦想破灭了，他遭受了人生第一次沉重的打击。不过，他毕竟是在官场历练多年的老将，党性、觉悟还是高的，很快便打扫干净心理上的失败情绪，适应了新的工作环境。

这样，在 A 市党政班子架构上，出现了一种“老少配”的局面。如果市委书记是资历老、年龄大的，市长是年轻人，这倒能理解，也属常见。但 A 市的党政班子出现了反向“老少配”，即市委书记是年轻人，是新手，市长是年龄大、资历老的老手。这种结构倒是少见。

一些老道的干部预言：有好戏看！好戏在后头！

上任两个月了，新来的市委书记每天照例由市委秘书长陪同，下乡镇、下企业、下农村调研，调研轻车简从，与前任市委书记和黄龙市领导调研浩浩荡荡的作风大相径庭。调研中只用眼睛看，只用耳朵听，只用脑袋想，嘴巴像上了锁一样，不吐一个字。

按照惯常的官场思维，基层干部、群众多是从新任领导的讲话，尤其是现场即席讲话中，感知新任领导的执政风格、领导水平和人格魅力，但遇上这位金口难开的新书记，A 市干部、群众迷茫了，不知新来书记的葫芦里卖的什么药。一时间，A 市老百姓风传一句顺口溜：“政府有个喇叭，市委有个哑巴。”

新来的市委书记召开第一次全县干部大会，各局局长、各乡镇书记、镇长百十号人坐满了会议室。会议由黄市长主持。原定的会议时间已经到了，市委书记、副书记、各位常委已在主席台就座，黄市长的位置却空缺着，不见人来。

秘书长像热锅上的蚂蚁跑来跑去，跑上跑下。他给黄市长打电话，电话关机；给黄市长秘书打电话，电话无法接通；给司机打电话，正在通话中，而且一直占线……

五分钟……

十分钟……

十五分钟……

主席台上黄市长的桌签后仍然空着，像一口好牙中一颗缺失的门牙，显得那么扎眼，那么不协调……

市委书记坐在主席台上，面无表情，不动声色。

秘书长如坐针毡，用求救、征询的眼睛看了新来的书记一眼，又不知所措地把眼光转向下面会场的人群。

二十分钟后，黄市长司机的电话终于打通了，说是正在路上，马上就到。

秘书长马上报告主席台上的书记，黄市长马上就到。

书记还是面无任何表情，不点头，不吭声，不表态。

又过了十分钟，会议室的门推开了，黄市长高大魁梧的身子走进了会议室，秘书接过市长从身上抖掉的大衣。

黄市长哈哈一笑：“对不起了，让大家久等了。我接到的开会通知是九点整，以为还早，就在家里冲了个澡。早晨洗澡，是我多年来养成的习惯，哈哈哈……”在笑声中，黄市长在主席台就座。

书记说：“开会吧。”

会后，有老道的干部议论开了。“好戏开场了。”“这迟到的半小时，是黄市长给新来的书记的下马威。”“看这架势，新来的娃娃书记是个摆设，掌实权的还是黄市长。”

还真是，黄市长虽然没当上市委书记，但A市的经济、政治、文化、政法还牢牢掌握在黄市长手里。他照例每天浩浩荡荡地到重点项目工地、重点企业、农村、学校视察工作；照例每天频繁出现在A市电视新闻节目中；照例到各机关、乡镇检查指导工作，慰问一线工作人员；极富感染力的即席讲话照例激动着、感染着每一个人。

A市干部、群众对黄市长好评如潮：“面对进退不泄气，面对困难不气馁，充满激情干工作，真是人民的好市长。”

市委、市政府办公厅的人员也在察言观色：“每天到市长办公室汇报的局长、乡镇长在门口排队，书记办公室却是门可罗雀……”

机关事务管理局的人也在议论：“书记人很谦虚，每天中午灶上吃饭，黄市长不到不动筷子……”

老百姓议论：“每天电视上只见黄市长，不见新书记。”

（二）

足足半年后，A市官场出现了转机。转机出现在2006年1月召开的A市经济工作会议上。

每年的全市经济工作会议都是一场开场大戏，回顾总结上一年的经济工作，安排部署下一年经济工作。会议名称经济工作会议，其实包括经济、政治、社会、文化、稳定等各方面的内容，实际上是在确定新的一年经济、社会发展的大盘子。

经济工作会议召开之前，按例要召开市委常委会议，研究经济工作会议上出台的各种文件、报告，确定下一年度国民经济和社会发展规划，确定财政预算大盘子。这是一个定方向、定指标、定思路、定大盘子的会议，重要性可想而知。

会上，A市市委原书记讲了他的工作思路和预算安排。新的一年，市委提出要大干三十项重点工程。这些工程涉及经济、社会、文化、民生、政法等各个领域，实行四大班子领导包重点工程责任制、倒排工期、限时办结，年底向全市人民交账。完不成任务的，要实行末位淘汰，自动免去现职，由市委另行安排临时性工作。财政部门要把资金向重点工程倾斜，向工程一线倾斜，足额保障到位。紧接着，原书记就每项重点工程所应预算拨付的财政资金一一点评。只有几分钟时间，十三个亿的年度预算资金就全部安排到了项目头上。每个包项目的县级领导看到自己所包项目资金得到足额保障，都心满意足，纷纷点头称是，表态完全同意，坚决支持，保证完成重点项目建设任务。

这下，一直坐在会议室不吭声的黄市长着急了。等其他常委发言完毕，他说话了："我不同意这么做。"接着，黄市长就财政预算编制的程序、功能和用途，主要用于保工资、保运转、保民生等，洋洋洒洒发表了十几分钟的意见。

会议室里一片安静，黄市长的反对意见把市委常委的不同意见公开化了，这种尴尬的局面是很少见的。常委们面面相觑，不置可否。

原书记仍然面无表情，不动声色，冷静地问一句："讲完了吗？"

"完了。"黄市长回答。

原书记宣布："散会。"

常委们倒吸一口冷气，没有了平时散会后的寒暄、打招呼，纷纷提包，急匆匆离开会场。

常委会上的不同声音很快在 A 市干部中传开。一位退职多年的老干部评价说："不解释，不接话，不交锋。这'三不'政策实在是高，避免了常委会上的争吵。这位娃娃书记了不得！"

说到决策程序，老干部们自有一番理论："党委是核心。党委决定大政方针。党委决定的事，政府执行就是了。这就是程序。"

“这不仅是程序，而且是政治。在中国当市（县）长，不懂得这一点，就叫政治不合格。”

（三）

2006年1月16日，A市经济工作会议在人民礼堂召开。市四套班子领导在主席台就座，各委、部、局、办一把手和乡镇书记、乡镇长，还有部分应邀列席会议的老干部、人大代表、政协委员共二百五十余人参加会议。

人民礼堂是上世纪五六十年代的建筑，虽然陈旧些、简朴些，但保留了那个时代的建筑符号和特色，让人产生怀旧感。市政府几位市长曾动议拆除，新建一座时尚、大气的现代会议中心，都被老干部和人大领导否决。他们言之凿凿：要给这座城市留下记忆，留下乡愁。

会议照例由市委副书记主持。不同的是，往年的经济工作会议先由市长做工作报告，市委书记作总结讲话。今年的经济工作会议议程颠倒过来了，开场即由市委书记做重要讲话，其次才由市长做工作报告。应邀列席会议的老干部们点头称是：书记讲话定调子，市长报告抓落实。这样的顺序才对头。

在热烈的掌声中，原书记做重要讲话。他首先客观地评价了2005年的经济工作，指出2005年是A市从容应对挑战、取得明显成效的一年，全市上下紧紧围绕市委的总体要求，做了大量卓有成效的工作。A市振兴、崛起的事业呈现出基础更加牢固、步履更加坚实、路径更加宽阔的新局面。简单讲完成绩，原书记话锋一转，清了清嗓子，用洪亮的嗓音讲道：“同志们，在肯定成绩的同时，我们还要看到工作中存在的问题和不足。这些问题集中表现为‘四个短板’：一是经济实力的短板；二是旅游发展的短板；三是农业调产的短板；四是思想观念的短板。要实现A市的振兴、崛起的宏伟目标，实现‘四年翻两番’的目标，就必须正视和切实解决这些问题。

“第一个短板，是经济实力的短板。A 市在黄龙市来讲，从历史沿袭上，无论地理位置还是资源生产条件，或是县治历史、文化底蕴，还是经济实力，一直都位居十六个县市区第二。从这个排名上能够看得出我们过去在黄龙的重要程度。但从财政收入排名看，1998 年我们是排在第二名，到 2000 年降为第三名；到 2001 年降为第四名；到 2004 年降为第五名；今年的财政排队，我们已经降为第六名。从全省来看，全省共有十八个县级市。我们在十八个县级市中人口和面积都排在第三位，而我们的财政收入是全省十八个县级市的倒数第一。我们可以用‘十五’时期六个方面的数字看出我们与其他县级市在发展上存在的差距。‘十五’初期，我们的 GDP、工业总产值、财政总收入、固定资产投资、城镇居民人均可支配收入、农民人均主要收入等指标在全省十八个县级市中均处于争一保三不落十的领先或上游水平。经过五年的发展，到‘十五’末，我们六个数字的变化除了固定资产投资的排名仍然保持在第九的位置，其余五个数字都不同程度地全部下滑，步子落得最大的是财政收入，从‘十五’初期的第六位下降到‘十五’末的倒数第一。经济运行质量好的一个标志是财政收入占国内生产总值的比重，我们为百分之五点八。这个指标值也是排在十八个县级市的倒数第一，大大低于全国百分之十三点七的平均水平。这反映出我们经济结构不尽合理。在全国的位置，2005 年我们在全国县市中排名第一千零三十八位。通过这样的比较，我们看出了实力的差距。如不加快发展，南面的 C 县、北面的 D 县都有可能跑到我们前边去。

“第二个短板，是旅游发展的短板。A 市的旅游资源品位上乘，我们的桃花岛、黄河古渡口、松林寺、龙虎山等景点无论从历史渊源还是文化底蕴，在国内都属顶级产品，并且荣获了‘中国优秀旅游城市’称号。对黄龙市来讲，A 市可以说是黄龙的一个窗口，过去一直就是到黄龙必到 A 市。这就充分证明了 A 市响亮的旅游品牌和在全国旅游经济当中的位置。但是，我们现在没有一家五星级酒店，没有一家高档次的饭店，没有一家大型的洗浴娱乐的服务场所。这样的条件我们怎么能留住人？黄龙市的一位领导给我讲，海外客人去河洛经过黄龙提出要看 A 市，但看完 A 市后要回黄龙住宿，第二天一早再路经 A 市到河洛。这说明了一个问题，就是 A 市没有一个舒适的酒店能叫这些人留下。如果我们有一家五星级酒店，看完 A 市肯定就住在 A 市了。我们争得了“中国优秀旅游城市”的这个品牌，但我们城市功能和条件与这个品牌标准差距是很大的。按照标准，要求有年接待量在十万人次的旅游度假区，我们没有；要求具有本市风格特色和游览价值的街区，我们也没有；要求有容纳二百人以上、具有同声传译系统的国际会议中心和有八百个标准展位以上的展览馆，我们还是没有；要求有五星级以上饭店一两家、晚间水上游览项目和晚间固定接待旅游团队的旅游项目，我们都没有。连城市起码应具有的图书馆、体育馆、博物馆等场所都没有；城市的其他设施与优秀旅游城市的标准也相差甚远。况且，我们拥有一流资源、顶级产品，却并没有做成一流的市场、顶级的景点，也没有形成一个完整意义上固定的旅游线路和游客群体，在全国旅游经济圈中还没有形成一个旅游必经线路。旅游业的开发确实没有达到精品效应的带动力。从事旅游的专业人员、队伍，旅游的市场，旅游的机制，还没有真正形成。现在我们一年接待游客百万人次，一分为四，每个景点也就是二十多万人，门票收入仅一千多万，是入不敷出的。要发工资，要还账，几乎没有钱再投入景点的建设。

“第三个短板，是农业调产的短板。说到 A 市的农业生产条件，在黄龙、在全省都是一流的。全市一千三百二十平方公里的国土面积，由山地、台地、平川、河川道、河漫滩地五大类型组成。平川面积就占到总面积的百分之三十七点七五，加上河川道和河漫滩地百分之二十三点九五，就达到了百分之六十一点七。全市可耕地面积一百零三万亩，耕地面积七十八点九万亩，水地就达到百分之八十以上。加之气候温和，雨量适中，农业生产条件优越。这么好的农业种植条件，我们多少年来种植面积最大的还是小麦、棉花。小麦和棉花的种植面积位居全省之首，但和经济作物相比，小麦、棉花的比较效益低下。我们的水果面积仅占到耕地面积的百分之八点六二，芦荟面积仅占到百分之九点二五。而与我们相邻的B县，光苹果种植面积就达到八十万亩，占全县耕地面积的百分之七十。这样落后的种植结构对我们肥沃的土地是一种浪费，投入产出是不成正比的。

“第四个短板，是思想观念的短板。A市地方好，干部素质高，民风好。市志记载：‘民性质朴，好尚节俭，力田纺织，尤尚商贾，州人仪容闲雅，服饰鲜丽，仕宦之乡，人文称盛。’这充分证明了地方好、干部素质高是有历史传统的。但现在我们讲，高素质干部应该树立世界眼光，培养开阔胸怀，强化机遇意识，增强进取动力，这样才能与时俱进，承担起领导一方经济发展、社会和谐、科学发展的责任。我们的干部队伍要在规范、平和、理智的基础上，培养新的创业观念、创新理念、创优观点，树立更加积极的进取意识、敬业意识和责任意识，要坚决克服优越感。我们必须克服动力不足、进取不强、小富即安、四平八稳的精神状态。只有这样，才能与我们扬名在外的干部素质高的名声相适应，A市的发展也才会有真正的突破和跨越。”

原书记洋洋洒洒地讲了两个多小时。“四个短板”犹如平地炸雷，引起了会场一阵骚动，参会者时不时地交头接耳，点头称是。

A市经济工作会议召开一月有余，“四个短板”成为全市干部、群众街头巷尾议论的热点话题，有褒有贬，褒大于贬。

赞成、支持者口若悬河，滔滔不绝：“四个短板抓住了A市的病症和问题，抓住了要害。”

“四个短板，显示了市委自我亮丑、自我揭短、自加压力的勇气和胆识。只有这样，A 市工作才能进步，才能前进。”

“四个短板，涵盖政治、经济、文化、社会、旅游各个方面，是对 A 市的一次全面会诊和体检。它就像一台 CT 机一样，通过它，A 市的长处和短板看得清清楚楚。它为决策者提供了翔实、全面的第一手资料。”

“四个短板，是 A 市市委解放思想的宣言书。它不是新来的原书记闭门造车、坐在办公室里苦思冥想创造出来的，是在深入、广泛的调查研究中得来的……”

“这半年的调查研究不容易啊！”

“这个娃娃书记不简单啊，人小志气大！有雄心，有魄力，有胆识。”

贬者小心翼翼，若即若离：“四个短板，是不是说了过头话，否定了 A 市这几年发展的成绩？”

“年轻人，嘴上没毛，说话不牢。”

“四个短板，会不会影响到班子团结，影响黄市长的情绪？”

……

（四）

是的，黄市长这段时间的日子可不好过。

在经济工作会议上，新来的年轻书记一改往日金口难开的形象，口若悬河，激情洋溢，思路新颖，语言富有感染力，像在全场点燃了一把火，把干部干事创业的激情激发出来了。会场上群情振奋，不时响起热烈的掌声。在讲到当前 A 市存在的“四个短板”时，会场鸦雀无声，干部们屏声息气，认真地听，认真地记，仔细地揣摩，生怕漏掉一个字。

坐在主席台上的黄市长却是另一番感受。“四个短板”，每个字都像针一样，扎着他敏感的神经。在台下几百双眼睛的注视下，他极力平复着自己的情绪，努力使自己稳如泰山，不动声色。“稳住，稳住！忍着，忍着！绝不能在脸面上表现出来……那么多人看着你……”他一遍遍在心中默默告诫自己，不使脸上的红晕浮上来。会后街头干部、老百姓的议论也传进了他的耳朵里，他遇到了从政以来最大的一次危机。

全市经济工作会议以后，A 市政坛出现了大反转、大洗牌。向市委书记汇报工作的局长、乡镇领导多了，向市长汇报工作的少了。电视上市委书记出镜的报道多了，分量大了，市长的报道少了，分量轻了。甚至一些副市长常常隔开市长，直接向市委书记汇报工作。

市委办公厅、政府办公厅的工作人员私下悄悄议论：“到市委书记办公室汇报的局长们排成了队，市长的办公室门可罗雀。”

一次，我到黄市长办公室谈工作，他双手一摊，脸上露出无奈的表情说：“向书记啊，不怕你笑话！现在，我这个干了八九年的市长，都不知道市长该怎么当了……”

在这场激烈的思想交锋中，我深深体会到黄市长精神上的痛苦、裂变和无奈。

“不过，”黄市长说，“作为市长，我会调整自己的工作思路，紧跟市委的步伐。我绝不会做 A 市经济发展的绊脚石！”

啊，我的青春

（一）

我的家在黄河古道。

十四岁那年，我从初中毕业了。父亲要我继承他的手艺，当一个有头有脸的庄稼把式，并托公社刘秘书的关系给我扯了结婚证，让我年内就跟自小定了亲的土妞圆房。我死活不同意。倒不是和土妞没话说，而是我做梦都想着要上大学。几个晚上轮番作战，与父亲及父亲搬来的救兵唇枪舌剑。最后，慈爱的母亲还是投了我关键的一票，我得以险胜，摆脱了父亲为我设置的人生“理想模式”。

父亲至此与我心中有了一层隔膜，那张沟壑纵横的古铜色脸上流露出深深的失落，但年少气盛的我已顾不得这些了。第二天，当天上还是星斗灿烂的时候，我已背上铺盖向公社高中所在地——曹庄进发了，怀里揣着母亲连夜给我蒸的几个比蒲扇还要大的白馍。

（二）

所谓高中，其实只是一座破败的院落和祠堂。祠堂的主人是早年曹庄一带颇有名气的曹大老爷。他在民国初靠几十年的积蓄，在曹庄办起了全县第一家弹花作坊，一时名气大噪，县志上留了一笔，可惜以后曹大老爷的光景竟糟蹋在几个不肖的子孙手中。新中国成立后，这儿一度成为镇政府的办公地点。镇政府迁出后，这群建筑年久失修，终成残垣断壁，只有一座祠堂和几排厢房仍结结实实地耸立着，证明着人间的沧桑巨变。1977 年，粉碎“四人帮”不久，全民大办教育，公社张书记便把新的高中地址选在这个具有历史意义的地方。

因是新办高中，老师是从初中调来的，全校只有一个班，满打满算，学生只有三十来号。有门路、有城市户口的大多上了县高中，我们则属于社会的弃儿。但我在心里较着劲：“是骡子是马，拉出来遛一遛！两年后考场上见高低。”

男同学住东厢房，女同学住西厢房，东西对峙，阴阳分明。与我同住一个宿舍的是刘文生和曹桂林。刘文生身段颀长，鼻梁上架一副眼镜，穿身洗得发白的黑制服，口袋上佩一支“英雄”牌钢笔，颇有几分“书卷气”。曹桂林则是地道的曹庄人，留寸头、身壮体胖，力大如牛。我亲眼见他一口气吞下五个大馍和两根一尺长的生葱。

一天没下来，我们几个混得像老朋友一样熟，称兄道弟，无话不谈。晚上，三个人躺在铺开的被褥上，面对即将开始的新的生活，兴奋得不能成眠。谈起各人出来的经过和以后的打算，曹桂林最先发言：“我大（爹）对我说，我家从我大这辈上推到光绪皇帝掌朝的年代，一直都是土里刨食、打牛后半截，没有出过一个吃皇粮的。我来上学前，大在祖宗牌位前磕了三个响头，说：‘咱家能不能改换门风，出一个吃商品粮的，就看桂林这日松小子了。看咱桂林方头大耳，老祖宗在天上给咱桂林使把劲，保佑咱桂林能考上大学吧。'”桂林学他父亲的样子双掌合起，口中念念有词，让我们笑得前仰后合。

“曹兄求学属于‘光宗耀祖’型。其诚感天地，泣鬼神，定能借天之助，大功告成。”刘文生总结说。

在曹桂林的软磨硬逼下，我讲了和土妞的错配姻缘及与父亲的斗争。刘文生总结道：“向兄属于‘逃婚’型。冲破樊篱，追求自由，其情可嘉。只苦了那个对你痴心如一的土妞，真是痴情女子负心汉呀。”

我反唇相讥：“土妞若知有你这个才子俊男的倾慕，也会知足的。你呢，你是什么型？”

曹桂林抢上去：“我看呢，他应该属于‘文学浪漫’型。”

我点头称是。刘文生只是淡淡地笑一下，没有更多言语。

这时，门被撞开了，一个人挑着担子进来了。担子一头是花里胡哨的被褥卷，一头是一口大得与人齐高的箱子。我猜想是新来的同学，急忙帮他把箱子接下来，放在门后。谁知他却大喊大叫：“不行啰！不行啰！”非把箱子放在炕头，使本来就显得拥挤的房间更加拥挤了。

曹桂林学着他的口音问：“听说话，你是外地人啰？”

“外地人怎么了！外地人就该受欺负啰？”

曹桂林受了这不白之冤刚要发作，我上前劝住了他。他气得小声骂道：“神经病！”

也许没听懂曹桂林的话，这位新来的同学没有反应。几天后，我们才从班主任嘴里知道，新来的这主儿叫董福民，家住外县，托本地一个姑妈的关系才来曹庄上学。

（三）

上大学，成了我心中难以泯灭的夙愿！多想潇洒地坐在明亮的教室里，一头扎进知识的海洋，贪婪地吮吸着、吮吸着知识的乳汁……可是，理想与现实总是有那么一段可怕的距离，不能尽如人愿。那感觉就像有一条毛毛虫在蠕动着，在啃噬着你的心。

第一节课上，脸上长有几粒麻子的班主任王老师走进教室，用他那木然而没有表情的眼睛瞟了每个学生一眼，干咳了几声：“欢迎新同学！”他说着，脸上却没有任何欢迎的表情，“我们这个学校是在公社党委的关怀支持下，因陋就简办起来的。条件是够寒碜的。掏句心底话，如果不是图离家近，能捎带种家里那二分自留地，我是不愿来这儿的。曹庄公社的最高学府就是这副尊容！大家这几天也看到了，感觉到了。”

他的话犹如春天里一股寒流，把我们的心吹凉了。

“不过，事在人为。既来之，则安之。要改变目前的条件和环境，也得靠我们自己。刚才和郭校长商量了一下，因为我们是新办的高中，目前课本还正在积极联系中……”

教室里一阵骚动。“开学了竟然没有课本，真不像话。”“早干什么去了。”几个同学小声嘀咕着。

“安静了。”王老师用黑板擦敲了一下桌子。“所以，学校决定，开学第一周，同学们参加公社组织的农田基本建设会战。任务是挖排碱沟。”

教室里顿时开了锅。曹桂林第一个站起来：“我们是来学习的，不是来劳动改造的。”

“我们要学习！我们要上课！”

“混蛋！”王老师一声猛喝，辅之以响亮的拍案击掌。教室里立刻安静了。“不愿意参加劳动的，可以走人！愿留下来的，明天早上在教室门口集合。”见没人反应，他便以斩钉截铁的声音宣布：“下课！”说完，头也不回地出了教室。

几个男同学恶作剧似的喊响了口号：“打倒王麻子！”“打倒日本

帝国主义!”

喊归喊，叫归叫，第二天出发劳动时，除两三个女生因例假不能参加劳动外，其余全都到齐了。王老师踌躇满志的样子，像一位凯旋的将军，眼里含有一丝轻蔑的意味。

每人每天要挖十几方土，从两米深的坑里往上翻。工地上红旗招展，“农业学大寨”“大批促大干，大干促大变”的标语随处可见。头两天，大家干得还挺欢实；第三天，情绪就低沉了，连曹桂林这样气壮如牛的身体也吃不消了。

昨天劳动时，我干得大汗淋漓，身上的内衣湿湿地贴在身上，休息时冷风一吹，立即打了几个喷嚏。今天一上午，我头晕目眩，四肢软绵无力，眼前金星乱飞，真想就势晕倒在酥香的土堆上。哪怕合一会儿眼，打一分钟瞌睡也好，但是不行，我不能在这么多新同学面前，包括那几个女同学面前掉价现眼，我要保持我的良好形象——我是一个坚强的男子汉。

曹桂林尽管已累得气喘吁吁，但在几个女同学面前仍然硬撑着，甩开膀子大干。他把外面的衣服脱了，露出里面穿着的红秋衣。秋衣上印着“曹庄青年突击队”几个字，使他的情绪受到鼓舞，也使他挥起十字镐的形象显得特别潇洒、英武。他像一个骑士，不仅得到“王麻子”的表扬，也赢得了班上几个女同学的青睐。班上最漂亮、最显眼的姑娘叶倩几次给他送开水，递毛巾，惹得刘伟民几个男生嫉妒得眼发红，不时悄声骂：“浪不够”“爱表现。”

干了三四小时，早已饥肠辘辘了。母亲为我蒸的大白馍早已消灭完，这几天在学校灶上买了几个窝窝头。窝窝头又黑又硬，难以下咽，只得伴开水冲服，像喝丸药一样受罪。但毕竟它能给我身体增加能量，使我能支撑到底。好不容易挨到中午 12 点，吃饭的时间到了。我找到一个避风的土堆旁，狼吞虎咽地消灭了两个窝头，心里有一丝温暖和满足。我就势靠在土堆上，冬天的太阳暖和和地照在身上。我全身像点着的柴禾一样燃烧起来，滚烫滚烫的，好难受，又好舒服，迷迷糊糊地进入睡梦里。睡梦中，我又继续着昨夜的梦：我坐在宽敞明亮的教室里复习功课……母亲给我送来了雪一样白得耀眼的大白馍……我上了考场……我……啊，没有录取……我欲哭无泪，大声喊叫："我要读书！我要上大学！我要上大学……"

"快醒醒，快醒醒。"恍惚中，有人使劲地摇晃着我的肩膀。我睁开眼睛，见是一位女同学，正用手吃力地托着我的身子。见我醒来，她以嗔怪的眼神望着我："梦中都想上大学。"

我不好意思地摇摇头。

"我叫吴翠，家是坡上的。你家是杨涧村的。你叫向志远，是吧？"

我睁大疑惑的眼睛："你怎么知道的？"

吴翠脸上粲然一笑："当然知道了。我姨妈就在你们村。小时候就常去你们村串亲戚，常听姨妈说起你，说你学习特用功，作文写得好。我还通过姨父拜读过你的作文呢。那天我刚上学，就发现了你。"

没想到，我一介书生竟在一位姑娘心中占有这么重要的位置，简直受宠若惊了。我嗫嚅着说："其实，我也是……没什么了不起……"

"你别谦虚了。以后你这个大文学家可得好好辅导我的作文啊，我对作文可是一窍不通。"

我不置可否地点点头。

这时，劳动的哨子又吹响了。我和吴翠站起来，向工地走去。吴翠走在前面，她头上的红纱巾在朔风中呼啦飘动着，像一团火苗……

（四）

班上的女同学除吴翠和叶倩外，还有一个惹人眼的，就是大兰。严格来说，大兰不能算是我们的同学。因为她已是近三十岁的女人，是两个孩子的母亲了。坐在我们这些十四五岁的少男少女中间，她显得很突出，很特别，鹤立鸡群。她的块头又特别大，说话瓮声瓮气，办事干脆利落。大家都称呼她“大兰姐”。大兰姐也把我们当作小弟弟、小妹妹一样照护，尤其是对我们几个年龄小的男生，照护尤甚。星期天，我们还在被子里睡觉，大兰姐就置“女士免入”的警告于不顾，冲进我们这个“男子汉王国”，把散发着臭气、酸味的脏衣服、脏袜子收起一大堆，在水池边洗上一天。有时，我们的被子脏了，大兰姐早上拆洗，下午晒干后又给我们缝好，不耽误我们晚上盖。望着大兰姐在灯下飞针走线的样子，望着灯光照在大兰姐疲惫的脸上的光晕，我恍惚看到了母亲的影子。

大兰姐为我们做了好多好多，而她对我们的要求只有一点：为她辅导功课。大兰姐说：“我这头脑真是榆木做的，干个粗活还可以，像这计算、写文章的，真是一窍不通。有时真想一拍屁股走人，可想想咱那家庭，那两个孩子，没个出路啊！我在学校时学习成绩还算好的，可那时学校毕业让回乡锻炼，想考大学没门。现在邓小平把大学的门打开了，咱又过了年龄。好在我只考这一年。我的野心又不比你们，你们考大学，考名牌，我只盼考个中专就谢天谢地了。不管怎样，也改变一下世世代代当农民的命。当农民苦啊，一年四季，春耕秋播，汗珠子摔成八瓣，受的是什么罪呀！果真能考上，转成城市户口，按照上面政策，孩子户口随母方，我的两个孩子也就是市民了，也能像城里孩子一样享福了。所以，我和我那口子商量来商量去，他觉得还是让我上合算，他在家当妈，里里外外一把手，我就扔下吃奶的孩子出来了。”

我的心头一热，从大兰姐身上，我进一步认识到母亲的伟大。

星期六上午，班上的同学大多回家背馍了。大兰姐没回去，一个人在教室里做数学题。上个星期数学考试，大兰姐只考了四十五分，全班就她一个人不及格，难过得她抹了几天眼泪，眼睛肿得像水泡一样，一口一句对不起两个娃，对不起娃他爹。从这以后，她把全部精力都用在数学上，避免高考时数学拖后腿。

我正在外面温习功课，看见一个中年人怀里抱着一个孩子，手里牵着一个孩子走进校门，打听大兰住什么地方。我急忙跑进教室告诉大兰，大兰惊喜地叫起来：“是我的娃。快一个月没有见了。”大兰跑出去，从中年人怀里接过孩子，在脸上“啧啧”地亲了几口。宿舍里没有回家的几个男学生、女学生都赶出来看热闹，吴翠把大兰姐的小姑娘揽进自己怀里，亲亲地问：“几岁了，叫什么？”小女孩看见生人就脸红，抓着大兰的衣襟，直往大兰身后躲。大兰说：“这是我的大丫，叫小丽。山里人没见过世面，见人连话都不敢说。”说着，又催促小姑娘快叫叔叔、姨姨。这时，大兰怀中的孩子哭起来，大兰说：“这孩子生下来胃口就特别好，一天吃十几回奶。敢情这会儿又饿了。”说着，大兰便解开衣襟，露出一只饱满的奶，旁若无人地把奶头塞进孩子嘴里，孩子的哭声立时停止了，两只小手使劲地抓着奶，尽情地享受着母亲的乳汁。大兰此时的神态安详、温柔，眼光中满含柔情，深情地望着怀中的孩子，像母羊舔舐着小羊羔一样，没有了忧伤，没有了烦恼。我头脑中浮现出外国油画中圣母玛利亚的形象。

直到这时，大家才想起那位中年人。中年人手里提着口袋，脸上表情木木的，见人只是点头、微笑。那微笑尚未充分展开来，便迅即消失在脸上深深的皱纹和浓密的胡碴里。文生从教室里搬条板凳过来，对中年人说：“大伯，你坐下。”大兰纠正说：“你叫他大伯抬举他了，他是你姐夫。”在场的人都吃惊不小，因为那中年人的年龄大概要在四十五岁上下，比大兰大出十多岁。但每个人都极力掩饰着自己的惊讶，以免大兰难堪。

眼看太阳快落山了，中年人把口袋交给大兰：“这是给你蒸的馍。以后我一个礼拜给你送一次馍，你就不用来回在路上浪费时间了。”说完，领着两个孩子走了。我们和大兰目送他们走远了，才返回学校。

（五）

转眼间冬去春来，大地披上一层新绿，我心中的春天也来了。想到三四个月后我就可以在考场上一展宏图，一决雌雄，实现多年的梦想，我就亢奋不已，跃跃欲试。考场就是赛场，它公平的竞赛规则可以使我这个寒门出身的农民子弟一跃而为一颗耀眼的新星；考场就是战场，真正的勇士面对战场，不是怯懦，不是后退，而是嗜血的兴奋。刀光剑影，硝烟弥漫，血肉横飞，弹痕累累。这是战士的乐园，是血性男儿驰骋的疆场。我按捺着兴奋的心情，我渴望着血与火的考验。对于我的胜利，我充满了十足的信心。

我也常常告诫自己，战略上要藐视敌人，战术上要重视敌人！妄自菲薄是危险的，夜郎自大更是致命的！我像一位运筹帷幄的将军，给自己制订了详尽的作战方案，并在床头书写了“闻鸡起舞”的条幅以自勉。为了营造临战气氛，提醒自己节约一分一秒，我还实行了倒计时的方法：一百二十、一百一十、一百、九十……以表示离高考日期相距的天数。这是我从有关卫星发射的报道中学到的手段。我像一个拧紧发条的闹钟，一分一秒，昼夜不舍地运作着，只争朝夕。

每天三餐的开水泡馍吃得我恶心、呕吐，直吐酸水，但我强迫自己吃下去、吃下去。客观环境让我不能有任何小小的奢望，开水泡馍是当地老百姓常吃的饭食，简单到只需将开水、馍、食盐这三种原料混合在一起，就可以填饱一顿肚子，常吃的人多得胃病。但现在一切都顾不上了，我需要时间。时间可以给我以知识，知识可以使我从一个农民的儿子变成一个有地位的人。“王侯将相，宁有种乎！”

“余幼时即嗜学。家贫，无从致书以观，每假借于藏书之家，手自笔录，计日以还。天大寒，砚冰坚，手指不可屈伸，弗之怠……”宋濂的《送东阳马生序》我上百次地默诵在心。每读一遍，都将使我产生战胜贫困和饥饿的勇气。它成为那个时期我汲取力量的精神源泉。

每天的晚饭后半小时，是我一天中最轻松、惬意的时刻。按照我为自己制订的作息时间表，我可以到户外去悠闲地散步三十分钟。说是散步，其实也不闲着，手中拿一部小说，或一张报纸，浏览一遍，便是苦难人生中至高无上的享受。我自小喜爱文学，每次作文都能在全校引起一场不大不小的轰动。在初中，别的学生罢课闹革命，我却见缝插针地阅读了十几本大部头的中外文学名著。但是现在，为了成为一个有地位的人，我不得不忍痛割爱，与自己极不喜欢的数字、符号、公式打交道，只能忙中偷闲，在这黄昏难得的时光里与自己钟情的文学女神幽会。今天匆忙吃过晚饭，我拿上英国作家莎翁的剧作，跨过祠堂的断墙，在一块草地上坐下来，很快便沉醉在莎翁诗一般优美的语言中……

"大作家，什么书能让你这么痴迷？"我扭头一看，是吴翠站在身后，"我在你身后站了足有十分钟了，你都没有察觉。"吴翠说。

我笑了，刚想站起来，吴翠却顺势坐在了我身旁的草地上，问："吃了吗？"

"吃了。"

"又是开水泡馍？"

"嗯。"

吴翠从身边的口袋里掏出一张油旋饼，递到我手里："我今天回家取馍，妈给我烙了几张油旋儿。你吃吧。"

我忙推开她的手："不，不用了。我吃过了。"

吴翠的手又不容置疑地推过来："你客气什么。看你那张脸蜡黄精瘦的，和刚来时大不一样。来，一人半张！我也饿慌了。"说着，掰开一半，递到我手里。

我的手触到她的手，心尖一颤。然而只是那么一二秒，那种异样的感觉便被猛然蹿上来的饥饿感代替了。我几乎是二三口，便把那半张油旋儿吞进肚子里了。

吴翠看着我狼吞虎咽的吃相，甜甜地笑了，脸上漾出一对浅浅的酒窝。这浅浅的、甜甜的酒窝，深深铭刻在我心里。

“志远哥，你考上大学后想干什么?”不知不觉中，吴翠已改变了对我的称呼，把我们之间的距离拉近了。平生第一次，一位少女这样亲切地称呼我，使我的心暖和得如拥火炉。

我压抑着兴奋，冷静地回答：“也许，我会名落孙山。”

“不，不会的。”吴翠似乎怕我说什么不吉利的话，赶忙接过话头，“你的功课那么好，又有拼劲，一定会考上的。你要有自信。”

吴翠坚定的情绪感染了我，我“嗯”了一声，把吴翠的话牢牢记在心里。她的话无形中为我投入下一轮竞争和较量注入了能量和动力。

“考上大学，你就是有地位、有出息的人了。到了大学里，你可要趁年轻多读一些书，也可以自己写书，就写咱们曹庄中学，写大兰姐，写这段难忘的生活。有一天，我从书店里拿起一本书或一本杂志，忽然看见你的名字，看到你的文章变成了铅字，吊吊的（当地方言，长的意思)，那我该有多幸福啊！男子汉生于天地间，就该立大志，成大器。”

我的心灵为之一震，没想到眼前这位朴实、平凡的姑娘，心中竟蕴藏着千沟万壑，千秋史笔。当人们把生存作为生活的直接目标的时候，当高考的魔棒指挥学生、家长、学校、社会都围着分数转的时候，当千万个学生都变成冷酷无情的高考机器的时候，吴翠却比我们更深刻一些，她越过世俗的迷雾，看到了更有价值的东西。我不也把上大学作为直接的奋斗目标，并因此放弃了对文学女神的钟情吗？面对吴翠，我感到了自己的浅薄，我惴惴不安地说：“咱们共同努力吧。”

“我恐怕不行。”

“难道你也没信心?”

“女人的命……难说……”

我为吴翠的回答而惊讶：“你相信命？”

“不，不过……”吴翠似乎看出了我的疑惑，忙转移了话题，“我刚才也是信口开河，说着无心的，算我瞎说。以后咱们比试比试，我不会服输的。”

“好！”吴翠积极的情绪再一次感染了我，我痛快地响应着。

“拉钩。”

“一言为定。”

两只手，不，仅仅两根食指，男人的和女人的两根食指，弯曲着，搭在了一起。吴翠的食指雨后春笋般鲜活、嫩白，我的食指则像一截火烧的木棍，粗糙、灰暗。白与黑，像阴阳太极图一样形成了强烈的对比、反差。

晚霞烧红了西天一抹残云，把整个草地、树林都镀上了一层金黄色。我抬头看去，吴翠的轮廓剪纸一样映衬在晚霞的余晖中，显得那么婀娜多姿，神采奕奕。她的脸庞白皙、绯红，眼中含着真诚、圣洁而热烈的感情，全身洋溢着生命和青春的活力。这方土地养育了如此富于灵性的女子，我不禁为大自然的神奇所折服。

暮色四合，浓浓的雾岚升起。吴翠的面容在我眼中渐渐模糊，像雾中看花，只有那双明亮的眼睛像夜幕上的启明星一样，吸引着我，给我导引着航向。

“福民，你在干什么？”

在学校门口，我和吴翠遇到了董福民。他身边还立着一个人，是一个上了年纪、穿一件破烂黄军装的女人。

“没事，没事。”董福民显得很局促，“一个穷叫花子，我看着可怜，施舍给她几个钱。”说着，向那个女人一挥手，“快走，不要再烦人啦。”

老年女人趔趄着向夜色中走去。我向董福民投去赞许的目光，吴翠的眼神却满含睥睨。

（六）

那天以后，每隔几天，我就发现我的课桌抽屉里放着半张油旋儿，用从作业本上扯下来的纸包着，油花把纸浸得发亮，像上了蜡似的。我感激地把目光投向与我邻排坐着的吴翠，像有神秘的丝线牵着似的，每次她都扭过头来迎接我的目光，两双异性的眼光碰撞出火花，少女的羞涩和矜持又使她立刻移开自己的目光，生怕心灵的秘密被泄露出去。

半张油旋儿给我虚弱的身体注入了热量，当我上完自习饥肠辘辘、独自咀嚼那半张油旋时，感到一个姑娘的爱情与我同在。一张油旋儿分成两半，这潜在的含义就是有福同享，有难同当。感情丰腴而细腻的姑娘赋予了这一小小的细节以丰富的含义，不正是姑娘含蓄地表白爱情的信号吗？

吴翠的衣着朴实，甚至有些土气。夏天，她常把浓密的头发往脑后一束，用猴皮筋一缠。这是当地女学生最简单的一种发式，最大优点是节省时间。然而在我眼中，它比得上世界上任何高级理发师的杰作。她没有一件像样的衣裳，上身常穿一件齐肩的土布褂儿，一连七八天都不换，但每天都是干净的，说明她连件像样的换洗衣服都没有。十五六岁的姑娘，正是如花似玉的好年龄，像含苞欲放的蓓蕾，而她却被贫穷裹上了一层灰色。这是青春的悲哀。

青春的灰色，灰色的青春。这是整整一代青年人用饥饿和泪水书写的青春之歌。

物质生活的贫穷和精神生活的饥渴相伴相生。在高中阶段，男女学生的接触要承受舆论的压力。在公开场合，我和吴翠较少接触，双方交流主要靠眼睛这一心灵的窗户。只要一个眼神，双方的烦恼忧愁和喜怒哀乐便能心领神会。喜则同喜，悲则同悲。我们的感情之弦那么准确、细腻地在一个振幅上颤动着。

吴翠的眼睛像柳叶一样细长，却极有灵气。她虽出身农家，免不了要受风吹日晒雨淋，但她的皮肤却是那样的白皙、丰满，富有弹性，以致使我一度走火入魔，想入非非。她的身材挺拔、丰满，显山露水，常使我耳热心跳。一种强烈的渴望在青春的体魄内骚动着，我有一种犯罪的感觉。我常常自责，感到自己的人格是那样卑鄙、猥琐、低级。我在心里喊："对不起，我心爱的姑娘。"我加大了自己的工作量，取消了每天下午的散步，以示对自己邪念的惩罚，使自己能战胜那个低级的兽性的"我"，摆脱困境，尽快进入最佳竞技状态。

在我与吴翠产生难以割舍的恋情的同时，曹桂林与叶倩的爱情也进入白热化状态。所不同的是，他们两人的恋爱是公开化的，出双入对，形影不离，就连吃饭也"搭伙"了。曹桂林倾其所有，为他心爱的"倩"买了手表、皮鞋、料子上等的衣服。一时间我们巴掌大小的宿舍成了时装精品博览会了。每天夜深一二点，曹桂林才从外面回来，趴在我耳边，神秘兮兮地小声发布着他的独家新闻："今天晚上我跟叶倩亲嘴了，那滋味真是太美妙了。向老弟，别看你跟吴翠那么好，我敢断定你连她的手指头都没碰过。""向老弟，今晚上我和叶倩在河滩草地上……她抱我抱得死紧……真是天伦之乐。"每当这时，我总是紧闭眼睛，双手捂住耳朵，生怕自己平静的心再被打扰。

课堂上，曹桂林魂不守舍，一会儿看一次手表，盼望着早一分钟解除羁绊，投入爱河尽情沐浴。一次地理老师提问："丝绸之路经过哪些省份?"曹桂林在懵懂中被叫起来，答道："经过江苏、浙江、福建、广东……"全班学生哄堂大笑。叶倩的脸也红得像朝霞。打那以后，叶倩明显疏远了曹桂林。曹桂林蒙头睡了三天，不吃不喝，还时不时神经兮兮地大叫一声："女人，你这美丽的毒蛇……"我看见他那副被爱情折磨的可怜相，不由得同情他，主动找到叶倩，说曹桂林对她是多么痴情，希望她看在和他相好一场的情面上，看在我这个朋友的分上，能和曹桂林重修旧好。可叶倩一副冷若冰霜的面孔，一副鄙夷不屑的口气：“他不是我心目中的男子汉。”我心中默默地为曹桂林感到悲哀：曹兄，你征服了这个女人的身体，可是并没有征服这个女人的心。这个女人是匹桀骜不驯的烈马，你想要驾驭她，还得面壁十年，修炼真功。

但是，事情竟出现了喜剧般的结局。几天后，曹桂林兴冲冲地找到我，喜形于色地揍我一拳：“还是你老弟行，你一出面就灵。昨晚上她又主动找我了，说她……”后面的话曹桂林终于没有说出来。几天后，先是叶倩神秘地办了退学手续，后来曹桂林也提出由于家境贫困不上学了。曹桂林离开学校时我们几个人送他很远很远，他显得并不十分悲伤，反倒自嘲地说：“这辈子是没有当干部的命了，下辈子吧。我就是当牛做马，也得让我曹家出个吃商品粮的，希望寄托在下辈人身上。以后哥儿弟兄们发了迹，可别忘了我这个打牛后半截的。‘苟富贵，勿相忘。’记得陈胜这句话吗？”半个月后，我们收到了曹桂林、叶倩结婚的喜帖。又过了不长的时间，曹兄的“下辈人”出生了，听说长得也是方头大耳，活脱脱一个小“曹桂林”。到这时，我们才明白曹桂林、叶倩退学的真正原因。

“好悬呀，这小子差点没生在他爸妈的结婚典礼上……”刘文生风趣地说。

（七）

第六感官告诉我，有一双眼睛在盯着我。这是一双嫉妒的眼睛，像阴魂一样附着在我身上，使我如芒刺在背。当我节节胜利的时候，这双眼睛会被妒火烧得滚烫，直刺我的心肺。当我失利的时候，这双眼睛会发出幸灾乐祸的光亮。

这双眼睛的主人是董福民，一个地道的河南人。

董福民是个性格孤僻、令人难以捉摸的家伙。学习上，他是一头横冲直撞、勇于负重的蛮牛，常常熬到后半夜，脸被自制的煤油灯薰黑，头发被火燎着也不知觉，有时我都为他的刻苦精神所折服。但他学习不得法，死记硬背，不求甚解，因而每次考试都败在我的手下。他气急败坏，竟以偷走我的一套复习资料作为报复，使我的学习计划一度打乱。他没有朋友，每天独来独往，天马行空。晚上，别人都入睡了，他才从教室回来，把门弄得山响，嘴里还咕咕叨叨地念念有词，让人生厌。有人反映，董福民对女性特别敏感，好几次他站在同班女生晾晒在外面的内衣裤前沉思默想，女生们骂他神经病。有一次，因一件琐事他和曹桂林发生争吵，继而动起拳脚，曹桂林一拳把他打翻在地，又从他的箱子里翻出一件女用的超薄型内裤，用竹竿挑起，在校园里周游，宣扬董福民的“桃色新闻”。事后，曹桂林受到校方的严肃批评，但董福民似乎也从中吸取了教训，老实了许多，见人点头哈腰，主动与我们和解。这样一个心灵猥琐的人，他嫉妒我什么？嫉妒我的成绩？抑或嫉妒我的爱情？不久我就得出了结论：董福民嫉妒我的成绩，又嫉妒我的爱情。同桌的刘伟民告诉我，他几次发现董福民在教室无人时往吴翠的书本里塞字条。

刘伟民建议：“找几个人狠狠教训他一次。”

我说：“不用。我和董福民在人格上是平等的，都有追求幸福的权利。让吴翠选择吧，我相信吴翠的眼睛。”

董福民在曹庄有个姑妈，听他说他姑父在公社武装部当部长，是公社有头有脸的实权人物。每逢礼拜天，他总要告诉大家，他姑妈请他回家吃饭。晚上回来，又有意无意向大家透露这一天他在姑妈家过得多么愉快。父亲也在公社工作的刘伟民对此早有怀疑：“公社王部长和他家属都是本地人，没听说过有这么个亲戚呀。”有几个同学反映，几次碰见董福民跟一个穿破烂衣衫、上了年纪的女人在一起，女人把口袋里的什么东西交给他。但他一发现有人时，就装作没事似的，别人问他那女人是什么人，他说是一个讨饭的穷叫花子，他看着可怜，施舍给她几个钱。

一天，我和几个同学去公社供销社买作业本，忽然听见对面饭店传来吵闹声，只见一个蓬头垢面的女人手里攥着两个馍慌忙从饭店里跑出来，后面一个大师傅模样的男人手拿擀面杖追了出来。那女人急不择路，直向马路这边奔来。这时，恰好有一辆摩托车驶来，把那女人直挺挺地撞倒在马路上，头上出血了，腿上擦伤了好几处。我们几个赶忙上去扶起老人。从后面赶上来的大师傅手指着老太婆气咻咻地骂："这叫花子竟然偷我店里的东西，真是报应。"说着，就要从老太婆手里夺回馍。老太婆本能地把两个馍护在怀里，仿佛在护着自己的性命。我和刘伟民心里早就憋满了一肚子气，一步跨上去，把凶狠的大师傅推得趔趔趄趄。大师傅气冲冲地转向我们："她是你们什么人，要你们管闲事?"

"她和我一不沾亲，二不带故，这闲事你大爷我管定了!"刘伟民双手往腰上一插，学着一副很恶的样子。

"她拿人东西就白拿了?"大师傅的口气已怯了几分。

我从口袋里掏出一块钱："够了吗?"

大师傅接过钱，连声说："好，好。"知趣地溜了。

在我们说话中间，撞人的摩托车也溜了。

刘伟民骂了一句："他妈的，什么世道!"

"没办法，学雷锋的机会又来了。"我和伟民把老太太扶起来，送进路边一个诊所。老太婆穿一件破烂的显然是别人遗弃的黄军装，袖子上打了几块补丁。我似曾相识，但又记不得她的具体情况。医生为老人包扎了伤口，拿了几片药。老太婆就坚持要走。"有急事，不能在这里坐了。"老太婆把手里的馍揣进怀里，急匆匆地走了出去。

我替老人付了五毛钱药费，就和伟民赶回了学校。

走到离学校一百多米的空场子边，伟民忽然把我拉到墙角隐蔽起来，用手指着场子麦秸垛的地方：“你看，又是那个老太婆。”

我扭头一看，是的，是她，那个穿破烂黄军装的女人，头上缠着的纱布渗出一丝血迹。但更令我吃惊的是，董福民也在那里。我的脑海里一片疑问：董福民和这个讨饭的老太婆究竟有什么瓜葛。

这时，那边传来董福民的声音：“娘，你怎么才来呀？我都等了两个小时了，快把我饿死了。”

“我这不来了嘛，刚才在街上让车给撞了。快，馍还热！趁热吃了。”老太婆从怀里掏出两个馍。

“钱呢?”

“这两天老不顺，要的钱不多。这两块钱你就先将就着用吧。全怪娘没用，没本事，让娃跟着受罪。”老太婆自我埋怨着。

“娘，你先熬着吧。等我考上大学，一定孝敬你老人家。”

“娘就熬这一天，老天爷快睁眼吧。”老太婆合掌祈祷。

“娘，你快走吧！别让同学碰见了！”

“娘这就走，这就走。”老太婆拎起袋子，颤巍巍地离去，风吹起头上缠着的纱带。

我的头脑一片空白，整个精神世界的宫殿坍塌了，耳边依稀响起董福民的声音：“……一个要饭的穷叫花子，向我要钱……我看她可怜，就施舍给她……”

刘伟民的拳头捏得格格响。

（八）

我蒙头大睡，从黄昏睡到清晨，清晨睡到黄昏。吴翠顾不得别人的闲言碎语，整天都守候在我床头。

母亲听说我病了，走了一天路来学校看我。看到母亲满面的风尘、满头的白发，我似乎又看到了那位头缠纱带、沿街乞讨的老人，于是止不住眼泪，一头扑向母亲的怀抱：“娘——”我把全部的感受都倾注到这一声撕心裂肺的喊叫中。

不幸的消息接连传来，先是大兰的丈夫来叫大兰，说是孩子病了，发烧三十九度。大兰急匆匆地跟丈夫走了。十天后，大兰回来了。大兰的丈夫也来了，大兰的眼睛肿成水蜜桃，眼神痴痴的，穿一身素衣。我们预感出了什么事。大兰的丈夫说："孩子没了……这趟来是接大兰回去的。"几个女同学默默地为大兰收拾行李，我们把他们夫妇俩送到校门口，大兰一步一回头，深情地望着学校。我在心里流泪呼唤着："大兰姐，再见!"

接着，刘文生家又出了事。他大哥在煤窑里干活，被压在下面了。待把人挖出来，已是七窍出血，惨不忍睹。文生扑在大哥血肉模糊的尸体上，哭得死去活来。我们几个人使劲才把他拉开。文生与大哥的感情非同一般。他大哥连生了三个和尚，家里穷得揭不开锅，一气之下下了煤窑。除了供养老人、养家餬口外，大哥还把每月节省下来的十块钱烟钱送给文生，供他念高中。文生在学校每念及此，总是眼睛红红的。他说一旦考上大学，第一心愿就是给大哥买一条最高级的前门烟，让大哥把戒了的烟瘾再接上。"可是，弟弟的心愿还没实现，哥就命丧黄泉，离我而去！我失去最可爱、最可敬的哥，再难实现自己的心愿了……哥，你安息吧！我一定把几个侄子抚养成人。每年清明时节，我会带着几个侄子到你的坟头，给你烧一炷香，让你在天亡灵安息……"追悼会上，文生泣不成声地念着饱含泪水写成的诔文，使在场之人唏嘘不已。

安葬了哥哥，过了十几天，文生来到学校，向班主任王老师告辞："我不上了，我要退学。"

"你不考大学了？只剩一个月就高考了。"我插话。

"想考。可是……我要退学。"

"为什么？"王老师问。

"我要……结婚了。"

“什么！跟谁结婚？”

“跟嫂子。”

天呀！原来，办完哥哥的丧事后，父亲就在考虑老大留下的孤儿寡母如何养活。让文生的嫂子改嫁倒是常理，但带去三个儿子男方不同意；留下吧，文生的老父又实在无力抚养。让媳妇招一个男人上门吧，家里没一间像样的房子，没有一床像样的被子，这凄惶的日子实在吸引不了人。眼看着一家老小五口人的嘴都吊起来了，日子实在过不下去了。情急之中，老人想出了一个亲上加亲的绝招：让文生娶了他大嫂。这样，家里就有了一个顶天立地的男子汉，一家老小就有了靠山。孩子有自己的亲叔当爹，就像亲爹一样，不会受罪，比后爹要强百倍。老人便托大媒办这事，文生听了媒人的话眼睛瞪得像铜铃，头上青筋“突突”跳：“瞎胡闹！这是乱伦！十恶不赦的大罪！亏爹想得出！让我如何面对九泉之下的大哥。”文生找到爹，“爹，这种丢人现眼的事，你怎能说出口？”

“只要是个活路，就不丢人。”

“那你也得替我想想，我才十七岁，还上学呢。”

“我和你娘十五岁就结婚，十七岁就有了你大哥。”

“那是过去，现在不一样了。”

“我管不了那么多，反正这事我包办了。你小子不痛快也得给我上架。”

“爹，你这老糊涂！你让我日后怎么见人。”

“啪——”爹一个巴掌扇过来。文生的脸上印下五个红红的指印，像被火钳烙上去似的。

“养你这狗杂种有啥用！你想让一家人都饿死哩。”

“饿死也不答应！”

爹气得“呼呼”直喘粗气，“好你个狗杂种！你想让全家人饿死，我倒先叫你尝尝挨饿的滋味。”说着，“咣当”一声，把门从外面锁上了。

一连三天，爹把着门，不让人给文生送饭。

文生的嘴干得裂开了口子，流出了血，饥饿像毒蛇一样吞噬着他的心。他整个身体虚脱了，却仍用微弱的气息喊着：“不干，死也不干……”

爹见硬的不奏效，又变换手法，请村上本家一个有威望的长辈出面。这长辈是方圆几十里出了名的会办事的能人，他不紧不慢地抽着烟，开导着文生：“你是识书识理的读书人，你哥对你怎么样？用你的话说，哥的恩情下辈子也报答不完。现在你哥去了，留下孤儿寡母，让他们怎么个活法？让他们娘四个揭不开锅，让三个侄儿找个后爹，就算对得起你死去的哥了吗！你是大人了，应该挑担子了。要真想对得起你死去的亲哥，就把当爹的这副担子挑起来吧！不然，你就是孬种！你读的书再多，也等于下到地里沤了粪！你哥在黄土下面也会骂你黑心肝。”

刘文生心中一惊。这时，爹引着三个侄子和嫂子走进来，侄子手里端着热腾腾的玉米面饺子。爹以威严的口气命令：“大狗、二狗、三狗，跪下！给你爹磕头！”三个侄子“扑通”跪倒在文生面前，喊着：“爹，你就答应了吧！”穿着一身白孝的嫂子也下跪在他面前：“小叔，看在三个孩子的分上，看在你苦命的大哥分上，就委屈你了……”文生的眼泪一下子涌出来，“扑簌簌”地滴落下来。他腿一软，跪倒在地上，把三个侄儿抱在怀里，泣不成声：“好孩子，我答应……以后咱们就是一家人，我就是你们的亲爹……爹会拿你们当亲儿子一样待的……”

“爹，快吃饺子！趁热吃！”三个孩子抢着把碗里的饺子送到文生嘴里。

“吃，爹吃……”文生说着，一股咸咸的泪水伴着饺子，囫囵地溜进了他的肚子里。

三天后，我参加了刘文生的婚礼。这是迄今为止我参加过的最简单而又最神圣的婚礼。没有鲜花，没有礼炮，没有鼓乐，没有喜酒。新郎是满腹经纶的谦谦学子，新娘是大新郎七八岁的喏喏村妇。也许是遭受了丧夫的打击，新娘的眼圈黑黑的，神色疲惫，一副病相，比实际年龄还要显老。文生仍旧是那身洗得发白的黑制服，口袋上依旧配着那支“英雄”钢笔，依旧带着几丝“书卷气”。只是他的脸上表情是庄严的、神圣的，似乎在一夜之间，他完成了由一个学子到一个父亲的转变。面对生活赋予他的新角色，他勇敢地接受了。谈起以后的打算，他只说了一句话：“我要做个好父亲，好丈夫。”

（九）

高考的日子终于来临。

临上考场前，我在心中默默地告诫自己：“向志远，你不是代表你个人参加高考，你代表着刘文生，代表着大兰姐，也代表着你父母和那位为儿子乞讨的母亲……你身后站立着整整两代人……你只能胜利，你必须胜利!”

三天昏天黑地的考试。两个月后，我接到北京一所政法大学的录取通知书。

（十）

行期已近，欢送的亲戚、邻居、同学一拨又一拨，却没有见到吴翠，我的心在焦急地等待着。

吴翠终因两分之差而名落孙山。得知这一消息，我曾去找过她，她衷心祝贺我的成功。“两年的工夫没有白熬。”谈及她的失利，我为她感到惋惜，她却认真地反省自身：“我的功底差，落榜是预料之中的事。”她的镇静出乎我的意料。

“什么时候起身，到时我一定送你。”吴翠的眼睛饱含着一缕深情。

可是，在这即将离别的时刻，却看不到吴翠的身影。我的心沉甸甸的。着急之下，我到吴翠的姨妈家打听情况。吴翠姨妈说：“就在我家。坡上下来二十几号人到川上打草，这几天都在我这儿住，我给他们做饭。”她解开腰上的围裙，拍打着身上的麦秸屑，问：“昨晚上她还告诉我她去你家了。怎么，她没去？”

“她现在在哪儿？”

“大清早就随他们打草去了。大概是在河沿一带吧。”

我疯狂地向河沿跑去，一口气跑了十几里地。可是，赶到河沿时，我愣了。河沿长着百十亩高粱，在秋日的阳光下，一穗穗高粱像一束束火炬，没有一个人影。我用双手卷成话筒连声喊：“吴翠——”只有高粱叶子在秋风中婆娑起舞的“沙沙”声。

我一头钻进这绿色的青纱帐，一边奔跑，一边呼喊着吴翠的名字。锋利的高粱叶刀一样划破我的脸，我不觉着。闷热的青纱帐像火笼一样把我蒸得全身湿淋淋的，我不觉得。绊倒了，再爬起来。成熟了的高粱穗子的毛粉撒在精湿的脸上，掉进我的脖颈里，针扎一样难受，我全无知觉。我拼命地奔跑着，呼唤着……

然而，当我走出那一望无际的青纱帐时，仍然没有见到吴翠，甚至没有见到一个人影。秋日的太阳明晃晃的。我全身瘫软，一屁股坐在了地上。

她是爱我的，我想。她跟着打草的民工从坡上下来，正是为了能看到我，她昨晚上还说要找我呢。她一定站在我家门口的一个隐蔽处，痴痴地望着我，望着我春风得意地送走一拨一拨的亲朋好友，心一定在泣血……但她为什么不愿站在我的面前？我有那么多的话要说给她听……

我在回村的小路上徘徊。忽然，大路上一阵人欢马叫。一辆马车上载着垛得几人高的青草晃悠悠地驶来，后面跟着十几个女人。她们每人背着一大捆青草。秋天的青草长得很繁茂，像女人披肩的长发，把十几个女人都淹没了，只隐约露出她们挽得高高的细嫩的腿，远看，倒像十几捆草自己在移动。

一捆捆草垛从我眼前闪过。蓦然，一双熟悉而明亮的眼睛映入我的眼帘。“吴翠——”我急忙走上前。

草垛停在了我眼前，吴翠用手撩开散在她头上的几绺草。这时，一个撼动人心的特写像烧红的火器永远地烙在了我的心头。

她的头整个被如麻的青草包围着，脸上是汗水和着的泥水，几滴汗珠从额上沁出来，流下来，挂在她眼睛的睫毛上，快要落下来了。嘴边那常漾起欢乐的酒涡处沾上了几个湿漉漉的泥点，身上的衣服被青草染上了一缕缕的绿色，又被泥水染上了土色，五彩斑斓。那白皙、浑圆的肩头有一道被草划破的血迹，白得耀眼，红得鲜艳。裤子像其他妇女一样高高地挽起，下半截全都被露水打湿了，白嫩的腿肚子上沾满了泥巴，脚下的布鞋已开了口，从里面冒出水泡……

（几年后，我曾请我的朋友——在徐悲鸿画院进修的吴杰先生把我口述的这段文字定格在画布上。他无可奈何地摊开手：可惜我的画板调不出如此复杂、混合的颜色）

我帮她把草垛从背上放下来，她长长地吁了一口气，用袖子把脸上的泥水抹去，露出了一张生动的脸。

这时，从路边经过的草垛下传来了姑娘的声音：“那不是杨涧村的大学生吗？”

“可不，人家考上了北京的名牌大学。”

“看上去，对咱吴翠还有意思呢。”

“他俩是同班同学，说不定在学校就恋上呢。”

“嘻嘻……”丢下一串银铃般的笑声。

吴翠白皙的脸上飞上两片红晕，像一朵带露的芙蓉，惹得我春心萌动。我一把抓住吴翠的手：“翠，我要娶你。”

"胡闹。"吴翠轻轻地挣开我的手。

"真的，我爱你。我忘不了在曹庄度过的那段艰难岁月。"

"那时我们还只是孩子，像小孩在一起玩过家家。现在……"

"现在我们终于走出了那艰难的日子，我要与你有福同享。你过去把油旋儿分开给我一半，不是这个意思吗？"

吴翠忙一摆手："不不，我没那意思。那是你想得太多了。你太饿了，就把……我的关心错当成爱……"她把"错"字咬得特别重。

我的头脑里滚过一阵轰鸣。难道这两年的时间中，我竟是在单相思？是饥饿引发了我丰富的想象力？一切都是自己虚构的美丽童话？

这时，吴翠已蹲下身子，背起百八十斤的草垛，吃力地、趔趄着向前走了……

（十一）

站台上，人来人往，大多是送行的人。

这是一个小站，几天才有一趟发往外地的火车。父亲五六天前就托人给我买了去北京的车票。

我是第一次出远门，又是第一次坐火车，父亲、亲戚自然免不了絮絮叨叨地交代，嘱托。"车上人多，看好行李。""到太原中转，签了字，再上去北京的车。""多叫一句哥，少走十里坡。外出嘴勤点，不懂就问。"这些嘱咐的话，这几天在我耳边说了不下几十遍。

父亲这段时间精神头特好，跑上跑下，为我张罗，实践使他改变了看法。"还是上学好，上学有出息。"他逢人便吹自己当年多么有远见，送儿子上了高中。

母亲在暗中叨咕说："看把你美得，脸红不脸红。"

父亲真脸红了，解嘲地说："当农民也不错嘛，一年四季有白馍吃，又不操心。"

临行前，父亲再次郑重其事地叮嘱我："志远，你这娃太老实，缺心眼儿。以后到了大城市，可得学活泛点，没事常到校长家跑跑，给人家打打水干个什么的。不过……”父亲说，“也不能天天给他打水，打上两三回就行了，主要表示个意思。”

（四年大学毕业了，我连校长的面都没见过，更甭说给校长打水了。父亲听了，觉得不可思议。）

我的心沉甸甸的，我忘不了吴翠。

这时，我看见了一个人的身影——董福民。他一个人孤零零地站在站台上，拎着一个提包和一个网兜，网兜里装着书本和脸盆。董福民考上了省城一所大学的中文系，老天总算开了眼。对董福民，我的感情是复杂的。麦秸场那一幕使我在心中把他永远定位在耻辱的坐标点上，他曾是我的对手、我的情敌。但扪心自问，他能在那样艰难的环境下靠母亲乞讨求学，毕竟不是一般人能够做得到的。他是个有坚强意志的人，算是个男子汉。想到这些，我又不由得理解他，同情他了。

董福民也看见我了，向我走来。我看见他臂上缠着黑纱，上面用白布绘了一个“孝”字。“怎么?”我睁着疑问的眼睛。

董福民的情绪一下子低落了。“是为我的一个亲人佩戴的。她是我在这个世界上唯一的亲人……她死了……”

董福民为我讲述了一个女人的故事：

……十七年前，一个冰天雪地的夜晚……一个弃婴在雪地里哭喊，风雪掩埋了他的身体，也淹没了他用声音表达的对这个世界的抗议……一个讨饭的女人抱养了他。她的男人在山西惹下人命案被判刑……女人带着他从河南到山西，沿路乞讨，走了一年零四个月……她的男人却已死在狱中……她在埋葬男人的荒坡上的一洞土窑里栖息下来，为亡夫超度……十几年过去了，男孩儿从小学到中学……她沿村乞讨，用讨得的饭喂养他长身体，用讨得的零用钱供他上学……她把全部希望寄托在他身上……他参加高考，她在考场外站了三天，眼神焦虑不安……他被录取了，兴冲冲地跑回土窑，手里拿着录取通知书……而她却……死了……是饿死的……手里仍死死地攥着一个讨来的馍……身子下面压着整整一百块钱……一毛一分的零钱，几大摞，几大把……她的脸已被老鼠咬得稀烂，眼睛只剩下两个深深的洞……

董福民哭得“呜呜”叫起来，“她一辈子没有吃过一顿饱饭……她是为我才饿死的……”

送行的人也都为老人惋惜：“儿子上了大学，老娘却饿死在寒窑里，连录取通知书都没看上一眼。”

然而此刻，我却把拳头握得紧紧的，我从心底里看不起他。董福民，一个无情、自私的小人。他不是个男子汉，甚至不配做一个大写的人。在他声泪俱下的讲述中，他称那个女人是自己“唯一的亲人”“最亲的亲人”，却始终没有称呼她“母亲”。

“母亲！”也许是这个世界能给这个女人的最高称谓和最高荣誉，它胜过十座贞节牌坊，胜过一百个荣誉证书，胜过一千句廉价的恭维。那女人心灵深处渴望着的，是手拿录取通知书的儿子能在众人面前，堂堂正正的叫她一声“母亲”……

然而，她的儿子却没有给予她。他至今没有勇气承认，那个收养了他、供养他上大学的讨饭的女人，就是他真正的母亲。

人性的吝啬，人性的自私，人性的残酷，由此可见。

当火车汽笛一声声鸣响时，董福民向我伸出了友好的手——他想从此了结过去的恩怨，与我开始友谊的交往。

我略一沉思，把刚伸出的手又缩了回来。我不愿让一个动物的手（他甚至不配做动物，我想）玷污了我的清白。

（十二）

北京。校园。天之骄子的乐园。

京都浓郁的古韵吸引了我。红墙绿瓦，金碧辉煌，展示了大都市的昨天。京都浓厚的现代气息熏陶了我。摩天高楼，车涌如潮，预示着大都市的明天。

然而，我忘不了曹庄，忘不了仍生活在贫困中的吴翠。

我要娶她！我要用婚姻改变她贫穷的命运！我给父亲写了一封长信，说明我对吴翠的感情，要父亲正式上门向吴翠家提亲。

不久，父亲托人写来了一封信。“志远吾儿，来信收悉。吴翠的事不能提说了。你走后，吴翠一次在河滩割草，让村上一个打光棍的二流子糟蹋了。那个坏蛋虽被判刑坐了牢，但吴翠的名声坏了，十里八乡出了名。那个二流子的父母在县上四处活动，为他儿子翻案，说吴翠是个骚货，主动勾引他儿子……村里人见了吴翠都指指戳戳，像避瘟疫似的。吴翠成了嫁不出去的姑娘，有几个求亲的人家都打了退堂鼓……”

我怎么也想不到，吴翠竟有如此悲惨的结局。命运对她太不公平了。我连夜给吴翠写了一封信，表明我对她“虽九死犹未悔”的爱情，我要在她最困难的时候给她以力量。

十天过去了。半个月过去了。我没有接到吴翠的回信。我神思恍惚，整日云山雾海，不知今夕是何年。三个月后，我接到一封寄自石门山区的信，是吴翠的字迹。我激动得赶忙拆开。信只有短短几行：“志远哥：我的事也许你已听说了。你能在这时候来信，我十分感激。但你是大学生了，我这个名声不好的女人实在配不上你。那个脏了我身子的坏蛋、流氓上个月放出来了，是他父母使钱在县上走通了关系，我再无脸面见父母双亲。我现在已经嫁人了，男人家在石门山区，离咱们曹庄有百八十里地。他腿有残疾，干活不利索，年龄也大我十几岁，但人还厚道，对我也还好，我心已满足，今生不再他求。学校的往事梦一般，让它过去吧！志远哥，你是学法律的，妹只盼你学成归来，早日为我洗清这不白之冤。别忘了在山里有个沦落风尘的女子日日夜夜都在期待着……祝婚姻美满。妹：吴翠。一九七九年十二月四日。”

信封上没有署具体通信地址。

我的脑海叠印出一个画面：爆竹震天，喇叭声咽。晚霞余晖中，一辆老牛拉着彩车。吴翠穿红着绿，坐在车上，向着遥远的大山深处而去……

我手把信笺，欲哭无泪。我感到了自己肩上担子的分量，沉甸甸的。

啊！我的青春……

川妹子告状

（一）

2007 年 5 月 13 日，是领导干部接访日。我早早就来到 A 市信访接待室，履行职责。

到 A 市工作五年来，我把接待人民群众来信、来访作为领导干部的必修课，作为了解社情民意、联系人民群众的窗口和纽带，雷打不动，乐此不疲，光接访笔记就记了几大本。里面全是老百姓的喜怒哀乐、家长里短，全是小人物的柴米油盐、悲欢离合……

通过接访，我接触到一个个鲜活、生动的人物形象。他们的命运在时代大潮的裹挟下，因为一个偶然的事件、案件，甚或只是偶然的机缘巧合而发生大的转折，从此改写了人生轨迹，改变了一个人或一个家庭、一个家族的命运……

在他们心中，党和政府就像父母一样，是他们最可信赖、最可依靠的人。每一个领导干部都必须意识到自己肩负的责任，勇于担当，上为中央分忧，下为百姓解愁，不辜负他们的信任。作为一个领导干部，如果你还是一个有文学素养的人，或者是一个文学爱好者，在信访接待室发生的一桩桩、一件件、一幕幕堪比任何一出好莱坞大剧，剧情跌宕起伏，情节入木三分，故事引人入胜；在信访接待室接触的一个个悲情人物，绝胜中国现代文学长廊任何主人公，性格复杂多变，命运大起大伏，情绪淋漓尽致，结局壮怀激烈，发人深省，不由让人慨叹大千世界、芸芸众生命运多舛，世事难料，冥冥中似乎有看不见的无形力量在左右人生。

这就是人生的魔咒。让我们切片来审视这人生的传奇吧。故事的主人公阿霞正落寞地向我们走来……

已是上午11时20分。连续接待了九起上访群众，接访笔记本密密麻麻写了十几页，我已显得精神疲惫、口干舌燥。我交代陪同接访的信访局办公室主任小李，上午再接一起，其余的安排在下午。

"10号……"像医院门诊一样，小李大声叫号。

声音刚落，信访接待室的门被推开，进来两个人——一男一女。"是政法委向书记吗?"男的问。

"是。"

小李问："反映什么问题?"

"反映恶人、地痞白涛霸占我们的房产。"

"有上访材料吗?"

"有。"男人递上来几页纸。

"坐。"

女人在一把椅子上坐下来；男的站在椅背后面，看我翻阅材料，一副随时准备回答问题的样子。

我叫阿霞，女，二十七岁。现住A市鼓楼街道办事处花园社区幸福巷一排33号。1998年，经白涛介绍，我用多年积蓄，从白涛朋友手里购买了位于花园社区幸福巷一排33号的住宅，并居住至今。因我文化程度不高，又系外乡人，在本地举目无亲，便全权委托白涛办理房屋签约、付款、过户手续。A市人民政府土地房产部门为我颁发了宅基地使用证和房屋产权手续。但一年后，白涛见财忘义，欺负我一个单身妇女，竟私下通过关系，到房产局办理了房屋产权变更手续，把本属我的房产，即幸福巷一排33号宅院，变更为他自己所有。我多次到土地房产部门反映，有关工作人员以各种理由搪塞、推托，拒不改正错误，致使我合法的房产被恶人白涛霸占，我随时面临被扫地出门、流离失所的处境。请求人民政府查清事实真相，撤销变更的产权登记，恢复我的房屋产权，依法维护一个妇女的合法权益……如果我的合法诉求得不到保障，我将赴京上访，向党中央、国务院反映，相信会有青天为我做主……

尽管同事们常提醒，信访工作最忌先入为主，不能单听上访人的一面之词。一些上访人会把案情说得神乎其神，情节令人发指，可查下来一看，根本不是那么回事。今天接待的这个案子，还是让我不能平静。霸占财产！这是十恶不赦的犯罪！更何况被霸占财产的还是一个孤苦无依的单身女人。“你反映的情况属实吗?”情绪归情绪，我还是要冷静地处理问题。

“句句属实。”男人回答。

“诬告是要负法律责任的。”

“知道。”

“谁是阿霞?”

“她叫阿霞。”男人指着女人说，“她是我表嫂。”

我这才注意到旁边那个坐着的、一直沉默的女人，像一株南国青竹，全身蕴含着一种脱俗的气质。她有一张清纯的瓜子脸，皮肤白净，面容平静，低眉顺眼，眼神里含着一丝忧郁，完全没有尘世的喧嚣和浮躁。她的身材颀长、挺拔，上身穿一件素雅的碎花白衬衣，下身穿一条发白的牛仔裤。淡雅而又时尚的风格，像初春的梨花闹春图。

“你不是A市人吧?”

“老家四川。来到A市落户十几年了。”男人帮着说。女人还是沉默着，两手护着胸前一个女式小手包，一副羞涩的样子。

“噢……”我仿佛明白了什么。整理一下情绪，我换了公事公办的口吻说，“材料留下，我们很快会转到有关部门。这个案子我们一定督办到底，坚决依法保护妇女的合法权益。”

“谢谢了！那我们走了。”两人起身告辞。

“谢谢。”我听到一个细微的声音。是那女人临出门时回身说的。

我记住了那个名字：阿霞。我记住了女人那忧郁的眼神。

送走了两个上访人，信访局办公室主任小李掩住门，用神秘的口吻对我说：“向书记，这个女人可不是一般的女人。她是我们市的老上访户了。在A市，她可算是个新闻人物。她的事情上至政府官员，下至平民百姓，大部分人都知道，成了街头巷尾、茶余饭后的话题。可怜的女人啊……”

“她反映的情况是否属实?”我问到实质问题。

小李一摊手，摆出无可奈何的样子：“这还真不好说。大家相信这女人是冤枉的，都同情她。但法律上她矮人一截，那个男人手里有协议。协议上白纸黑字，是男人掏钱从他朋友手里买的房子。大家同情这女人，还因为那个男人不是东西，禽兽不如。知道吗……”小李压低声音，仿佛怕第三人听见似的，但实际上房间里只有两个人，压根儿没有第三个人。“知道吗？”小李神秘地说，“阿霞和霸占她房产的那个男人早年一直同居，还生了一个孩子，就是阿霞的第三个女儿。”

我心中一惊。

“那男人比阿霞大十几岁，长得老相不说，还相当猥琐。后来两人因房产反目成仇，这才打开了官司。市面上有一种说法，说的是那男人背着老婆，花钱给二奶也就是阿霞买房子，后又反悔了。你说，掺杂上二奶，这房子还能说清楚吗？真是公说公有理，婆说婆有理，好不热闹。这下给法院出了个天大的难题，法官见了这案子也烧手啊。”

“阿霞一个川妹子，怎么会来到咱们这北方的黄土高坡？”我问。

“这就说来话长了，向书记。”小李卖关子说，“有时间我慢慢跟你道来。真是一出好戏！保你三天三夜听不够……”

（二）

中国南方和北方的分界线在哪里？在秦岭—淮河一线。秦岭雄居中国中西部，绵延千里，把偌大的国土一分为二，影响着气候、河流和人民的生活走向。蜀道难，难于上青天。面对座座大山，诗人发出无奈的感叹。芸芸众生的命运摆脱不了大自然的神奇力量，关山险峻阻滞了人们的交流和迁徙。历史的老人在此处放慢了节奏和脚步，几千年来人们过着艰辛、缓慢、老死不相往来的生活。

越过秦岭往南，再往南，便是天府之国四川。在四川盆地东北部，长江最大支流嘉陵江的中游，有一个建城两千二百年、历史悠久的文化名城南充。它居于“西通蜀都、东向鄂楚、北引三秦、南联重庆”的特殊地理位置，历来是川北地区政治、经济、文化、信息中心，享有“川北心脏”之称。南充自古就是人文荟萃之地。南充人陈寿以《三国志》复活了三国时期的战争风云，使故土成为三国文化的发祥地。老一辈无产阶级革命家朱德、罗瑞卿，民主革命家张澜亦出生、成长于此。南充辖五县三区一市。我们的女主人公阿霞即出生在南充市凤翔县。

凤翔是个山清水秀的地方，气候湿润。一方水土养一方人，凤翔的山水和文化铸就了凤翔青年男女的灵性。我们的女主人公阿霞挺拔的身姿、婉约的性情就是凤翔女性的一个缩影。

衣有正反，钱有两面。青山绿水并没有改变世世代代的饥饿和贫穷。凤翔至今仍是省定贫困县。在上世纪七八十年代，普通老百姓的生活艰辛由此可见一斑。于是，我们的头脑里会浮现出一个熟悉的画面：在凤翔狭窄、潮湿的石板街上，两旁是低矮破旧的民房，一个瘦骨伶仃的小女孩散乱着头发，身背一个藤条背篓，踽踽地走着，脸是菜青色，显然是因为营养不良。而最引人注目的是，她竟打着赤脚，两只脚板与泥水和大自然亲密接触……

这就是十一二岁的阿霞。在记忆中，她从来是这样光脚丫子走路的，不知道穿鞋是什么滋味，也不知道吃饱饭是什么滋味。

父母是地道的农民，生了三个丫头，阿霞是老大，上到二年级就辍学了。她一个孩子就成了父母的帮手，成了家里生计的依靠，成了一个壮劳力。欢乐的童年离她远去，劳动，劳动，还是劳动，成为她生活全部的内容。身后的背篓成为她形影不离、不离不弃的伙伴。她一篓一篓地把种子、肥料背到地里，又一篓一篓地把收获的果实背回家，年复一年、月复一月、日复一日……山里的稻田蛇和蚂蚁一样多，她光着脚丫子在一条条游动的蛇间跳舞。一不小心，就和蛇亲密接触，蛇便无情地亲吻我们这位幼小的女主人……她痛，她喊，她哭……然而一切无济于事，第二天她红肿的光脚还得照常行走在田埂上……

对于小阿霞来说，最大的奢侈是跟随父亲去县城，到武装部王大伯那里。王大伯在县武装部灶上做饭，穿一件炊事员的白上衣，下身是绿军裤。这身穿着能表明他的职业和身份。他那张胖胖的脸几乎永远都在笑着，眼睛眯成一条缝。看见阿霞来，见四下没人，便把一个馒头塞到她的手里。阿霞躲在角落里，那个白白的馒头就融化在她的肌肉和血液里。那一天就是她的圣诞节，她是世界上最幸福的人……

不知道从什么时候开始，武装部院里有了一个年轻小伙子的身影。和军人不一样，他不戴领章、帽徽，只穿一身绿军衣。每天勤快地小跑，给部长打水，给部长老婆看孩子、洗尿布，陪部长老婆上街，也常给王大伯帮厨、拣菜、劈柴、烧火、搬炉灶。小伙子心眼多，不惜力，人见人爱。从王大伯口中得知，他是勤务兵小王，大名叫王华，山西人，不是现役，是部队一个首长的关系介绍来的。

一天，阿霞跟父亲来到武装部。王大伯笑眯眯地递上一支烟，说："老弟，你老婆一口气给你生了三个闺女，你命里没有男丁。这勤务兵小王远离家乡，无亲无故的，干脆给你做上门女婿吧。"

"怕是咱没这福分吧？"父亲半开玩笑地说。

"我看这两个孩子有缘。咱家大闺女长得俊着哩，给他当媳妇还不把这小子乐傻了。"说着，一把拉过正在劈柴的小王，按倒在地，"来，快给你未来的老丈人下跪。"

就这样，一晌饭不到，小阿霞的命运和一个陌生男孩子联系在一起，成了他的人。不过，他们只算订亲，结婚还是遥远的事。

这以后，穿军装不戴领章的男孩子常到家里来，邻居们都知道是张家的白衣女婿来了。没多久，王华的命运就起了坎坷。部队的首长因为经济问题倒台，王华被辞退，必须回山西。一天，王华约阿霞出来见面，开门见山道："跟我回山西吧。"

"山西有什么好？我不去。"

"我家乡有粮吃；地势平坦，不爬山；女人不背篓子。"

就这一句话，便触动了她的心思。饥饿、像牛一样的劳作，把她这个十二三岁的女孩压垮了，她一天也不想这样活下去了。王华给她带来了一丝希望、一种新的生活。她向往那遥远的地方，憧憬一种没有饥饿、没有背篓的生活。她心动了：“好，我们明天就走。”

“先不要告诉爸妈，谁也不告诉。”带着一股青春的悸动，伴着火车汽笛的长鸣，一个十三四岁的小女孩跟着一个十七八岁的小伙子跨越千山万水，走向一个陌生而又新鲜的地方——山西 A 市。

人世间又多了一个私奔的故事，成为人们茶余饭后津津乐道的话题。

（三）

山西 A 市一个小山村，王华的家里，内三层外三层，女人、男人、老人、小孩把阿霞围在中间，溅着唾沫星子品头论足。几个粗粗黑黑的女人有的纳着鞋底，针在蓬乱如草、油得发亮的头发上时不时划动一下；有的端着海碗，用筷子扒拉着碗里不多的几根面条；有的用手捏着孩子的鼻涕，抬起腿麻利地抹在鞋底上，动作优雅得像体操运动员；还有几个年轻些的女人撩开衣襟，旁若无人地拿出或饱满或干瘪、或嫩白或粗黑的奶子塞进怀中孩子的嘴里……他们像麻雀叽叽喳喳的声音阿霞听不完全懂，但从他们的眼神和表情她还是听懂了一半：“王华这小子本事不小，引回来一个四川媳妇。”

“人长得倒还周正，就是瘦小了些。”

“连胸部都没有……”

“人家还是小姑娘呢，难怪。”

“女大十八变。这小媳妇身架不错，以后发起来是没问题的。”

“屁股大，能给王家生个三男两女的。”

“不知道是不是雏儿，说不定王华早把她睡了。”

“那下半年就有人管王华叫爹了……”

……

阿霞像一只可怜的小猫，蜷缩着身子，抖动着。她像被人扒光了衣服，任人抚摸，任男人的眼光像刀子一样宰割。而王华却不能保护她，早跑出去和同村伙伴瞎浪去了。也许我们能够原谅他，他才十七八岁，还只是一个孩子。

环顾四周，这个家也太凄凉了。三间土坯房，是祖上传下来的唯一财产。院墙坍塌了一半，用枣刺拦着。坑上是光席板，连一条最简陋的床单也没有。墙角是两个被卷，油渍渍的被里让人惨不忍睹。阿霞的心像跌进了冰窖一样，怎么也没想到她几天前憧憬的新生活竟是这样，未来的新家竟会以如此丑陋的面目迎接她这个女主人。

晚上，当客人散去，新人迎来洞房花烛的美好时刻，她手攥一把剪刀，像母狼一样号叫着，扑向王华，扑向那头公狼……“骗子——你害死我了……”

山村的夜晚静悄悄的，风儿轻拂，流水潺潺，蛙声如鼓，明月如霜，它们对一个女子的苦难无动于衷……一年后，阿霞做了母亲。第二年，第三年，她又做了两次母亲。现在，她是三个丫头的妈妈了。她命里无子，在重复母亲的命运。

三年里，她只回过四川一次。大女儿王月刚满月，她把孩子放在一个纸箱里，用手提着上了南去的火车。奶水不够，又没钱买奶粉，她用奶瓶灌上米汤汁，孩子一哭就给灌一口米汤。过上半晌，她就把手放在婴儿的嘴和鼻子上，看是否有气，是否还活着……女列车员收拾整理旅客行李时，发现纸箱里竟然是一个嗷嗷待哺的婴儿，母亲竟是个十三四岁的小姑娘，就塞给她五块钱，免了她的车票。阿霞受到帮助，心中像春天一样温暖。

在老家待了二十多天，四川母亲就催她上路：“你男人在山西，你是山西的女人。家再穷也是窝，女人不认命不行。不要让你男人牵挂。男人离开女人怎么活呀。孩子留下，我帮你带着。”于是，她留下孩子，背着一袋五十斤的白花花大米回到了山西。

王华不是不努力，但几次生意赔本后心灰意冷，沉迷于赌博，欠下一屁股债，债主踏破了门槛。眼看这辈子是翻不了身了，王华策划了一个阴谋。在骗了信用社一笔贷款后，他和一个小姐携款潜逃，丢下阿霞，丢下三个女儿，丢下年迈的老父亲，从此在人间蒸发，再无音信。

讨债人上门，法院查封，村里人戳脊背，小孩骂街……阿霞彻底崩溃了。这个男人又一次欺骗了她。不，这次是彻底的抛弃，背叛……

（四）

全家人的嘴挂了起来。生活的重担无情地压在了一个女人肩上，不管她愿意不愿意。

于是，我们的女主人公披挂上阵了，在市场的海洋里捕捉商机，赚取利润。激烈的竞争和残酷的生存法则使她变得像狗一样灵敏，像狼一样残忍，像狐狸一样狡猾，像变色龙一样用不同的色彩与不同的对手周旋……她贩过菜。冬夜刺骨的北风呜呜叫，像大地在哭泣。凌晨四五点，她逼迫自己从暖和的被窝里爬起来。三个孩子睡得很深，她掖掖被角，把预热的奶瓶放在最小的孩子身旁；然后推开门扉，把自己融入门外冰天雪地里。蔬菜批发市场早已人头攒动，车欢马叫，蹦蹦车、三轮车、马车和菜贩子的叫卖声此起彼伏，为这个城市新的一天拉开了帷幕。当阳光为这个城市洒下第一道曙光，她已经批好自己的青菜，在蹦蹦车的颠簸中返程了。

她倒卖过粮油。王华的一个同学在粮食局工作，她托关系进货，价钱比批发市场还便宜一二分。她承认自己是在投机倒把，把五十斤装的整袋大米重新换包，每袋倒腾出两三斤。多出的就是她的超额利润，就是她的生活费。客户多是机关、工厂、学校和工地上的工头，只要给人一些好处，他们只看袋上标识的重量，谁在乎短斤少两。时间长了，这些人成了固定客户，她和他们成了老相识、老朋友，买货记账，两三个月，最多半年清一次账。这些油头粉面、衣冠楚楚、人模狗样的小科长和工头们位子不高、实权不小，松松口就能让你小赚一笔。对这些人，阿霞自然不敢怠慢。好马使在腿上，好人使在嘴上。阿霞嘴上功夫不浅，王经理、马科长、刘老总可劲儿地叫着，让他们心里舒坦得像用熨斗熨过一样。逢年过节或到结账时，阿霞总少不了他们一件衣服或一张一二百元的购物卡。花小钱，占大便宜。结账前，阿霞在记账本上略施小技，七改成八，一成了十。工头感到疑惑，这个月没进那么多大米呀，油也不是这个量呀，但后面白纸黑字是自己的签名，还有年月日。这时，阿霞会悄悄塞上一张卡，或只是一个媚眼，一切便不成问题。这些人也确实喜欢这个四川妹子。她不仅人长得美，嘴甜，出手也大方，完全不是当地女人小气的做派。他们和她打情骂俏，即使有时玩笑开过头了，她也不计较，莞尔一笑作罢。有个别不老实的趁人不注意，在店里摸她一把，她会娇嗔地骂上一声，把手打开，再补上一个笑，让不老实的工头和小科长下得了台……她像一条鱼一样，周旋在各色男人中间。

她经营过卡拉 OK 厅。在人人都想过一把歌唱家的瘾的年代，她嗅到一种商机，便当机立断接手了一家歌厅。现对现点钞，钱清走人，房屋、设备、服务人员全盘接受，下午便开张营业。凌晨二时关门时，她已赚了二百元。这让她喜出望外。这简直是坐享其成，不费劲，不风吹日晒，不用搬运装卸，是个适合她一个单身女人的生意。她经营了三年，在人们想过一把歌唱家的瘾渐渐淡漠的时候，适时把歌厅打出去，开了一个美容美发店。经过仔细观察，她发现干洗头、按摩已成社会一大时尚，男人们消闲的方式已经发生变化，她要赚男人们的钱……

至此，我们的女主人公阿霞，那个当年从大巴山走出来的瘦弱的小姑娘已经长大成人，不仅拥有丰满婀娜的身材，而且拥有了一笔不大不小的财产——二十万人民币。

她终于抬起了头，不再自卑，不再伤感，不再彷徨。

（五）

正是在经销粮油店期间，她结识了生命中第二个男人——白涛。

你想想，一袋袋的面粉、大米搬上搬下，一桶桶的食用油移来移去，是一个单身女人干的活吗？更何况，她那么细弱，又有三个嗷嗷待哺的孩子。雇人吧，成本高，不挣钱；找人帮忙吧，又不是一次两次、一天两天的事。她多么渴望有一个肩膀能让她依靠，有一双手能帮她一把。

他出现了。他是市场雇用的管理人员，常来检查粮油市场的经营情况。找他办事的人真不少。他一句话，能决定你是进入还是退出这个市场，也就间接地决定了你的命运。对于他，商家都是笑脸相迎，高接远送的，逢年过节总要意思意思。阿霞没想攀高枝，但高枝自己送上门来了。白涛借检查市场的机会，常在阿霞的门店转转，问问价格，查查质量，关照关照生活。一来二去，竟成了熟人。每到卸货时，白涛就叫来几个人打打下手。街上的人看出白涛对这个四川女人有意思，对阿霞也就高看几分了。火借风势，她的买卖也就格外红火起来。阿霞也乐于接受。傻子才会拒绝这样人财两得的好事呢。更何况她现在是个没有丈夫的单身女人。

阿霞期待而又忐忑的时刻终于来临了。一个晚上，白涛吃过酒，打过麻将，借口天色已晚，就在阿霞屋里留下来了。阿霞的美色是白涛垂涎三尺的。但当阿霞宽衣解带、玉体横陈时，他还是震惊了。如雪的肌肤像南国的丝绸一般柔韧而有弹性，两座雪峰挺立着，极富美感，极具诱惑。在一阵白色的晕眩中，白涛急不可耐地扑向那白雪皑皑的火山口……不出一个月，他们就同居了。白涛的家在乡下，常借口工作忙，一个月也不回一次。老婆是个老实巴交的农民，丈夫的事从不过问。

阿霞视他为依靠，孩子们也把他当爹来敬。俨然一家人，其乐融融。

白涛却不是个手脚干净的人。工作之余，常干些投机倒把的勾当，挣些外快。正所谓人无外财不富，马无夜草不肥。偶然一次机会，他干起了倒卖军车牌照的营生——从太原一个制假、造假黑窝点购进假军车牌照；通过公共汽车运到县城，高价倒卖。一套牌照净赚七八百元，到太原一趟少说也赚五六千元。可惜好景不长，东窗事发，白涛被关进大牢，还罚了个精光，落个人财两空。

面对如此劫难，阿霞表现得有情有义。她跑上跑下，托关系，找法院，四处打点，光请律师就花了五千块。那段时间，她常往 A 市跑，市信访局接待室、市领导家门口、市法院门口，常有一个女子形影相吊。为了见到一个领导，她竟从早上一直坚持到晚上 11 点，蹲守在领导回家必经的巷口。领导见这女子如此倔强，答应给下面官员打个招呼。阿霞千恩万谢，连鞠了三个躬，只差没下跪了。

两个月后，白涛被法院判处缓刑，当庭释放。回到家里，两人喜极而泣，相拥相抱。白涛五尺高的汉子竟涕泪交流：“你是天底下最好的女人，我当牛做马也要报答你……”

阿霞一直租住在市场一间房里，挤巴巴的。现在手头有些积蓄，便有了购房置产的想法。白涛人熟地熟，时间不长便联系到城市花园社区一处二手房产。那是二层小楼，上下两百平方米。院基二分大小，小区统一规划，巷道还算整齐。房主开价八万。阿霞看了满意，凭着几年市场闯荡的经验，两个来回便把价格杀了下来，最终以五万成交。阿霞拿一张支票给白涛，说你全权办吧，下个月就搬家。白涛说，你拿四万五就行了，剩下五千元算我的。阿霞说行吗？白涛说，咱俩谁跟谁呀。

到了乔迁新居的日子，阿霞张灯结彩，鞭炮齐鸣，她和三个女儿全部披挂一新。是的，该庆祝庆祝！该长长地舒一口气了！她一个女人家，一个四川女人，终于在山西有了立足之地，有了一个真正的家。古人讲三十而立，她今年二十八岁，终于成家立业了。这时，她想到了男人。她想，如果他这时也在，该是多么高兴啊。她不怨恨他，家穷留不住人。

看到屋内、屋外四处张罗的白涛，她心中不无慰藉。这几年来，这位好男人给她多少帮助，让她心里充实，有所依靠。人总是活在希望中，尽管他至今仍不属于她，她也不奢望。

两年过去了，相安无事。一天，一个姐妹拿出一张旧报纸问："大姐，你住的房子是白涛给你买的吗？你真有福气，他真舍得在你身上投资。"

"什么投资不投资的！那房子是我掏钱置办的，他只是赞助我一些钱。"

"那这报纸上公告的产权怎么是白涛的呢？"

阿霞接过报纸，见到真是房产局的一则公告："兹有房产一所，位于市区花园社区幸福巷一排 33 号，二层小楼，建筑面积两百平方米，院基二分，申请产权人：白涛。自公告之日起三十日内如无异议，则产权登记生效。"公告时间：某年某月某日。

翻看日期，竟是一年前的旧报纸。也就是说，房产公告期满，那座凝结她全部血汗的房子已在法律上归属他人（尽管她仍在居住和占有），而这个人正是她视为患难之交的男人。

阿霞怒不可遏，找到白涛，拿出报纸问："怎么解释？"白涛见事情败露，一改往日的殷勤，露出公事公办的面孔："按法律办，法律自有公断。买这房子是我拿的钱。"

阿霞不敢相信：人怎能如此无廉无耻、无信无义。人的变化就在一夜间——昨夜还是亲情，今日已成敌手。

她跑到房产局，房产局领导答复："公示期已过，房屋产权证已办，法律上已经生效。"

"有错必纠。错了还不能改正？"

“你有证据吗?”

“房屋是我掏四万五千块钱买的。”

“可我们经办时是白涛交的五万块钱呀。”说着，那个领导拿出一张收据，交给她。只见上面写着：“今收到白涛交来购买花园社区幸福巷一排33号房产之房款伍万元整。收款人：XXX。”

“铁证如山啊！四川女人，办事要讲良心呀！人家老王对你可是不错呀，不能反口咬人。”那个领导话语阴森森的，令她不寒而栗。

阿霞惊得目瞪口呆。她知道自己陷进一个圈套、一个死结，无论多么强大的高手都无法解开。她咨询过许多律师，愿出高价，但他们一个个都知难而退：“不好办啊，打官司靠的是证据。没有证据而冤枉人的事多了。”

阿霞失望了，眼神黯淡了下来。她走投无路。她不知所措。

（六）

阿霞的故事讲完了。我和小李都沉浸在无声的悲凉里。

命运，你为什么如此薄待一个女人？命运，你为什么带给阿霞如此深重的苦难?

阿霞，一个从南国走来的单身女人，凭着怎样坚强的信念、顽强的意志才走到今天，才未被大山般的苦难压垮?

都说川妹子能吃苦，都说川妹子干重活，在我们的主人公阿霞身上得到了最有效的验证。

有一首诗——《在低处，甚至更低》，作者是江一郎，一个诗坛的扛鼎人物。这首诗，能够形象地表现川妹子阿霞的情境：

在低处，甚至更低，
我见到草，
被日光照耀，或者陷入什么也照不到的地方，

一簇簇那么卑贱，而又
沉默地绿着。

在低处，甚至更低，
我见到泥巴，
这些丑陋的阴冷的
被踩在脚底，
永远被踩着，更糟的
与垃圾埋在一起。

在低处，甚至更低，
我见到蚂蚁，
这世上，谁在乎一只蚂蚁，
如此弱小，如此不起眼，
在大地最低处，活着无人理睬
死去，有谁痛惜。

在低处，甚至更底，
多少庸常的事物
被我看见，又常常被我漠然地
遗忘在生活的角落里……

阿霞就是一株小草，那么卑贱地活着。

阿霞就是泥巴，永远被人踩在脚下，蹂躏着，没有尊严。

阿霞就是一只蚂蚁，没有人把它放在眼里，有的只是他人不屑的眼神和被污辱的劳碌的生命。

对阿霞上访反映的诉求，A 市信访局给有关部门下发了督办函，要求限期依法公正处理，尽快给上访人一个满意的答复。

但有关部门迟迟不予办理。他们的理由是：白涛是合同的当事人，是房屋的买受人；他拿着房屋买卖合同到房产局要求变更登记，房产局无权不予办理。否则，就构成房产局的不作为。而阿霞不是合同的当事人，没有证据证明阿霞是房屋的买受人；当初给她办理房屋产权登记没有法律依据，应予纠正。

当收到有关部门的答复时，阿霞彻底绝望了，她忧郁的眼睛里满噙着汪汪泪水……但她努力忍着，不让眼泪掉下来……

（七）

命运掌握在自己手里。经过一段时间挣扎，阿霞像换了一个人，又恢复了川妹子坚强的本性。

她出击了。她改换方式，不再在信访的冤枉路上奔跑了。她选择了信法不信访。她一纸诉状，把 A 市人民政府起诉到法院，要求政府撤销房产变更登记，确认自己对该房屋的产权。

A 市人民政府当了被告；而把政府告上法庭的，竟然是一个外地的四川女人。这在 A 市成为轰动一时的头号新闻。

2007 年 9 月 23 日，A 市人民法院行政审判庭公开开庭审理阿霞诉 A 市人民政府房屋产权变更登记一案。法庭里座无虚席，许多人想借此机会一睹这个名声大噪的川妹子的芳容。

当原告阿霞穿着一身白色的短衣长裤走进法庭时，高挑的身材、娴静的气质、高雅的举止还是让旁听席上的观众不由得暗暗惊呼，法庭上掠过一阵骚动。审判长敲响法锤，不停地喊叫：“肃静！肃静……”

“现在开庭！”随着审判长一声威严的宣告，庭审拉开了帷幕。

法庭上，唇枪舌剑，双方聘请的律师使尽浑身解数。

在法庭调查的关键时刻，庭审出现了转机。原告方阿霞的代理律师抛出了杀手锏。律师向法庭举证，花园社区幸福巷一排 33 号房产原所有人证实，他收到的五万元房款中四万五千元是支票，支票上的名字是王月，也就是阿霞女儿的名字。根据阿霞的陈述，她把四万五千元支票交给白涛，由白涛代表她向房屋原所有人支付了房款。

证人被通知到庭，接受双方质证。证人信誓旦旦，言之凿凿，表示所述属实，绝无半点虚假，愿对法律负责。

律师还向法庭提交了从银行提取的当日取款单据。单据明确载明，存款人为王月。

形势直转急下，阿霞转败为胜。旁听席上一阵骚动。人们对背信弃义、蓄意霸占房产的白涛嗤之以鼻，对坚韧不拔、不向命运低头的四川女子肃然起敬。

十天后，A 市人民法院做出公正判决。

原告：阿霞，女，汉族，1968 年 9 月 16 日出生。住址：花园社区幸福巷一排 33 号。

委托代理人：李 × ×，A 市风华律师事务所律师。

被告：A 市人民政府。

法定代表人：黄 × ×，A 市市长。

委托代理人：王 × ×，A 市国土局干部。

第三人：白涛，男，汉族，1950 年 12 月 12 日出生。住址：东风社区柳园小区 3 栋 3 单元 502 室。

原告阿霞因 A 市人民政府变更第 1327240117127 号国有土地使用证一案，向本院提起诉讼。本院受理后，依法组成合议庭，公开开庭审理了本案。原告阿霞、委托代理人李 × ×，被告委托代理人王 × ×，第三人白涛均到庭参加诉讼。本案现已审理终结。

本院认为，原告阿霞手中持有合法的出资证据，且其提供的证据明显优于第三人白涛所提供的证据，系该房产实际出资人，且在该房屋已实际居住近二十年。故据此可认定，争议房产应归原告阿霞所有。第三人的主张不能成立，本院不予支持。第三人白涛在申请变更时，被告A市人民政府未依照《关于变更土地登记的若干规定》所要求的变更土地登记程序进行，未进行有效审查，未依法进行公示，只是在原用地合同中加以备注，严重违犯法定程序。故本院认定被告A市人民政府变更第1327240117127号国有土地使用证的行为程序违法，应予驳回被告的辩解。根据《中华人民共和国行政诉讼法》第五十四条第二项第三目之规定，判决如下：

一、撤销A市人民政府1997年3月16日将国用1327240117127号土地使用证由阿霞变更为白涛的行政行为。

二、诉讼费一百元及其他诉讼费，由A市人民政府承担。

手握胜诉判决书的川妹子阿霞，一身白色的短衣长裤，走出法庭，走在阳光下……

阳光拉长了她颀长而高挑的身影。

告别梦魇，告别阴影，告别风雨……

阳光里，川妹子笑了。

笑得那么阳光……

笑得那么灿烂……

笑得那么自信……

对于即将开始的新生活，她，阿霞，川妹子，充满了希望……

追　捕

（一）

2007年8月，我来到了向往已久的祖国西北边陲——美丽的新疆维吾尔自治区。

初秋的天山南北，一派繁荣、丰收的景象。乌鲁木齐市区宽阔整齐的街道两旁，富有民族风情的建筑比比皆是；耳边常常回响起悠扬的热瓦甫弹拨的琴声，戴着小花帽、梳着数不清的小辫子、身着艳丽的民族服饰的维吾尔族姑娘像花儿一样美丽。在大巴扎集市上，各种民族特色商品琳琅满目，让人目不暇接，让人慨叹这个民族丰富的艺术想象力和强大的艺术创造力。“色彩绚丽”“活力”这些象征美好的词语，好像是专为这个民族而存在的。这是个能歌善舞、热爱生活、崇尚自由的马背民族，大西北的草原、牧场、戈壁、雪山，就是他们热情奔放、激情四射、自由驰骋的舞台。他们世世代代在这个广阔的舞台上创造了千年辉煌的历史，演绎着生生不息、顽强拼搏的现实喜剧。

站在宛如绿宝石一样碧绿、清澈、深邃的天池岸边，眺望远方巍然耸立的海拔五千四百多米的博格达峰雪山，引发人们的无限遐想，把人们的思绪拉向遥远的西天圣境。传说中的瑶池仙境就在眼前，虚幻中的西王母变成了真实的存在。亦真亦幻，亦虚亦实，真真假假，虚虚实实！这不正是现实世界的真实面目吗？天池，你给人以智慧，给人以启迪，你是神仙眷顾的天堂，更是芸芸众生神往的乐土。

坎儿井的神奇、葡萄沟的飘香、火焰山的热烈、伊犁的风情、那拉提草原的旖旎……一路欢笑一路歌，我和随行的朋友们沉浸在无比快乐、惬意的感受中，对祖国西北边陲这颗明珠产生了深深的爱恋……

（二）

一阵急促的手机铃响打碎了甜美的梦想。

A 市公安局长王怀德报告："8 月 15 日，也就是昨天晚上，发生了一起在押服刑人员脱逃案件。目前，省、地、市三级公安机关已全面启动一级应急预案，全市公安民警三百余人已投入搜捕……"

我立即中止了边境的行程，连夜乘机返回 A 市。飞机落地已是 17 日凌晨 1 时 20 分。司机早已开车等候在机场出口，然后以最快的速度向搜捕目的地驶去。

服刑的罪犯叫赵小双，男，三十七岁，A 市桥坪乡寺前村人，农民。2006 年 12 月，因抢劫他人财物罪被 A 市人民法院判处有期徒刑五年。该犯不服，提起上诉，二审法院已经开庭，尚未做出终审判决。故该犯没有被移送监狱执行刑罚，按照规定仍羁押在 A 市看守所。其间，赵小双因腿部受伤感染被送往 A 市人民医院治疗。治疗期间，他被安置在特殊病房，门窗加固了铁栏杆，由狱警轮班看守，每班两人。案发前一天，治疗中的罪犯赵小双忽然情绪异常，烦躁不安，向医务人员流露出绝望念头。狱警便耐心做了说服劝导工作，并询问原因。经了解才知道，赵小双不知从哪个渠道听说二审法院将于近期作出判决，维持原判，他由此感到人生无望、心灰意冷，产生自弃心理……值班狱警丧失警惕，没有及时将这一情况报告所领导，也没有加派值守力量。更为让人震惊的是，按规定两人一班负责看守，但当事狱警麻痹大意，竟然为图省事，违反制度和规定，改两人班为一人班，使值守力量更加薄弱。8 月 15 日晚，罪犯趁值守狱警不备，用顶针打开手铐，旁若无人、大摇大摆地走出病房，消失在无边的夜幕中……

罪犯脱逃，十万火急！公安部、公安厅领导纷纷做出特急指示，要求 A 市公安机关立即行动，集中警力，大范围排查，大力度搜索，限期抓捕，挽回影响，挽回损失；并要求严肃查处相关狱警和领导的责任，以儆效尤；还要求全国公安机关、监狱、看守所以 A 市看守所“8 · 15”嫌疑人脱逃事件为教训，举一反三，开展监所安全大检查，堵塞漏洞，消除隐患，确保监所安全，确保万无一失。

公安局王怀德局长深感自责，压力山大。但他明白，现在不是自我检讨、反思后悔的时候，追捕逃犯是第一位的任务，将功赎罪要落实到行动上，体现在效果上。他打起精神，提振信心，迅速组织民警投入紧张、艰苦的抓捕工作中。

经调取视频监控录像，他们确定了逃犯的逃跑路线。罪犯赵小双走出医院大门后拦了一辆出租车，向县城西方向驶去……沿途经过两个乡镇，到达西部一个偏远乡镇——湾里镇。他在湾里镇街道中心十字路口下车，付了车费后，徒步向南面一条街道走去……

湾里镇地处偏僻，镇街面积不大，街道很短，往南的街道更短，不足二百余米。罪犯赵小双走进南向街道五十多米后，便消失在监控视频里。

视频监控画面显示，此时已是 8 月 16 日凌晨 2 时 10 分……

紧接着湾里镇向南街道的，是一片片浓密的玉米地，广袤无垠，一眼望不到边。

这里就是逃犯消失的地方。这里就是追捕逃犯的主战场。一场追捕逃犯的战斗在百里青纱帐打响了！

（三）

靠前指挥，一线作战。追逃指挥部就扎在湾里镇派出所。

赶到指挥部时，黄龙市公安局的领导萧副局长早已先我到达，正在调集周边县市警力，制订围捕方案，确定搜捕方向，划定搜捕范围。A 市公安局王怀德局长和班子成员全都守候在房间里，等着领受任务。

指挥部里灯火通明，人头攒动，烟雾缭绕，地上和桌面的烟灰缸里塞满了烟蒂。人们用尼古丁来缓解心中泰山一样沉重的压力。

从上午各路排查反馈的情报分析，逃犯没有走远，可能就在方圆百多公里的青纱帐里躲藏。根据有三：一是逃犯身上除了支付出租车的十块钱外，没有携带足够现金。这决定了他的活动半径不会超出三十公里。二是逃犯腿部受伤，尚未痊愈，行动不便，决定了他徒步逃跑的范围不是很大。三是经排查逃犯的社会关系，有一个表姐在湾里镇某村庄居住，逃犯选择在湾里镇下车，很可能是要去这个表姐家落脚，或取得表姐的经济资助，为下一步逃跑做物质上和资金上的准备。

“接触这个表姐了吗？”萧副局长问。

“今天上午 10 点，已派民警上门接触了。”A 市公安局李副局长回答。他是公安局分管刑侦的副局长，长得五大三粗，膀阔腰圆，像神殿里的托塔天王。

“什么情况？”萧副局长步步紧逼。

“表姐、表姐夫均证实，赵小双没有上门。他们尚不知道赵小双逃跑的消息。”

“安排警力在这个表姐家严密布控。一旦赵小双上门，立即抓捕。”

“好！”李副局长立即安排一组民警前去执行任务。

“逃犯还有什么外界的社会关系？”

“经查，赵小双有个十分要好的初中同学，联系密切，现在青岛开办一家蜜汁加工厂。还有一个女老板就在A市市区，开办一家涂料厂，赵小双案发前一直在该厂打工。据职工反映，女老板对赵小双很照顾，很器重，让他当过班组长。”李副局长汇报。

“好。这两条线索都很重要，都要马上派人去落实，做好逃犯与这两人联系的准备。”

按照萧副局长的安排，两个小组民警立即离开指挥部——一组连夜乘飞机赶赴青岛，一组赶赴市区。

萧副局长继续作出安排和部署：“根据目前收集的情报信息可以初步断定，逃犯不会走远，很可能还在当地。我们以湾里镇为圆心，划定十平方公里作为搜索的大致范围。现在是我们行动的时候了，再不能坐而论道。我命令：各警种密切配合，分区域开展地毯式搜索，绝不能让任何一个地方成为空白，绝不能让任何一间房屋成为犯罪分子的藏身之地。我们给每一组都划分了区域。区域就是战区，战区就是责任，责任重于泰山。哪个战区出现遗漏和失误，要严肃追责，绝不迁就。大家听明白了吗？”

（四）

各路人马顷刻出动，消失在茫茫的夜色里，消失在无边的青纱帐里……

在大范围、地毯式排查的同时，为了让逃犯早日现身，萧副局长实现了“打草惊蛇”战术——安排十几辆警车，开亮警灯，拉响警笛，在田间道路上巡逻；从邻县警犬基地调来十几条训练有素的警犬，在玉米地周边巡查……一时间，警灯闪烁，警笛齐鸣，警犬狂吠，再加上青纱帐里民警和乡、村干部搜索的手电筒光，组成了一个奇特的画面，形成了强大的震慑，让犯罪分子胆战心惊，让逃犯无处可逃……

这就是人民战争的力量！

（五）

一夜无眠。第二天清晨，从各战区纷纷传来消息。去往青岛的小组反馈：他们已与赵小双的同学见面，目前逃犯尚未与他联系。去往市区的小组反馈：他们已与女老板见面，目前逃犯尚未与她联系。女老板说，赵小双联系她的可能性较大，她会全力配合公安机关。

在百里青纱帐参与搜索的十个小组中，九个小组均无异常情况。只有一个小组反馈，他们在一处玉米地里发现异常，有可能是逃犯滞留的痕迹……

萧副局长立即带人赶到现场。

这是一片二十多亩大的玉米地。秋天的玉米，在一场充沛的雨水后舒展身姿，疯狂地拔节生长，一株株、一杆杆，像挺立的茁壮的白杨树，远看郁郁葱葱是一片绿色的海洋。玉米地中间是一块空地。空地上建有一间简陋的农用房，供农人休息用。

最先发现异常的是房屋的主人。“我早晨下地干活，发现房门上的锁被人撬开了。推开门，看见地上有两个方便面的包装袋，地上铺的柴草像是有人睡过……小房边上五六米处还有新鲜大便……看样子，晚上有人光顾过。”

萧副局长眼睛一亮，狡猾的逃犯终于露出了蛛丝马迹。

侦查员汇报，这玉米地离逃犯表姐家只有百十来米。看来他的目标是去表姐家，但看到大规模的搜捕场面，听到警笛、警犬声，怕被发现而作罢。

这更坚定了指挥部的信心——之前的判断是正确的；逃犯仍在我民警划定的搜捕范围里，仍在我掌控中！又一轮大范围、地毯式的搜捕展开了！

（六）

但是，依然一无所获。罪犯赵小双像从青纱帐中蒸发了一样，再也没有活动的踪迹。

时间一天天地过去，参战的民警和配合的乡村干部满身疲惫，满眼失望，厌战情绪在慢慢滋长。

省公安厅的督战电报一份接一份，像雪片一样传来。各级领导的催办电报一个接一个打来，催问结果。

一线指挥部弥漫着紧张、焦虑、失望、溃败的情绪……

当萧副局长安排启动第三轮大范围拉网式大排查、大搜捕时，像火药桶遇到了火花，A 市公安局李副局长火爆的情绪终于憋不住，瞬间炸开了："简直是瞎指挥！罪犯早已跑毬啦！我们还在守株待兔，有枣没枣打几竿。"

当着下属的面，萧副局长的权威受到了挑战。他脸红脖子粗，青筋爆裂，一时语塞。

A 市公安局王怀德局长及时出面打圆场，连发两问："李副局长，依你的意见怎么办？难道放弃搜索？放弃搜索，这责任谁来承担？"

李副局长显然成竹在胸："放弃搜索倒没有必要，我们还是要留下一部分警力，继续保持对青纱帐的合围之势，敲山震虎，打草惊蛇。在这一点上，市局领导的意见是对的。但我们要及时调整警力部署，开辟第二战场。这样可以给罪犯以假象，使其产生错觉，以为我们大部队撤离了，他就可能出来活动了，或者走出青纱帐和社会关系接头。而我们正好张网以待，手到擒来。这叫'引蛇出洞'，以智取胜。”

“好建议。”萧副局长带头叫好。个人的面子是小事，追捕逃犯是大事。作为上级领导，他懂得这个大道理。他一声叫好，也把自己从尴尬的氛围中解脱出来。这就是领导的水平！这就是领导的艺术！

战略部署重新调整，大部分警力撤离现场，只留下小部分警力和乡村干部在青纱帐周边巡逻值守，没有了前几天大轰大炸、大张旗鼓的声势……

我也回到市区，参加市委的重要会议了。坐在会场，我的心却牵挂着一线指挥部，牵挂着青纱帐。胜利的捷报啊，你何时传来！

（七）

三天后，罪犯束手就擒。抓捕罪犯的地点位于B县一个公园的后门，而不是青纱帐。

原来，罪犯赵小双蛰伏在茫茫的青纱帐中，眼见路边一辆辆呼啸而过的警车，公安民警、武警战士和民兵、村干部手抄手电筒，打着火把，人山人海，声势浩大。慑于这一强大阵势，他不敢轻举妄动，只得在青纱帐里东躲西藏，以野菜充饥，以田间地头的污水解渴，过着食不果腹、衣不遮体的野人般的生活。几次晕倒过去，他挣扎着活过来；几次差点被人发现，又侥幸逃脱。茫茫无边的青纱帐成了他的隐身衣，成了他的天然避难所……他感谢老天的帮助，感谢青纱帐的庇护。

当青纱帐外喧闹的人声和耀眼火把退出、青纱帐里一片寂静时，他认为老天赐予的机会到了，眼前又有了活路。他抓住机会，趁着茫茫夜色，走出青纱帐……

在一个电话亭里，他给红姐，也就是女老板打了电话。她是他最可依赖的人，也是曾给他温暖的人。她是他的救星……

红姐说：“钱和换洗的衣服我都给你准备好，你过来拿。”

他说："不行，你家周围有人盯梢，我去等于自投罗网。"

"那你约个地点咱们见面。"

"明天上午 10 点，在 B 县××公园后门见。"

"好，不见不散。"红姐说。十分钟后，红姐就拨通了 A 市公安局刑侦大队的值班电话……

（八）

次日上午 10 点，B 县公园后门。阳光灿烂，普照大地。公园里绿草茵茵，鸟语花香，一片祥和景象。

逃犯赵小双一出现，神勇的公安民警便从天而降……

根据上级领导批示，A 市市委启动了严格问责程序，对"8·15"在押人员脱逃案七名责任人依纪依法，予以责任追究。

一、A 市公安局副局长尚××，作为分管看守所工作的领导，在平时工作中未能及时发现看守所存在的问题，属失职行为。对此应负主要领导责任。给予其党内严重警告处分，免去其 A 市公安局党委委员、副局长职务。

二、A 市公安局看守所所长刘××违反《看守所执法实施细则》相关规定，使用非警务人员看守病房在押人员，对于病房的看守工作监管不力，致使在押人犯逃脱，属严重失职。对此应负直接责任。给予留党察看一年处分，并将其调离公安机关。

三、A 市公安局看守所警察沙××，在市医院看守病房值班期间违反值班制度，私下换班，未按要求执行双人值班制度；在看守病房钥匙丢失后没有采取防范措施，不认真履行职责，玩忽职守，致使在押人犯逃脱，应负直接责任。给予留党察看一年处分，开除公职。

四、A 市公安局看守所警察马××，在市医院看守病房值班期间对在押人员亲属的探视行为不制止、不上报，违反值班制度，私下换班；未按要求执行双人值班制，对在押人员没有采取防范措施，玩忽职守，致使在押人犯逃脱，应负直接责任，开除公职。

五、A 市公安局看守所警察解××、王××，在县医院看守病房值班期间未按要求执行双人值班制，对在押人员没有采取防范措施，不认真履行职责，玩忽职守，致使在押人犯逃脱，给予该二人开除公职处分。

六、A 市公安局局长王怀德对“8·15”在押人员逃脱负有领导责任，给予党内严重警告处分，责令向 A 市市委写出检查，全市通报。

河洛少年周世强

（一）

2003年8月3日，我正在邻县出差，接到电话通知，便于晚8时40分赶回A市，9时参加市委常委会。

会议室的气氛不同以往，没有了会前的打趣和调侃，没有了以往的轻松和幽默，代之以沉闷、压抑和紧张的氛围。焦书记黑着一张脸，常委们和列席人员也紧绷着神经，只能听到一两声压低的咳嗽声，空气紧张得仿佛快要自燃……

打破这一僵局的自然是焦书记。他以主持人的身份，开始了开场白："今天市委常委会的议题不同一般，专题研究河南省河洛市十七岁少年周世强在我市一砖窑打工时被强迫劳动致残一案。此案国务院总理温家宝已做出重要批示，要求彻查！"

A 市人社局局长向常委会汇报了周世强一案的来龙去脉和具体案情。周世强，男，1986 年 1 月 20 日出生于河南省伊阳县高山镇三十里铺村。2002 年 2 月，年仅十七岁的少年周世强辍学，在社会游荡。一天，他在伊阳火车站看见几个人在招工，许诺每月六百元工资，管吃管住，工作轻松体面，周日正常放假。刚刚走出校门的少年对未知的世界充满好奇和渴望，便瞒着家人报了名，当天下午便和三十余位民工一起，坐上了开往山西的公共汽车，向着理想的彼岸出发。夜晚，车厢里的民工大都呼呼入睡，有的打着如雷般的呼噜，有的在睡梦中呓呓有声……只有周世强瞪大着眼睛，盯着车窗外的灯光和天上的星星，对即将开始的新生活充满了憧憬。他第一次外出，第一次打工，将挣得人生第一笔钱。他要把这钱寄回家里，寄给母亲，作为儿子孝敬双亲的第一份回报……他即将开始自己独立的人生……经过十几个小时的颠簸，天微亮时，公共汽车在一个偏僻的村口停下来。招工者付给司机每人三十元的车钱后，就把他们带到离村庄一二里地的一处砖窑。这就是招工者许诺的工厂。

此时此刻，他们的身份证已被招工者用手段骗走。即使有人反悔，也别无选择。周世强和同来的三十余位民工一样，开启了人生中的“黑砖窑”噩梦。

每天凌晨 5 点，他们便在窑主的打骂声中被叫起，开始一天的劳作。直到晚上八九点才拖着满身的疲惫收工，回到像猪圈一样凌乱不堪的脏工棚。每天平均劳作时间都在十四五个小时，超过了人体的极限和负荷。每天两餐，极其简陋的食物填不饱肚子，更谈不上营养，身体的透支让一些窑工不堪重负，晕倒在工地，病倒在窑场。三名打手轮流看管，窑工们稍有懈怠，皮鞭便像雨点一样落在身上，皮开肉绽。没有休息，没有娱乐，没有自由，只有无休止的劳作，像牲口一样……来了三四个月，他们连窑场的大门都没有出去过，只能远远地遥望孤零零的村庄……即使上茅房，也有打手跟着，防止逃亡事件发生。

网上一篇题为《罪恶的“黑人”之路》的帖子，描述了记者暗访黑砖窑的一幕情景，催人泪下。“在这些手脚并用、头发长得像野人一样的孩子中间，有的已经和外界隔绝了三四年，有的因逃跑未遂被打致残，有的孩子被监工用烧红的砖头把背部烙得血肉模糊。他们每天工作十四个小时以上，还不让吃饱饭，有时因劳累过度，稍有怠工就被监工随手拿起的砖头砸得头破血流，然后随便拿起一块破布一裹了事，继续干活。至于拳打脚踢、棍棒伺候更是家常便饭；更有甚者，被打手打成重伤也不给医治，如不能自愈导致伤情恶化、丧失劳动能力时，黑心的工头和窑工就把他们踢出门外，任其听候死神的摆布。因为长期不洗澡，孩子身上长满了牛皮癣似的皮屑。最小的只有八岁……八岁的孩子为了一顿饱餐，那么顺从，每天干着成人都难以承受的重活。他们被限制了人身自由，二十四小时有监工或打手巡逻站岗。”

河南电视台都市频道记者付振中曾假扮失联孩子家长，深入山西一黑砖窑暗访，记录下了最真实和摄人心魄的一幕。

进入窑场，一名赤脚光背的窑工映入了我们眼帘。

这名窑工正步履艰难地拉着装满砖坯的车子，很卖力，肩上的皮带深深勒进肉里，车子却不停地在原地打转。显然，这已经远远超出了他所能承受的重量。

他偶尔会抬起头。我清清楚楚地看到一张未满十八岁的稚嫩的面孔。这张面孔上写满了与年龄极不相称的麻木、呆滞和茫然……

还有一名窑工干活稍慢了一点，旁边的工头操起几块砖头就朝他的头上砸去。

新窑工都是在这样的训斥中慢慢变得顺从和麻木的。

接下来，我利用偷拍机，捕捉到了更多的细节。

羸弱的身躯、满身的伤痕、痴呆的眼神、狼狗不如的伙食、脏乱不堪的地铺……

这就是黑砖窑的真实写照。

这就是新时期黑奴的写真。

我认定，记者付振中看到的那个未满十八岁的麻木、呆滞、茫然的少年，与周世强何其相似，简直就是河洛少年周世强的翻版。

历史竟然惊人地相似。18 世纪从非洲贩卖到美洲的黑奴，竟然出现在 21 世纪的现代中国。

让我们把笔触拉回到我们的主人公周世强。

转眼已到 2002 年 11 月。周世强和工友已在这个黑砖窑劳作了九个多月。天寒地冻之时，砖场被迫停工。窑主看到窑工们失去了榨取的价值，不愿承担每日吃喝的开销，便将三十几名窑工驱散了，不发一分钱工资。

窑工们的思想和身体一样被剥夺了自由，哪里还有一丝维权的想法和能力？他们如逃出牢笼的囚犯一样，立即做鸟兽散，庆幸逃过一劫。

周世强是最后离开给他带来梦魇的黑砖窑的人。然而，他想不到的是，一场更大的梦魇正向他走来。他被黑心的窑主丢弃在村口。举目无亲，身无分文，他甚至不知道此刻身处何地。他只知道自己是在山西一个偏僻的农村，位于黄河北岸，有人叫它黄龙；而他的家乡远在河南，是三百里外的伊阳县。漫天大雪中，他被呼啸的朔风裹挟着，向着南边，向着家乡的方向，开始了徒步之旅。

雪下了十天十夜，积雪淹没了他的膝盖。风刮了十天十夜，像刀子一样割伤他的脸颊，手肿得半指高。他在风雪中走了十天十夜……一天夜晚，在黄河岸边一个村庄，他看到了远处一家农舍透出的温暖灯光。他挣扎着向前挪动，挪动……向着那温暖的灯光，向着家的方向……他倒下了，一阵晕眩……饥饿、寒冷，他终于支撑不住了……醒来时，他躺在一户农家的土炕上，坑洞里烧着水。他感觉到身子下面火热火热的。

好心的主人打来了热水，为他洗脚。周世强的双脚发红，肿得像萝卜一样粗。根据周世强提供的电话号码，好心的主人联系上了他的家人。六七天后，周世强被父母领回。

三个月后，周世强的双脚因冻伤、溃烂，导致骨架坏死。2003年3月11日，因双脚失血严重感染，周世强被送进河洛市人民医院做了截肢手术。

仅仅一年时间，周世强从一个身体健全、活泼开朗的青春少年，变成一个拄着双拐、生活不能自理的一级肢体残疾人！

人生的残酷摆在他的面前。他为人生第一次闯世界，付出了身体残疾的代价……

（二）

周世强的父母向河南、山西两省公安机关报案，强烈要求依法严惩黑心窑主，为孩子讨回公道。两省公安警察协同作战。

然而，由于周世强长期被隔绝在黑砖窑里，限制了人身自由，没有和外界接触的机会，导致记忆一片空白，说不清楚黑砖窑所处的具体村庄和方位，只能大概记得是在黄河北岸一个偏僻的农村。

警方的侦破工作一时搁浅，公平与正义在周世强看来遥遥无期。

周世强父母一气之下奋笔疾书，向时任国务院总理温家宝发出了十几封告状信。温总理拍案而起，责成山西省委和政法机关严肃查处，绝不姑息！

A市市委常委会开到晚上12时30分才结束。会议做出七项决定：要求公安机关加大侦破力度，尽快破案；要求政府有关部门举一反三，吸取周世强案件的深刻教训，立即在全市范围里开展砖窑用工专项整治。

次日（8月4日）上午，按照市委常委会的决定，我到A市公安局向参与侦破的警察传达温家宝总理及省、市各级领导对周世强一案的批示精神，传达昨晚A市市委常委会精神，要求公安机关思想上高度重视、行动上雷厉风行，增加警力，调整侦破思路，限期拿下此案，给上级领导和全市人民一个交代，给受害人及其家庭一个交代。与此同时，黄市长也召开政府各职能部门和乡镇负责人会议，安排对全市砖窑用工的专项整治行动。

黑砖窑案件持续发酵。8月20日，中央电视台《道德观察》栏目报道了A市一些砖窑非法用工、侵害外来民工合法权益的情况，引起很大反响。远在深圳的一位朋友给我发来信息："青天白日、朗朗乾坤下，竟会发生这样过去只在小说、电影里才能看到的恐怖、刺激镜头，让人不可思议。你身为主政一方社会稳定的父母官，看了后有何感想……"

整整几天，我都沉浸在自责和羞愧中，内心十分不安，心情沉重。由于自己工作不力，给A市形象抹了黑，造成了不良的政治影响，上愧党和人民，下负黎民百姓，应该闭门思过，对以前的工作进行深刻反思。

针对中央电视台的报道，A市市委于8月21日上午再次召开市委常委会议，焦书记主持。会议决定成立全市砖窑用工整治领导小组，由黄市长任组长，我和政府三名分管副市长任副组长，有关职能部门参加，下设砖窑整治组、公共关系组、责任查处组、案件处理组。由我具体负责案件处理组的工作，重点是督促公安机关尽快侦破周世强一案及新闻报道涉及的有关案件。焦书记要求领导小组立即开展工作，努力把新闻报道造成的负面影响控制在最低限度，防止事态进一步扩大。

在8月23日召开的A市公安局“夏季严打、百日追逃”行动再动员大会上，各战区汇报了一周来的战况；张政委传达了8月21日市委常委会精神；陈刚局长对前段严打斗争进行了总结，对下段工作进行了安排和部署。我强调了五点意见：一、精心组织，打出实效。二、派出所要以处置治安案件为重点，提高战斗力。三、严明责任，严肃纪律。四、把砖窑用工整治作为夏季严打的一项重要内容，打出声威，打出声势，打出实效。限期侦破周世强一案。不破此案，绝不收兵。五、加强严打的宣传力度。最后，我希望全体警察发扬不怕苦、不怕累、不怕流血牺牲的精神，一鼓作气破大案，追逃犯，缴黑枪，治乱点，把夏季严打斗争扎实深入地开展下去，确保全市政治、社会和经济稳定。

在省、市领导的强力督办下，借着夏季严打的强劲东风，A市公安机关抽调精兵强将，调整办案思路，从收留周世强的好心人入手，进一步缩小搜索范围。警察还专程从河南省把周世强接到A市，带他到嫌疑窑场，唤醒他的记忆，指认犯罪嫌疑人。

冥冥中似乎有老天相助，或者说警察的辛苦付出感动了天地鬼神，周世强的记忆终于被唤醒，清醒地指认了囚禁他九个多月的黑砖窑，指认了对他实施残害的五个犯罪嫌疑人。

2003年9月5日，犯罪嫌疑人昌建光、王国红、李文峰、张战沾、徐立业被A市公安局依法刑事拘留；同年9月29日被A市人民检察院批准逮捕！

（三）

案件进入审理程序。周世强一案案情重大，影响广泛。能否依法公正审判，维护公平正义，保护受害人合法权益，引发了社会舆论的高度关注。它也是对A市人民法院刑事审判法官司法能力和审判艺术的一项严峻考验。

作为受害人家乡的媒体，河南省多家报纸、电视台记者来到A市，对A市市委领导和办案法官进行采访。由于案件正在审理中，市委宣传部和A市法院均以适当理由婉拒了。身经百战的记者玩起了隐身术，打起了潜伏战，明修栈道，暗度陈仓。

一天下午，我正在办公室处理公务。办公室主任张月祥汇报，门外有人求见，是河南省法律援助中心的工作人员，要反映周世强案件有关情况。我立即放下手头工作，热情接待远道而来的客人。来者共有三人，为首的一位手持河南省法律援助中心介绍信。

就他们反映的问题，我通报了周世强案件的侦破、犯罪嫌疑人的基本情况以及A市市委依法办案、坚决保护当事人合法权益的鲜明态度和坚定决心。在通报情况时，对方一人拿起照相机意欲拍照。我坚决制止说："今天是工作会谈，不是记者见面会。请不要拍照、录音！否则，我将取消这次会谈。"

对方人员诚恳地接受批评，表示尊重A市领导的意见，不拍照、不录音、不作记录。会谈在以诚相待的气氛中继续进行。我最后表态："河南、山西一河相隔，河洛文化、河东文化一脉相系。今天一桥跨南北，两省人民的友好往来越来越频繁，经济社会联系越来越紧密。豫晋一家人，就是我们两省友谊的现实写照。周世强作为受害人，我们深表同情。犯罪嫌疑人虽然在山西，但他们是我们共同的祸害和敌人。我们两省政法机关和法律服务机构要携起手来，共同治理好黑砖窑这一顽症和毒瘤，还老百姓一方平安的净土。请放心，A市一定依法公正审理周世强被侵害一案，A市不会搞地方保护主义！"河洛方面三人连连称谢，期待周世强案件有个公正的判决，以回应社会关切。

一周后，我去郑州出差。在下榻的宾馆，我随手拿起床头一张当天的《河南日报》。头版右下角一个短小但醒目的新闻标题映入我的眼帘：《河洛少年周世强断脚案在山西引起重视》。报道称：在河南、山西两省法律援助机构协作努力下，河洛市少年周世强在山西打工被殴伤，后被弃荒野、冻掉双脚一案，已引起山西方面的高度重视。该案被山西省委列为重大督办案件。山西省A市市委常委、政法委书记向志远在听取案情通报后表态，决不搞地方保护，依法维护外来民工的权益。我不由啧啧而叹：记者，你们真厉害啊！不愧为无冕之王！

周世强案件的进展牵动着我的心。2004年3月16日，我专程赴A市人民法院对周世强案件进行督办。案件承办人员、法院刑一庭李庭长汇报了案件审理的进展情况、证据认定方面存在的问题，以及窑主是否应承担刑事责任等；法院王院长汇报了法律适用方面存在的异议和他们认定的法律依据。

我代表A市市委提出三条协调及督办意见：一要加快办案进度。此案从发案到现在已一年有余，从进入诉讼程序到现在也已七个多月。总理亲自作了批示，山西、河南两省新闻媒体和人民群众高度关注，一定要在法定时限里按时按期开庭审理好这个案件，回应社会关切，回应人民期盼。二要提高办案质量。公平正义是社会的期盼，人民的期望。要不徇私情，坚决摒弃地方保护主义，严格依法办案，把此案办成铁案。三要注重社会效果。法律效果和社会效果要有机统一，同时兼顾。注重社会效果，不是对依法办案的否定，而是对依法办案更高层次的要求。

2004年4月13日，A市人民法院依法公开开庭，审理备受社会关注的河洛少年周世强被强迫劳动致残案。全国各大媒体，特别是河南省新闻媒体记者三十多人蜂拥到A市，要求对案件公开审理情况进行现场采访。

审判大厅里人头攒动，座无虚席，十几名全副武装的法警威严地肃立在门口和过道上，维持着法庭秩序。上午9时整，随着审判长一声令下，五个身着囚服的犯罪嫌疑人被押上被告席。他们分别是：被告人昌建光，男。1967 年 6 月 1 日出生于河南省淅川县盛湾镇周湾村。汉族。小学文化。农民。被告人王国红，男。1953 年 7 月 31 日出生于河南省淅川县盛湾镇陈岗村。汉族。初中文化。农民。被告人李文峰，男。1977 年 7 月 19 日出生于河南省淅川县盛湾镇周湾村。汉族。初中文化。农民。被告人张战沾，男。1971 年 9 月 20 日出生于河南省淅川县盛湾镇衡营村。汉族。小学文化。农民。被告人徐立业，男。1965 年 1 月 25 日出生于 A 市桥坪镇桃花村。汉族。初中文化。农民。

正义的审判拉开了序幕！

这是迟到的正义。因为这迟到的正义，河洛少年周世强付出了身体一级残疾的惨痛代价……

两天的公开审理，严格履行法定程序。法庭调查阶段，证据为王！一个个证人被通知到庭作证，一件件证据被呈送法庭公开质证。法庭辩护阶段，各方六名律师唇枪舌剑，引经据典，有来有往，大战几个回合。被告陈述阶段，每个被告都声泪俱下，真诚悔罪，表态要弃恶从善，重新做人，愿意接受法庭裁判。

善恶只在一念间，昨天为魔，今日为道！从善如登，从恶如崩！角色转换，只在瞬间！法律是无情的，法律是公正的。

经过公开审理，法庭做出以下判决：

经审理查明，2002 年 2 月，被告人昌建光承包了被告徐立业砖场的部分劳务，以每月六百元工资及管吃管住为诱饵，从河洛、山东等地将周世强、张金涛等三十余名民工骗至砖场干活；指使被告王国红、李文峰、张战沾负责看场或带工，强迫民工长时间劳动，每天长达十五个小时左右，且不发工资；民工干活稍慢或有不满情绪，被告昌建光、王国红、李文峰、张战沾便对工人进行打骂；为防止民工“逃跑”或举报，被告人王国红对民工实行昼夜监视和看管，非法限制人身自由；在长时间、超强度的劳动中，不给民工发放任何劳动保护用品；被告徐立业对发生在砖场内强迫职工劳动的现象不予制止，听之任之。同年11月，砖场停工。被告昌建光将其他民工陆续送走，受害人周世强要求回家，被告人昌建光未发给其工钱，用摩托车将其送至本市桥坪镇王庄村路边，衣衫单薄的周世强因无钱返乡而流浪乞讨。数日后，被本市鼓楼街道办事处东姚村村民李和平收留。李和平给其洗澡时发现其双脚发红、发肿，次日便通知了周世强的家属。之后，周世强出现行走困难，六七天后被父母领回。三个月后，周世强的双脚因冻伤、溃烂、骨架坏死截肢。2003年3月11日因双脚缺血后严重感染，被河洛市医院做截肢手术。经法医鉴定：周世强所受损伤程度已构成重伤。2003年6月30日，河洛市残疾人联合会发给周世强肢体一级残疾证书。同时查明，周世强被强迫劳动达三个月，未发工资一千八百元。周世强在河洛市医院住院治疗一百二十一天，医疗费为两万四千二百四十六元。河洛博奥假肢医疗用品开发有限公司建议：周世强要做到生活自理，需安装小腿假肢。每具假肢及装配费为两万二千元，保质期为三年。上述事实经法庭质证、认证的证据予以证明。

本院认为，被告人昌建光、王国红、李文峰、张战沾、徐立业违反劳动管理法规，以限制人身自由的方法强迫职工劳动，情节严重，其行为均已构成强迫职工劳动罪。A市人民检察院指控五被告犯强迫职工劳动罪，事实清楚，证据充分，罪名成立。附带民事诉讼原告周世强及其代理人提出五被告的行为同时构成故意伤害罪，证据不足，本院不予支持；五被告提出其行为不构成故意伤害罪的辩解意见，本院予以采信。但被告李文峰、张战沾提出其未殴打民工、不构成强迫职工劳动罪的辩解，与本院查明的事实及确认的证据不符，不予采信；被告徐立业及其辩护人提出被告徐立业已将砖场转包、不是直接责任人、不构成强迫职工劳动罪的辩解及辩护意见，本院认为，被告徐立业虽将砖场转包，但根据其与当地派出所签订的《雇用暂住人口责任书》的规定，其对所雇用的暂住人口负有监管之责，而被告徐立业受利益驱动，对被告昌建光等人强迫职工劳动的行为放任不管，其行为已构成强迫职工劳动罪的共犯，故对其辩解及辩护意见不予采纳。附带民事诉讼原告周世强要求五被告赔偿经济损失之请求，本院认为，被告人昌建光理应在停工后给民工发放工资，但其不仅不给原告周世强发放工资，反将身无分文、衣衫单薄的周世强弃之路边，造成周世强双脚被冻伤之后果，昌理应承担民事赔偿责任。被告徐立业作为该砖窑窑主，未尽监管义务，亦应承担连带赔偿责任。其余被告的行为与周世强的损伤无因果关系，不应承担赔偿责任。附带民事诉讼原告诉请之继续治疗费，可在其治疗后按实际费用另行起诉；其诉请的精神损失费不属于刑事附带民事诉讼受理范围，故本院不予支持。其他诉讼请求有理，理应支持，但部分诉请费用过高，本院将依法在合理范围内予以判赔。依照《中华人民共和国刑法》第二百四十四条、《中华人民共和国民法通则》第一百零六条第二款之规定，判决如下：

一、被告昌建光犯强迫职工劳动罪，判处有期徒刑三年，并处罚金人民币五千元。(刑期从判决执行之日起计算，判决执行以前先行羁押的，羁押一日折抵刑期一日，即自2003年8月5日起至2006年8月4日止)

二、被告王国红犯强迫职工劳动罪，判处有期徒刑三年，并处罚金人民币五千元。（刑期从判决执行之日起计算，判决执行以前先行羁押的，羁押一日折抵刑期一日，即自2003年8月5日起至2006年8月4日止）

三、被告李文峰犯强迫职工劳动罪，判处有期徒刑两年，并处罚金人民币三千元。（刑期从判决执行之日起计算，判决执行以前先行羁押的，羁押一日折抵刑期一日，即自2003年8月5日起至2005年8月4日止）

四、被告张战沾犯强迫职工劳动罪，判处有期徒刑两年，并处罚金人民币三千元。（刑期从判决执行之日起计算，判决执行以前先行羁押的，羁押一日折抵刑期一日，即自2003年8月5日起至2005年8月4日止）

五、被告徐立业犯强迫职工劳动罪，判处有期徒刑一年，并处罚金人民币三千元。（刑期从判决执行之日起计算，判决执行以前先行羁押的，羁押一日折抵刑期一日，即自2003年8月5日起至2004年8月4日止）

六、被告昌建光赔偿附带民事诉讼原告周世强经济损失四十九万四千六百三十二元，被告徐立业负连带赔偿责任。

“判决被告连带赔偿原告四十九万。这是本院建院以来开出的最大一笔罚单。”A市人民法庭王院长向我汇报工作时说，“这也是出于最大限度地保护受害人的合法权益，补偿受害人所遭受的损失，包括经济损失和精神损失。”

（四）

然而，要兑现这一迟到的公正，履行判决所确定的赔偿，又谈何容易！在现实司法实践中，执行难的问题横亘在几乎所有公正判决面前。

判决执行不了，就成了一纸空文；赔偿落实不了，就成了一张法律白条。如此一来，法律的权威大打折扣，党和政府的形象将受到影响。

判决进入执行程序后，曾经在法庭上声泪俱下、真诚悔罪的被告面对四十九万余元的经济赔偿数额一反常态，以经济困难、无力支付为由，拒不履行生效的法律文书。

A 市人民法院执行局局长亲自带领执行人马远赴千里之外的河南省淅川县盛湾镇周湾村，在当地村干部的带领下，来到被告昌建光家中。眼前的情景令人震惊，只有一处破落的院子。院门是用藤条编制的。院里是三间建于上世纪 70 年代的土坯房。两个上了八十岁的老人耳聋眼花，村干部附在老人耳边大声喊叫，老人摆摆手说：“听不见，啥也听不见……”

村干部无奈地摊开手，向执行人员介绍说：“昌建光在山西犯事我们都知道。他平时游手好闲，好吃懒做，吃喝嫖赌样样占全。有钱了胡吃海喝，也不管老人和老婆、孩子死活。在山西赚的钱全部都让他糟蹋光了，家中也没置下像样产业，也没有什么积蓄。这次山西犯事，老婆听了彻底死心了，带着两个孩子回娘家住了，要跟他离婚彻底了断。家里剩下这一对八十多岁的老父、老母，还得我们村干部隔三岔五来照料……作孽呀，作孽呀……”

执行人员心灰意冷，想从昌建光家人身上执行回赔偿款的希望成为泡影……

按照法律规定，负连带赔偿责任的徐立业进入执行人员的视野。徐立业系 A 市桥坪镇桃花村人，家中经济条件稍好。自 2000 年开办砖场后，每年有五六万的进账，在村里率先盖起了二层小洋楼，老婆和孩子的吃喝穿戴在周边几个村里都是数一数二、引领时尚潮流的。他作为连带责任人，应当有能力履行判决，不致使判决落空。执行人员赶到桃花村徐立业家中，但见院门紧锁。从门缝中看进去，院里长满荒草，倒像一座芳草萋萋的坟茔。

随后赶到的村干部说，自砖窑出事、徐立业被抓后，徐家人自知罪责难逃，便三十六计，走为上计，锁了大门，外出躲债，至今已半年有余。

“徐家共有几口人?”

“除了徐立业，还有老婆和两个儿子。”

“他们躲到什么地方去了?”

“不知道，杳无音信。可能是北京、天津，也可能是太原、成都。现在社会开放了，哪里的黄土不埋人。走了就走了，四海为家。”

执行人员把这些情况向我作了汇报。我问：“对徐立业采取刑事拘留措施时，为什么不同时对其财产予以查封和冻结?”

“当时案子在公安侦查阶段，查封、冻结都应由公安机关作出决定。案子到法院时，徐立业全家已经外出躲债了，该转移的资产早就转移了。”

公安局法制部门负责人到场解释说：“徐立业是否应当承担刑事责任，律师曾提出异议。在这种情况下，如果需要查封、冻结被告的资产，应由当事人提出担保，以防查封、冻结错误给当事人造成损失。但本案中周世强及其家人没有能力提供担保，所以就不能对徐立业财产采取查封、冻结措施。这是有法律规定的，我们不能违反。”

我终于遏制不住心中的怒火，拍案而起：“这规定，那规定……难道法律只保护犯罪人的权利！受害人的权利谁来保护，受害人的损失谁来赔偿?你们这么做，是在曲解法律的本意，是歪嘴和尚念经，把法律这部正经给念歪了!”

受到批评的人员面有难色，欲辩无语……

政法委办公室主任张月祥在一旁扯了扯我的衣袖，劝我冷静，注意影响，以免有干预政法机关依法独立办案之嫌。月祥的提醒和劝说让我的情绪平稳下来，就对在场的公安和法院办案人员说：“也许你们做的是对的，是我错怪你们了。但从今天的事情上，你们要汲取教训，把案子的每一步都要做踏实，尽快找到被执行人，督促他们履行判决，保护受害人的合法权益。”

两名办案人员连连称是，保证不再出现纰漏。

周世强及其家人拿到了一份正义的判决，但高达四十九万余元的赔偿款却成了水中月、镜中花，正义成了遥遥无期的美好憧憬，公平成了高不可攀的山间明月。

一气之下，周世强及其家人又踏上了赴京上访的漫漫长路。

三进古城

（一）

时间进入 2007 年 6 月。

以洪洞县广胜寺镇曹生村“三无”砖窑（无营业证、无资源许可证、无税务登记）为突破口，山西黑砖窑事件像火山一样喷发了。

2007 年 6 月 20 日，国务院总理温家宝主持召开国务院常务会议，听取山西黑砖窑事件调查处理初步情况的汇报。会议指出，山西“黑砖窑”不仅存在严重非法用工问题，而且存在黑恶势力拐骗、限制人身自由、强制劳动、雇用童工、故意伤害甚至致人死命等严重违法犯罪行为。要彻底查清、严肃处理这一事件，严厉打击违法犯罪行为和黑恶势力，解救全部受害人员，严惩违法犯罪分子，坚决维护人民群众，特别是未成年人和智障人员的合法权益，维护社会公平正义。

会议要求山西省政府高度重视，加强领导，进一步做好山西“黑砖窑”事件查处和善后工作。公安部、劳动保障部、民政部等有关部门要加强协调和指导，要全力做好受害人的解救工作，依法惩处犯罪分子，严肃查处有关工作人员的腐败和失职渎职问题。

会议决定，近期要在全国范围内以乡、村的小砖窑、小煤窑、小作坊等为重点，开展一次劳动用工大检查，重点是依法打击雇用童工、强迫劳动、恶意伤害等违法犯罪行为。同时，进一步完善劳动用工制度，加强用工管理，规范用工行为。

会议认为，各级人民政府和国务院各部门要从山西“黑砖窑”事件中吸取教训，以对人民高度负责的态度，认真履行政府职责，切实加强工作的薄弱环节，健全制度，依法行政和依法监督。当前要特别重视解决涉及群众利益的问题，加强就业和社会保障工作，搞好扶贫开发，完善城乡社会救助体系，确保困难群众的基本生活，让群众安居乐业。

2007 年 6 月 22 日，在公安部、劳动和社会保障部、中华全国总工会联合在山西举行的新闻发布会上，山西省省长于幼军代表省政府向受害农民工及家属道歉：“近期发生在我省部分地区一些黑砖窑的刑事犯罪和非法用工行为，侵犯了农民工和未成年人的合法权益，损害了他们的身心健康，在国内外造成了很不好的政治影响。作为一省之长，我难辞其咎，深感内疚和痛心。在此，我代表省政府向受到伤害的农民工兄弟及家属表示道歉！向全省人民检讨！”

2007 年 7 月 6 日，中共山西省委纪律检查委员会、山西省监察委员会在太原举行新闻发布会，通报山西黑砖窑事件处理进展情况。共对九十五名党员干部、公职人员给予党纪、政纪处分，涉及县处级领导干部十八人、乡科级干部四人、一般党员干部三十七人。

狂风骤雨般的黑砖窑事件，震惊了山西，震惊了全国。

A 市处于这场风暴的中心，先后有多名县级、乡镇党员领导干部被严肃问责。人社局一名劳动监察大队工作人员因参与倒卖被解救的民工，引起全国舆论哗然，被司法机关依法逮捕并追究刑事责任。

周世强案件虽然发生在 2002 年，但它是山西黑砖窑事件的前奏，再加之 A 市法院执行不力，受害人的赔偿一直没有兑现，周世强一度流落河洛市街头，在繁华闹市摆摊乞讨，引发群众的极大同情，引发媒体的高度关注。山西黑砖窑事件的集中爆发，无异于推波助澜。周世强再次成为舆论关注的焦点。A 市市委、政府和政法机关已无任何退路，在穷尽法律手段的情况下，社会救助和政府救助被提上议事日程。

我主动向市委原书记（焦书记已调任黄龙市人大副主任）请缨，去河洛市伊阳区，与伊阳区委、区政府协商解决周世强一案的良策。

此前半个月，伊阳区委一名常委带领乡镇、信访办人员曾来过 A 市，提出由 A 市和伊阳区共同对周世强实施社会救助的方案，我出面予以接待。终因对方开价过高、我方难以接受而没能达成协议，对方空手而归。这次由我方主动，重启谈判，以期彻底化解周世强一案，了结积案，御去双方肩头的重担。

由此，我开启了三进古城的化解之旅。

（二）

2007 年 8 月 10 日，我带领政法委矛排办焦主任、法院侯院长、执行局王局长、信访局刘副局长等一行人马，踏上了一进古城的行程。

河洛以“九朝古都”名震华夏，建都的历史在一千五百年以上。自夏至后唐、后晋，先后有一百又五位帝王在这片土地上驰骋，运筹于庙堂之上，决胜于千里之外，试图建立自己的不朽帝业。正如那位历史老人白发渔樵所感叹的：是非成败转头空，古今多少事，都付笑谈中。青山依旧在，几度夕阳红。就连霸气冲天的一代女皇武则天，生前纵能下令“明朝游上苑，火急报春知。花须连夜发，莫待晓风吹”，最后仍然难逃脱一山为茔、一碑为记的命运。

掠过历史的浮云，现代化的河洛以崭新的面目进入我们的视野。宽阔的街道上车水马龙，人头攒动，商铺林立，灯红酒绿，活色活香，流光溢彩，好一副欢乐人间的浮世图。街道两旁的建筑高大厚实、古色古香，百年法国梧桐横枝斜杈、浓荫如盖，繁华喧闹中透着一种幽静和闲适，显示着这座千年帝都的尊贵和王者之气。任何一位旅人来到这里，都会屏声静气，满怀着敬仰、虔诚之心，向着千年帝都所蕴含的博大精深的东方文明顶礼膜拜。

无心欣赏古城的繁华胜景，我们一行六人下了火车，就直奔伊阳区委而去。

在伊阳区委新建的花园式办公大厅里，区委书记和常委、政法委书记以及上次去 A 市的常委接待了我们。区委书记是年富力强的四十出头的年轻人，说话节奏快，简明扼要。他说：“欢迎山西的同志来我们伊阳区检查、指导工作。周世强是我们伊阳区人，但案子发生在山西。解决这个全国挂号的老大难问题，需要我们双方努力，通力合作。我们双方的压力都很大，但相对来说，我们伊阳方的压力更大一些。因为按照中央属地管理的原则，中央联席办每次都向河南省委和伊阳区委下发督办函。只周世强这一案，我们已有四名区级领导作为包案责任人受了处分，我们的压力确实很大。这次我们伊阳区委痛下决心，一定要想尽办法，采取得力措施，和山西的同志联手，共同化解这一矛盾，上为中央和国务院分忧，下为老百姓解愁。”

我代表 A 市市委表态，全力配合、支持伊阳区委的工作。告别了区委书记后，我们被安排进入区委机关一个宽敞、高档的会议室，具体开展协商工作。

双方的常委、法院院长、执行局长、信访局长、政法委矛排办主任在长条会议桌两侧就座，每位与会人员面前都摆了桌签。会议严肃、认真、热烈。整整两个多小时，在双方发表意见的基础上交流、辩论了几个回合。在实质问题上，即A市应该给予周世强社会救助的数额上，双方差距很大。

会议室的挂钟显示中午12时40分，我再次阐明我方观点说："本着解决问题的诚意，A市在财政困难的情况下让我带来十万元作为周世强的救急之用；后续的救助数额我们下次再谈。"

伊阳区委常委、政法委书记回答："要彻底解决周世强的困难，没有一百万下不来。作为主要责任方，A市至少应该承担五十万。十万元太少了，拿不出手；周世强也根本不会同意的。"

双方又一次陷入僵局。为了缓和气氛，伊阳区委政法委书记提议："协调有一个过程。山西的同志一路鞍马劳顿，咱们先吃饭吧！吃完饭咱们再谈。"

A市法院候院长也同意，说："对，先吃饭！吃完饭再谈！"

我严肃地说："如果我们带来的十万元救助款，伊阳区的领导们嫌少不接受，这顿饭不吃了，我们立即返程！关于周世强一案的救助，我们不再协商！"

有如当头棒喝，我的话让伊阳区的领导始料不及、哑口无言。会场出现了短暂的尴尬气氛。稍作调整，伊阳区领导赔着笑脸说："既然山西的同志有诚意，带来了十万元钱，那我们就先接受了。山西、河南一家亲，亲戚的脸面不能驳嘛。亲戚带上门的礼物总不能退回去吧。哈哈，中国是礼仪之邦，礼数总还要讲的嘛。"

紧张的气氛瞬间缓和了下来，破冰之旅圆满成功。我们于当晚返回A市。

（三）

2007年9月17日，我带领A市原班人马，踏上了二进古城的行程。

如果说上次是破冰之旅，双方打破隔阂、建立信任尚属不易，这次就是攻坚之旅，谈判的任务更艰巨，协商的难度更大。双方要在艰难的平衡中达成最终意见，确定最终的救助数额。

为了给双方协商创造一个良好的环境，避免外界干扰，我们约定，协商的时间、地点、内容、细节及双方参与人员均向外界保密，任何一方不得接触媒体，不得接受采访，不得透露任何消息。伊阳区委安排我们A市一行人马在河洛市一处僻静的宾馆住下，并派专门人员值守，无关人员一律不得进入。

因为有上次建立的信任作基础，加之双方对化解周世强一案的重要性认识更深刻、自觉性更高，这次协商去掉了穿靴戴帽，双方单刀直入，直奔主题。由于牵扯到双方利益，协商、谈判的过程仍然很激烈，推进很艰难。为了一个细节，为了一个具体表述，双方难免争得面红耳赤。

经过三天两夜的协商，双方终于于9月20日上午达成了对周世强实施社会救助的具体数额。但协议还不能签署，双方均需向市（区）委、人大、政府汇报同意后，才能形成最终意见。

20日下午，我带领A市工作人员返程。攻坚之旅取得了辉煌的战果。

9月22日，由原书记主持，A市市委召开常委会议，专题研究对河洛少年周世强实施社会救助事宜。我向常委会专题汇报了赴河洛市与伊阳区沟通、协商的工作情况，就双方初步达成的协商意见和下一步工作提出了建议。

鉴于当时愈演愈烈的山西黑砖窑事件，常委们都感到压力很大，一致同意工作组的建议，立即和河南方签署协议，迅速化解此案，排除这一重大风险和隐患。

"这是一颗握在手里的炸弹啊！一日不化解，一日就有随时爆炸的危险。"黄市长形象地说。

原书记对工作组的工作质量和效率十分满意，称赞我是一个敢打硬仗、能打硬仗、会打硬仗、善打硬仗的得力干将，是一个排雷手，关键时刻为A市排掉了一颗随时都会引爆的炸弹，为A市立了大功。

我谦虚地表态：全靠市委的坚强领导，全靠政府的大力支持。

"市委的领导、政府的支持是前提，但事情是要靠人来做的，人是最关键的因素。这次市委派你去，实践证明是正确的决策。换了其他人，不一定有这效果。"

常委们也附和着原书记的话，对工作组的工作给予高度评价，对这次化险为夷的古城之行给予充分肯定。

（四）

2007年9月25日，我开始了三进古城的行程。

除了法院候院长、矛排办焦主任、执行局长、信访局长原班人马外，随行的还有财政局一名副局长、政府法制办一名主任和实行法律援助的一名律师，他们分别负责支付救助款，对签署的协议进行法律把关。

由于常委会已原则同意双方初步达成的协议，这次的任务比较轻松，属于必要程序的履行。我和随行人员的心情很愉快，列车上大家谈笑风生，气氛热烈。我抛出一个问题，考验大家的智商："如果说一进古城是破冰之旅，二进古城是攻坚之旅，这次三进古城，应该叫什么呢？"

大家面面相觑，一时不知怎么回答。还是法院候院长机智聪明，思维敏捷，略一思考后说："我觉得这次是友谊之旅。"

"化解矛盾，续写两省人民的友谊，也开启了A市政法委与伊阳区政法委、A市法院与伊阳区法院的友谊。这个好！"焦主任点头称好，随行的人员都表示赞同。

因大局已定，此行的任务是审查、完善协议的有关法律程序，随行的财政、法制办、律师等都投入到紧张的工作中，我和侯院长、焦主任则很悠闲，在河洛市区饱览市容市貌，体验风土人情，感受古城魅力。

我们住的酒店旁有一个海棠公园，是河洛市最早向市民开放的首批国家公园之一。早晨7时起床后，我独自来到公园，闲庭信步。这公园算是微型景观，占地两百余亩，水面三十亩，处于一个谷沟的角落。湖叫碧玉湖，倒很形象。整个公园像个小家碧玉，别有一番风趣。一是树深。四周山梁上浓荫密布，满眼是青翠的树林，一派生机。二是水绿。水面不大，但水绿如翡翠，水面上一层浮萍。三是鸟鸣。清晨，林子里鸟儿的啁啾声声清脆、悦耳，传达着这林子的主人自由不羁的灵魂。听着这声音，让人感到生命的律动、青春的节拍。公园里也有笼中鸟儿的鸣叫声，却远不如林子里自由的精灵那么富有生命的活力。四是桥拙。湖中间一座桥连接两岸，如长虹卧波。桥被命名为棠春桥。桥的两肩设计了对称的图案，中间为半月园，两侧为满月园，倒映在湖中，别有情趣。但建桥用的石料很质朴，是那种当地常见的红山岩，没有玉栏杆的雕饰，但宛若天成。

周围居民起得也早，有像我一样散步、跑步的，有遛鸟的，还有一两个垂钓高手把长长的鱼竿和细细的鱼线沉在湖中，与水中的鱼儿默然相对……

9月26日上午11时，当周世强亲笔签字，接受A市、伊阳区社会救助，彻底息诉罢访的协议文本传送至我们下榻的宾馆会议室时，全场响起热烈的掌声，我和伊阳区委领导的手紧紧地握在了一起，随行人员与伊阳区工作人员也纷纷握手以示感谢、祝贺！

至此，一起长达五年之久的涉法、涉诉上访案件终于画上了圆满的句号。

这句号来之不易。

这句号饱含着血泪。

这是用惨痛的教训和身体的代价换来的句号。

从这个意义上来说，它不应该是句号，更应该是问号，是惊叹号。

为什么在21世纪的中国，会发生黑砖窑事件?

为什么在当代物质文明高度发达的今天，会把周世强这样的少年异变为“非洲黑奴”?

当政者当自醒！包括你、我、他在内的基层官员们，当自责！

未来即将或可能走上社会管理及领导岗位的学子们，当引之为前车之鉴！

悬　案

（一）

公安部要求，命案必破！

但在现实生活中，因为主客观条件的制约，一些人命关天的命案就是破不了。时间一久，就成了悬案。

在我主政 A 市政法工作期间，就有这么一件悬案，引发受害人亲属长期上访，耗费了公安机关和各级党委、政府大量人力、物力、财力，仍然不能妥善地化解，成为我心中一道抹不去的伤疤……

案发那年，张三虎夫妇年仅四十五岁左右。两人住在乡下，以农为生，别无任何经济来源。膝下育有一个女儿，年方十二，正在上学。农村的日子虽然清苦些，但是女儿乖巧伶俐，聪明好学，给他们的生活带来了欢乐和希望。夫妇俩精心抚育着这个女儿，女儿的一举一动、一颦一笑，都牵挂着他们的心。

可是，2001 年 11 月 2 日这个日子，却彻底改变了这个家庭的命运。从此，厄运像魔鬼一样纠缠着这家人。

天刚擦黑，女儿吃过饭，写完作业，告诉父母要上村里巷道和小伙伴玩去。得到父母的同意后，她像一只可爱的梅花鹿一样，唱着歌谣，蹦蹦跳跳地出门了。“咩咩咩，你吃草。我到南山唤你嫂。你嫂穿着花棉袄，……”

直到晚上 11 点多，女儿也没有回来。“这死妮子，贪玩得不知道回家了。”父亲张三虎一边叨叨着，一边从炕上溜下来，出去找女儿。

巷道里一片漆黑。冬天的夜晚，家家门户紧闭，只听见寒风掠过的嘶嘶声，不见一个人影。“春妮，春妮——”他两只手卷成喇叭，大声喊叫着女儿的名字。没有回声。

他敲开了和女儿春妮惯熟的几个小伙伴家的门，得到的答复是：没见人。天冷，孩子晚上就没出去……

张三虎着急了，眼红了，疯狂了。他推开村委会主任家的门，打开村里的广播室，一遍遍地广播寻人启事，一声声急切地呼喊着女儿的名字……

全村人闻讯都从暖和的被窝里爬起来，穿上衣服，分组到村里几条大巷，到村外方圆五六里的地里去寻找孩子。一直到次日凌晨，太阳从东山冒出来。一无所获。各组回来的人都是一脸茫然。

张三虎，这个要强的中年汉子，一屁股蹲在地上，号啕大哭起来：“春妮，你在哪里？你要有个好歹，我和你妈可怎么活呀？……”

从此，这个家没有了阳光，没有了欢笑，没有了希望……

张三虎这个四十多岁的中年人，头发一夜间全白了，腰佝偻着，像一只虾米……他的妻子不久患上了乳腺癌……

（二）

八年过去了。时光老人的脚步迈入了 2011 年 5 月。

在这八年时间里，A 市公安机关对张三虎女儿失踪一案进行了立案侦查，投入了大量警力，摸排了许多线索，也初步锁定了几个嫌疑人。但经过仔细的调查工作，均被一一排除。

张三虎的女儿春妮竟像一缕青烟，融入蓝天白云，化为乌有，没有留下任何踪迹。

是被害？是被拐？还是……疑云重重，压在办案警察的心头，挥之不去。八年来，办案警察从来没有放弃过努力，没有放弃过责任，没有放弃过担当。他们无数次地接待上访人张三虎，告诉他案子仍在侦破，要看到前途和希望。

希望终于来了！这一天，A 市公安局王怀德局长接到 C 县看守所所长电话："一个在押服刑人员点名要见 A 市公安局局长，想反映一起重大杀人犯罪线索，争取立功表现。"撂下电话，王怀德局长马不停蹄，立即驱车赶去百十公里外的 C 县看守所。

威严肃穆的看守所提审室里，墙壁上一行标语赫然在目："坦白从宽，抗拒从严。"在押人员刘 × × 被带进来，在对面的椅子上坐下，双手戴着手铐。"我是 A 市公安局局长。你要向我反映什么情况？"王怀德局长一双锐利的眼睛像刀子一样刺向对方。

刘 × × 回答："我和你们 A 市的张三虎同村，他女儿被杀的事情我知道。我要向公安机关举报，争取立功表现，争取政府对我的宽大处理。"

"你是因为什么罪被判刑的？"

"因为盗窃农用三轮车，被政府判了三年有期徒刑；下个月要被投入监狱接受改造。"

"你把你知道的关于张三虎女儿被害一案的情况如实陈述一下。

你要知道，作伪证是要承担法律责任的。”

“我知道。我一定实事求是，不说半句假话。”刘××回答，“2003年11月初的一个晚上——具体日期记不住了，已经是凌晨两三点了，我出门去村里踅摸，看哪家有机可乘，好偷几件值钱的东西过年。走到村东口，我看见前面有一个人，个子瘦高瘦高的，肩上扛一个麻袋，手里握着一把铁锨，正向田地里走去。看那个人的样子，像我们村的二队队长赵志宏。这么黑的天，他要去干什么？我心中打了个问号，就尾随他到了一块地头。见他放下麻袋，在地里挖了一个深坑，然后把麻袋埋进去，用脚踩实了，才扛起铁锨走了。”

他继续陈述：“赵志宏走后，我越想越觉得蹊跷。他埋在地里的是什么？莫非是金条？是玉石？是钞票？反正应该是值钱的东西。我一兴奋，便走到埋东西的地方。四顾无人，便用手刨开了坑。妈呀，吓我一跳——挖出来一条胳膊……

“想发财却遇到鬼，我自认霉气。回到家里，躺在被窝里，老半天了心口还跳。联想到前几天村里发生的女孩失踪案，我猜想凶手一定是他，赵志宏。一定是他杀死了张三虎的女儿。这个恶棍、坏蛋，平时在村里就欺男霸女，无恶不作，现在竟连一个十二三岁的女娃都不放过，真是丧尽天良。

“可是，赵志宏是二队的生产队长，有权有势，心狠手辣，谁都不敢惹他。这件事我埋在心里八年了，一直没跟任何人说。这次轮到我犯事了，我想立功赎罪，争取政府宽大处理，这才把全部实情告诉了你，也算是我坦白交代，将功补过吧……”

王怀德局长心中一阵悸动，但仍然面若冰霜，严肃地讯问：“你确定那人是赵志宏吗？”

“不是完全确定，只是远看像他。”

“你还记得挖坑的地点吗？”

“记得，打死都记得！一辈子忘不了！”

（三）

闻警而动，速战速决。第二天，经C县公安局领导审批，刘××被A市警察押解出狱，带到百里外的案发地指认现场。

王怀德局长在一线督战，亲临现场指挥。当警察在刘××的指认下挖开一处地面至半米深时，一堆白骨露了出来。在阳光的直射下，白骨，脆生生的白骨，发着亮亮的光。象牙一样的白，陶瓷一样的白……沾着新鲜的泥土。这幅图画永远刻在了王怀德局长的脑海里，让他终生不能忘记。

十天后，经公安机关DNA技术鉴定，认定白骨所含基因与从张三虎身体里采集的基因一致，死者确系张三虎女儿春妮……

天怒人怨，人间悲剧！

公安机关签发了命令，赵志宏被依法刑事拘留！

二十四小时突审……搜查住宅……走访群众，收集证据……令人失望的是，犯罪嫌疑人赵志宏拒不交代所犯罪行，坚持春妮不是他所杀。更重要的是，采取了一系列法律措施后，在赵志宏住宅和犯罪现场也没有收集到任何能证实其杀人犯罪的证据。唯一的证据是证人刘××的证言，但那也是含糊的。他说："从背影看着像赵志宏。"这种语焉不详、模糊的证言能作呈堂之供？能成为认定犯罪的证据吗？不能！法律这样说。不能！职责这样说。不能！良心这样说。

公安部的测谎专家请来了。也许犯罪嫌疑人赵志宏有超强的反侦查能力和心理适应能力，测谎专家也断言不能定案。案子陷入了僵局。法律规定的刑事犯罪羁押期限到了。这一天，公安局局长无奈地给犯罪嫌疑人赵志宏办理了释放手续。

从这一天起，受害人父亲张三虎用床单抱着女儿的一堆白骨，带着患病的妻子，踏上了漫漫的上访之路……

（四）

2011年10月的一天，我去省委机关参加全省矛盾纠纷排查调处工作会议。在省委门口，一对中年夫妇面向省委大楼跪着，面前摆着一堆白骨，男的双手扯着三尺白布，上面血书："状告公安局包庇罪犯，请求青天大老爷为民伸冤！"而比这血书更吸引眼球的是，那中年妇女竟裸着上身，露出胸前两个乳房，乳房上已有黄色液体流出……

随行的工作人员提醒我："这是咱们A市的上访老户张三虎。"

一阵惊悸涌上心头，羞愧之色顿时涌上脸面。作为A市的父母官，上不能为领导分忧，下不能为百姓解愁，是失职，是犯罪。我内心在深深自责，赶忙打发随行的工作人员把跪着的张三虎夫妇拉起，送回A市信访局，并责成A市公安局认真接待，认真办理并解决上访人的合理诉求。

2011年12月的一天，我在办公室接到老家一位亲戚的电话："我在北京火车站广场看见围了一堆人，便挤进去看热闹，发现是你们A市的上访户。男的喊冤，女的赤裸着上身，很不雅观，引得上百人围观。好像说女儿被杀害，公安局抓住了罪犯，见有人说情，就把人放了。这事你知道吗？你是A市的政法委书记，你得管管呀！不能把人丢到北京呀！"

面对亲戚的责问，我羞愧难当。情急之下，我立即安排公安局和信访局去人到北京，把张三虎夫妇接回来。

张三虎连续多次到北京、太原上访，造成了恶劣的社会影响。省信访局多次下发督办函，要求A市市委高度重视，限期解决。否则，将严肃追责。

职责所在，使命难违。我着手协调处理张三虎上访一案。

信访局局长提醒我说："向书记，张三虎一案上任领导也多次协调解决，但张三虎软硬不吃、油盐不进，谁也拿他没办法。上访人是人，我们要关心，该解决的问题要解决，该帮扶的困难要帮扶。但上访人又不是一般意义上的人，上访多年，有的思维偏激，人格分裂，性格偏执。对此，你要有思想准备。”

12 月 25 日，张三虎上访一案协调会在 A 市市委信访联席办会议室召开。参加会议的有公安局、检察院、法院、信访局、财政局、民政局、卫生局、乡镇等有关部门负责人。会议听取了公安局关于张三虎女儿被杀一案侦破工作的汇报，听取了信访局关于张三虎数次越级非访情况及 A 市历次协调解决其上访诉求的汇报，听取了乡镇关于对张三虎稳控的情况汇报，其他部门也发表了意见。在此基础上，我代表 A 市市委信访联席办，提出了解决张三虎上访一案的四点意见：

一、目前，治病救人是第一位的任务。张三虎之妻患乳腺癌多年，且已溃烂，有生命危险。从人道主义出发，现责成市卫生局、市中心医院立即安排张三虎妻子住院治疗，费用由政府财政承担。张三虎在妻子治病期间要履行好陪护职责，不得随便离开医院，不得上访。

二、案件侦破是化解上访的关键。对张三虎女儿被杀案，公安局要盯住不放，坚持不懈；案件不破，决不收兵。要在收集案件线索和固定证据上下功夫，拓宽办案思路，扩大排查范围，力争短时间里有所突破。

三、帮扶上访人的生活困难是政府的责任。张三虎多年上访，导致家徒四壁，债台高筑，生活无着，因访返贫。按照中央政法委对涉法信访案件当事人“四个到位”的要求：诉求合理的依法解决到位，诉求过高的思想工作到位，生活困难的救助到位，非法上访的依法打击到位。对他的生活困难问题，责成民政局给予适当的社会救济，政法委给予适当的司法救助。

四、对于张三虎在上访中的违法行为，公安机关要收集固定证据，依法打击。这一条要慎用，最好不用。张三虎女儿被害，其遭遇确实让人同情。

与会的各部门领导表态：坚决执行。

（五）

一周过去了。信访局长向我汇报四点协调意见的落实情况，结果令我大跌眼镜。

按照协调意见，A 市人民医院专门腾出病房，让张三虎妻子接受治疗，并派出最好的医生和护士，用疗效最好的药。但张三虎不尽陪护责任，不到两天就失踪了。妻子在病房里胡吵胡闹，嫌医院的伙食差，把饭菜摔在地上，嫌护士的微笑服务不够好，打骂护士。更为恶劣的是，她竟在病房里随地大便，闹得乌烟瘴气，严重干扰了医院正常秩序，医院怨声很大。

按照协调意见，民政局、政法委就社会救济、司法救助问题与张三虎商谈。张三虎一口价："一千万。否则，北京见！这一千万是买你们的乌纱帽。不信试试看！不撤你们几个官，我的张姓倒着写。"张三虎对试图做他工作的领导说。

按照协调意见，公安局加强了警力，加大了侦破力度，但仍没有有价值的线索。此时，内蒙古呼格吉勒图案、石家庄聂树斌案已由媒体披露，在社会产生了强烈反响。公安局担心审讯中出现刑讯逼供，造成冤假错案，决定在新的证据出现之前，不再对原嫌疑人赵志宏进行审讯。

几天后，市信访局接到省信访联席办通报：A 市上访老户张三虎又出现在北京火车站，要求派人迅速接回！接回的张三虎竟大吵大闹，说医院迫害他妻子，使他妻子的病情加重，要上访到北京；告医院草菅人命，要求医院赔偿损失五百万元……

（六）

对此，我无语了。

我想起了信访局长说的话：“上访人是人，但不是一般意义上的人。”也许他是对的。

古语云：可怜之人，必有可恨之处。他，张三虎，可恨吗？此刻，我却一点也恨不起来。对于他，我充满了同情：同情他的遭遇，同情他的不幸，同情他的偏执；甚至，同情他的疯狂……假如他的女儿不被杀害，还会有后来发生的一切吗？假如他的案件及时告破，还会有他的偏执和疯狂吗？所以，罪在犯罪，而不在犯罪的受侵害者……

犯罪，是一切罪恶的源泉……

离开A市很多年了，每逢A市公安局来人，我都会问：“张三虎女儿的案子有线索了吗？”

我多么希望，能有一位福尔摩斯那样的神探早日侦破此案，以告慰天下，告慰死者，告慰那两位已届耳顺之年的老人……

死有余辜

2006年至2010年，A市先后发生三起爆炸案，死亡五人，致伤一人。

经查，这三起案件背后，都有一只黑手在谋划、教唆、组织、实施；一个以营利为目的，以制造民用爆炸危险物品为手段，涉及多个乡镇、十几个当事人，集购买、运输、制造、销售为一体的罪恶链条，已经在地下悄然形成……

（一）

2006年7月的一个夜晚，已是11点多，正在睡梦中的柳湾镇柳堡村村民张明一家已进入甜美的梦乡。忽然，“轰”的一声，剧烈的爆炸声响起。他赶忙起床，穿上衣服，走出门外，观察动静。

只见隔壁邻居陶臣功家的西厢房冒出火光，映红了半边夜空。他和赶出门的周围邻居一起，急忙向陶臣功家跑去。

陶臣功家已乱成一团，西厢房已倒塌一大半，像地震后的残垣断壁，院子里一片狼藉。邻居们七手八脚，把陶臣功的老婆和两个孩子、两个外甥女从倒塌、燃烧的房屋构架中抢救出来。好在除了一点皮肉伤，被抢救出来的几个人都无大碍，只是受到了不小的惊吓，一个个灰头土面，呆若木鸡一般。

接到报警的 110 和派出所警察及时赶到。问及房屋起火和倒塌原因，陶臣功吞吞吐吐，欲言又止。后在公安人员的严厉审问下，他才老老实实交代了事情的来龙去脉。

原来，他是在连夜雇用亲戚制造火药、雷管时不慎发生爆炸，造成房屋起火并倒塌，人员被捂在废墟里。

知道了真相的邻居和村民改变了原先的同情态度，纷纷指责这一家人缺德，什么钱都敢挣，为了挣钱不顾死活，把邻居的生命也当儿戏。

陶臣功和他的老婆、孩子及侄女因触犯法律，被带到公安局接受进一步审讯。在审讯中，陶臣功交代出了幕后指使者史立业。他说："史立业是我的连襟，今年四十五岁。他早年在太原西山煤矿下过井，接触过雷管、火药一类东西，知道它销路好，来钱快。今年 7 月，他从太原煤矿买回来二点五公斤火药，又买回来两千五百枚纸筒存放在家中。观察一段时间后，他觉得风声不那么紧了，便和我商议，利用我家西厢房，找几个亲戚制作雷管，他负责销售，利润分成。昨天，他把火药和纸筒拉到我家，还示范制作了一百个雷管。没想到，今天才正式开始做，就发生了爆炸。真是老天有眼，这种害人的昧良心钱不能挣啊！"

根据陶臣功提供的线索，警察立即扑向史立业的住处。然而，狡猾的史立业已经逃之夭夭了。两个月后，史立业向公安机关投案自首。

2007 年 2 月 13 日，A 市人民法院经开庭审理认为，被告史立业、陶臣功以营利为目的非法制造爆炸物，其行为均已构成非法制造爆炸物罪。A 市人民检察院的指控事实清楚、证据充分，罪名成立。鉴于被告史立业犯罪后能主动投案、如实供述罪行，系自首，依法可从轻处罚；被告陶臣功在共同犯罪中起次要作用，系从犯，依法应当从轻处罚。二被告认罪态度较好，有悔罪表现，依法可适用缓刑。依据《中华人民共和国刑法》第一二五条第一款、第六十七条第一款，第二十七条第一款、第二款，第七十二条第一款，第七十三条第一款、第三款之规定，判决如下：一、被告史立业犯非法制造爆炸物罪，判处有期徒刑三年，缓刑三年。二、被告人陶臣功犯非法制造爆炸物罪，判处有期徒刑三年，缓刑三年。上述二被告缓刑考验期限从判决确定之日起计算。因判处缓刑，史立业被当庭释放，流落社会。

（二）

2007 年 11 月 19 日，是个周末。我回到了黄龙市的家里。

初冬的太阳挂在天空，闪着柔和的白光，似乎早已失去了灼人的烈焰。北风温和地刮着，抚摸着路人的脸庞，带着一丝丝寒意。路边的小草已经枯黄，树叶覆盖在青草上，泛着一层淡淡的白霜。已经落叶的高高的白杨树迎风挺立着，像光秃秃的旗杆一样，站立在道路两旁，迎接冬日里的游人。大地萧瑟，万木枯萎，但凋敝中透着一股生机，让人振奋，让人激动。正所谓：“冬天已经到来，春天还会远吗?”

我和爱人散步在五千亩的禹都公园，看远山近水，观水鸟嬉戏，品味冬日的美景，尽享假日的闲情……

手机铃声突然响起，打破了闲适的氛围。我很不情愿地接听了电话。公安局局长王怀德汇报说：“今日上午 11 时 20 分，我市一住宅楼发生爆炸，造成三人死亡，一人送医院抢救无效死亡，另有一人受伤……”我立即驱车，以最快的速度赶往五十公里外的 A 市。

爆炸现场位于A市凤金苑小区2号楼3单元4层西户。小区和单元楼门口已被警方用白色警戒带隔离开来，十几名全副武装的巡特警站立在那里，现场弥漫着临战的气氛。

我在公安局张副局长的陪同下，拾阶进入4层西户。张副局长说，案发后由于现场还可能遗留一些爆炸物，随时有二次爆炸、造成二次伤害的可能，作为案件侦破总指挥的王怀德局长果断决策：封锁整个小区，封锁案发现场，所有群众包括小区业主均不得进入，以确保群众生命财产安全。王怀德局长紧急调动公安局防爆大队警力，携带高密度测爆仪进入现场开展探测。待排爆手进入现场实施高精度作业，排除了隐患，确保了安全，才于半小时前降低了警戒级别，允许其他楼幢的业主陆续返回家中。

“凤金苑是个大的居民聚集区，面积两百余亩，开发楼房二十五栋，入住居民近两千人。如果不及时采取排爆措施，消除隐患，一则可能对居民生命造成严重威胁，二则居民下班回不了家，严重影响正常生活，可能引发恐慌和群体聚集上访，后果不堪设想。”张副局长说。

尽管有充分的思想准备，但进入401室后，眼前的景象还是让我吃惊不小：六十平方米的客厅几乎已不存在，变成了一个直径两米的大窟窿，直通下面三层住户。透过这个大窟窿，三楼客厅的摆设一览无余。大窟窿周边靠墙壁的地方是一圈半米高的建筑垃圾，有砖块石料，有水泥粉末，还夹杂着几件女人的鲜艳内衣，十分刺眼。

张副局长指着大窟窿说：“据现场勘查和初步分析，这里是爆炸原点，火药就是从这里起爆的。爆炸威力相当大，相当于几公斤TNT炸药。火药的成分已送省公安厅技术部门检验，正在等待结果。”张副局长指着客厅墙壁上的血污和敞开的窗户说，“三人当场炸死，血肉横飞，已无完整尸体，胳膊、腿分散四处，无法组合、辨认，惨不忍睹。你看，这墙壁除了大面积的血迹，还有附着的肉块。法医已经拍照取样，但还没来得及清理……”

我清晰地看见，在雪白的墙壁上，沾附着几片红褐色的肉块，像农贸市场猪肉摊位上散落的零星猪肉片……我心中涌起一片恐怖。现场虽已经过警察清理，受害者炸毁的尸体已运到医院太平间停放，但眼前的一切仍然让人如入人间地狱，阴森恐怖……但我是指挥员，我是战士，恐怖的气氛只能激起我的斗志！

从401室下来，张副局长指着对面一幢楼房的楼体告诉我：“爆炸的威力确实很大，尸体的碎块从401室的窗户溅出，直接粘附在对面这幢楼的楼体上。两幢楼的间距应在五十米以上。”

顺着他的手指，我隐约看见在楼体十多米的高处，有几处粘附在墙壁上的尸块和鲜血的痕迹……

离开现场时，在凤金苑小区大门口，我看见二三十号群众聚集在那里，情绪激动地喊叫着，诉说着……“那是被爆炸的2号楼业主们。他们因为警戒没解除暂时回不了家，扬言要上访。”随行的小区保卫科长说。

容不得半点延误，司机一踩油门，我在张副局长的陪同下，驱车赶往市政府会议室。“11·19”爆炸案应急指挥部就设在那里。

A市突发事件应急预案已经启动，全体政府机关相关部门进入临战状态！

（三）

A市市委原书记亲任应急处置指挥部总指挥，市政府黄市长任常务副总指挥，我和常务副市长、各分管副市长五人任副总指挥。

指挥部下设五个工作组：现场控制和案件侦破组、医疗救护组、善后工作组、后勤生活组、民爆物品排查组，分别由各分管副市长负责，公安、卫生、民政、安监、教育、信访等部门具体组织实施。

11 月 20 日，A 市召开紧急会议，部署在全市集中开展民爆物品大排查工作，制订并下发了《关于在全市开展涉爆物品大排查的紧急通知》。公安机关采取局领导包片负责的办法，对全市民爆物品生产、储存、运输、使用等各个环节进行重点检查，对重点场所、重点部位进行认真检查，对涉爆人员进行认真排查。各乡镇、街道、市直单位利用广播、电视、报纸等多种形式动员广大群众积极参与，举报线索。全市镇、村、组三级干部包村入户，深入排查，要求做到镇不漏村、村不漏户、户不漏人。在一千多平方公里的国土上打响了一场涉爆物品大排查、大整治的人民战争。

"11·19"案件侦破组在公安局长王怀德的一线指挥下，高效运转，各警种联合作战，案件侦破取得了突破性进展。

经查，"11·19"爆炸案是一起非法制造雷管引发的爆炸案件。犯罪嫌疑人吕宏法（男，四十四岁，柳湾镇西杜村村民）、雇工刘亚辉（男，四十八岁，柳湾镇西杜村人）、王娟（女，三十八岁，华强镇枣庄村人）当场死亡，吕宏法的儿子吕小波（男，十七岁）受轻伤。吕小波的同学刘峰（男，十七岁，桥坪镇青台庄村人）当时正在吕家看电视，也被当场炸成重伤，在医院经抢救无效死亡。现初步查明，犯罪嫌疑人吕宏法于 4 月 16 日在凤金苑小区购置了 2 号楼 3 单元 401 住宅，10 月 6 日入住，11 月 11 日开始雇人私造雷管。根据吕宏法生前通讯记录和其妻 ××× 口供，初步确定吕宏法非法制造雷管的原材料来源于山东菏泽、济宁、泰安一带，雷管制成品销往山西省吕梁市交口一带。案件发生后，A 市公安局刑侦大队兵分两路，分别赴山东、吕梁等地摸排侦查，抓捕相关涉案人员。

"11·19"爆炸案件的善后处理工作十分棘手。爆炸造成 2 号楼 3 单元上下六层十二户居民的住宅不同程度的破坏。城建部门派员入户开展建筑受损程度评估；政府为这十二户居民安置了临时过渡房，待经济损失赔偿工作到位、受损房屋修缮完毕后，再组织他们回迁。光这一笔费用，政府就先行垫付了一百二十余万元。更为棘手的是，因为发生了爆炸案，爆炸现场的血腥画面刻在了每一名业主的脑海里，久久挥之不去。凤金苑的业主们纷纷要求退房，要求房产开发商赔偿经济损失，有的提出精神损害赔偿。开发商以自己也是犯罪行为受害者为由，拒绝赔偿。愤怒的业主们走向A市市政府示威静坐，群体上访，向政府施加压力，要求政府为民做主，解决他们的合法诉求，维护他们的合法权益。

在政府常务副市长的领导下，城建、民政、法院、司法等部门形成合力，宣传有关法律、政策，耐心说服上访群众。不到一周时间，事态基本平息，业主们各得其所，各回各家，开始了正常的工作和生活。

令人意料不到的是，事情竟发生了戏剧般的变化。市面上风传，凤金苑的房子几公斤炸药都炸不塌，足以说明其建筑质量过硬，能抗八级地震。这一说法一传十，十传百。转眼间，凤金苑小区的售楼部门庭若市，人们纷纷托关系、打招呼买房。不到一个月，凤金苑闲置了两年多的房源销售一空，开发商笑得前仰后合，赚得盆满钵溢。A市几位智者闲来凑成一首打油诗，在坊间广为流传：

一声爆炸鬼门关，四条人命上了天。
铜墙铁壁炸不烂，一房难求全卖完。

严谨细致的警察不会放过任何一个蛛丝马迹，侦查工作正在继续，案件调查正在引向深入。围绕着“11·19”案件中原材料的来源和雷管的销路，经过深挖细查，一个幕后人物进入刑警的视野：史立业！

大量证据证实，史立业在缓刑考验期间仍不思悔改，伙同“11·

19”案主要嫌疑人吕宏法等人，多次在A市多处非法制造爆炸物品，并担任技术指导，负责火药等原材料的采购和制成品雷管的销售。史立业无疑是“11·19”爆炸案的主要嫌疑人，理应被依法严惩！

然而，当刑侦大队人马赶到史立业在市区租住的房屋时，他却早已不翼而飞，不见踪影了。公安机关向全市、全省发出了B级通缉令，一张无形的天罗地网在广袤的大地上悄然撒开。

（四）

两年半后，2010年4月16日下午4时许，A市鼓楼街道办事处下辖的玉堡村一出租屋再次发生爆炸案。爆炸致出租屋倒塌，一人当场被炸身亡。由于尸体血肉模糊，面目全非，一时不能确认死者身份。

爆炸案发生三小时后，警察正在拉起的白色警戒线里，在专业人员的指导下，谨慎有序地清理现场。忽然，一个中年妇女披头散发，哭喊着闯了进来。只听那中年妇女撕心裂肺地哭喊着：“立业啊立业，你还活着吗？你要是死了，丢下一家人可怎么活呀……下午我打电话你还好好的……一个小时后再打就不通了……我就知道出事了。报应呀报应……这是老天在报应呀……”

在场的警察强制性地把中年妇女带到派出所核实身份，进行询问调查。女人自称薛月娥，四十二岁，湾里镇涧东村人。她说：上午丈夫外出到玉堡村干活。下午3时许，她和丈夫通了电话。丈夫说正在搬运货物，晚上回家吃饭。一个小时后，她因有事连续五次拨打丈夫手机，却无法接通。她预感不妙。这时，市面上传来消息说玉堡村发生爆炸、一人当场被炸死，她一下子就昏倒了，隐约感到丈夫出事了……

“你丈夫叫什么？”公安人员问。

“史立业。”

“什么？史立业？”公安人员大吃一惊。

那个制造了两起爆炸案的主谋、幕后黑手，那个被公安机关全省通缉的重大逃犯史立业又跳出来了！公安人员不敢相信，这一切竟是真的。

我和公安局王怀德局长几乎同时赶到了现场。市委原书记、黄市长也先后赶到！

法医、刑侦技术人员火速赶到！经过对爆炸现场清理出来的尸体进行 DNA 检测，证实死者确系史立业。

“4 · 16”案件成功告破。除史立业被当场炸死外，其余四名相关涉案人员相继被抓获。经查，2010 年 1 月，张淑琴（女，四十一岁，× ×中学教师，已刑拘）为史磊（男，四十三岁，无业，租住玉堡村出租屋）、史立业、张二红（男，四十二岁，桥坪镇东营村人，农民）等人非法制造爆炸物提供一万元人民币，到湖南购买火药、纸筒等原材料。购回原材料后，利用张二红连襟外出开饭店而空置下来的房屋开始非法制造爆炸物——雷管。七天时间里，共计非法制造七箱雷管四万余枚。十余天后，通过王明学（男，五十五岁，桥坪镇东信庄村人）销售了两箱，共得赃款两万余元。4 月 16 日下午，史立业、杨杰把剩余的五箱雷管往史磊租住的玉堡村出租屋搬运时，突然发生爆炸，致史立业当场死亡。

4 月 17 日下午，A 市召开平安建设及民爆物品集中排查整治工作会议。我要求各乡镇、各街道按照属地管理的原则，认真抓好本辖区的民爆物品管理工作。各督查组要深入基层一线，采取强有力措施，以现场督查为重点，开展全方位、拉网式大排查，加大对重点涉爆单位的督查力度，发现问题及时提出整改建议，并建立督查档案，确保整治工作取得实效。

最后，谈到 2006 年至 2010 年 A 市先后发生的三起爆炸案，我义正词严、义愤填膺，动情地说道：“……三起爆炸案的组织者、策划者、实施者、技术指导者都是史立业。他为了谋取非法利益，竟置邻居和周围群众的生命于不顾。这种人必为千夫所指，人神共愤！史立业在‘4·16’爆炸案中被炸死，是死有余辜！”

全场爆发出雷鸣般的掌声，经久不息。

下葬在子夜

（一）

2016年12月25日，临近腊月。一场大雪降落在久旱无雨、干燥的黄土高原，空气一下子湿润了很多。人们都在眉飞色舞地谈论着这场不期而至的大雪，憧憬着来年。而我却有一股激情充溢心间，急于回到C县，回到我的工作岗位。只有回到我那间书房，坐在那张温馨的书桌前，我的心中才会静如一泓湖水，我的思绪才会理顺，我的灵感才会迸发，一排排文字才会如山中涌泉一样，从笔尖上流泻下来。

自从写作这本书开始，我的文思和才情突然被触发，整个人进入忘我和亢奋的状态，整天沉浸在跌宕起伏的场景和情节里，整夜神游在悲欢离合的人物命运中，不能自拔……

我要回到我的岗位，我要继续我的创作。顾不上漫天飞舞的大雪，我和司机驱车向位于中条山南麓的山区 C 县进发。车行到高速路口，透过雪帘，望见几个通道口醒目地亮起红灯和“×”号。那是高速路封闭的标志。“回吧，路封了。明天再走。”司机说。

“明天雪更大……”我口里念叨着。心想，不能这么一直耽搁下去，要加快写作进度才好。唯一的选择是走三级路。那是高速公路开通前 C 县通往外界的唯一老路，但要绕行中条山西头，需多走一百多公里。

司机一踩油门，轿车一头钻进漆黑的、厚重的雪幕中。四野茫茫，银装素裹，万籁俱寂，星光闪烁。轿车在崎岖的山路上盘旋上升，两束雪亮的灯光刺穿雪帘，刺破夜空……

到达 C 县，走进屋内，在温暖如春的书房坐下，墙上的挂钟显示为次日凌晨时分。这不由让我想起六年前那个子夜。围绕一起离奇的杀人焚尸案，为了维护 A 市即将到来的春节、元宵节的安全和稳定，广大政法干警、基层干部付出了艰辛的努力和心血。

（二）

A 市繁华的十字路口，坐落着一座三层酒楼。酒楼老板是当地小有名气的董刚。他前几年从经营夜市烧烤起步，靠辛苦赚取了人生第一桶金。手里有了硬货，便想着把生意做大。在老婆的撺掇和亲戚的支持下，他从饮食服务公司承包下这座三层酒楼，请起名馆的先生看了生辰八字，最后起名“杏花酒楼”。由于肯下苦，善经营，酒楼饭菜花样翻新，口味地道，物美价廉，一时生意火爆，顾客盈门；再加上老板娘能说会道，人又长得标致，杏花酒楼名声大振。不仅市面上各色人等、三教九流常常光顾，政府权势部门的公款消费也被收入囊中。有几年，A 市人大、政协会议的接待也在杏花酒楼举行。酒楼负一楼还附带有洗浴中心，常有踌躇满志的官员和脑满肠肥的商人出入其中。灯红酒绿，莺歌燕舞，一派歌舞升平、繁花似锦的太平盛世恍如秦淮河畔美人醉，悠悠丝竹惊魂梦。

家住柳湾镇北桥村、年方二十三岁、技工学校毕业的柴小明一年前经人介绍，来到杏花酒楼打工。他个子高高的，人略显瘦，头脑精明，善于讨好老板和老板娘，不长时间就被安排到了客房主管的重要位置上。这让同期应聘的伙伴们羡慕，嫉妒。只干了一年多，正春风得意马蹄疾的柴小明却不辞而别了。老板和老板娘的电话柴小明死活不接，后来干脆关了手机。情急之下，惜才如命的老板娘亲自出马，开车到柴小明家住的农村，三顾茅舍，苦口婆心，给他父母施以小恩小惠，总算说动了柴小明，答应回酒楼继续上班。

有亲密的伙伴问他："老板和老板娘那么器重你，你怎么就不领情?"

柴小明嗫嚅了半天，吞吞吐吐道："色字头上一把刀。"伙伴不明就里，一头雾水。

三天后，柴小明再次失踪。问家里，父母说没见人回来；打电话，手机已关，无法接通。

一周后，父母接到派出所通知，让他们到A市公安局刑警队。法医给柴小明父母做了抽血取样。父母问："抽血做什么用?"

法医答："做比对!"

"我的孩子找到了吗?"

"找到了。"

"他现在在哪里?"父母焦急地问。

"下午就叫你见人。"法医公事公办，面无表情。

父母隐约感到出了什么大事，心急如焚。下午4时，父母和几个亲属在法医的引导下，来到位于郊区的尸检中心。法医打开一个长方形的冰棺，只见一具被烧焦的尸体蜷缩在一起，面目全非，四肢被肢解，头部有一个大窟窿……惨不忍睹，十分恐怖，犹如人间地狱，令人不寒而栗。

法医面无表情地宣读尸检报告："经血样对比鉴定，死者系柴小明……"

父亲号啕大哭；母亲未及发声，当场昏死过去……

谁之罪？是谁残忍地杀害并肢解了柴小明？凶手在哪里？

政府在哪里？严惩凶手，还我孩子！

严酷的现实、惨烈的画面——刺激着每一个村民的神经。他们震惊了！他们愤怒了！他们咆哮着，哭喊着，像一股巨大的洪流，冲破堤岸，冲破羁绊……

（三）

第二天，一个更加震惊的消息传来。A 市公安局刑警队接报，杏花酒楼的老板，年方四十三岁的董刚，在中条山一处邻近市区的山洞里服毒自杀。尸体边是几个中华牌香烟烟蒂，还有一个打开的百草枯药瓶。据现场勘查的侦查人员汇报，死者生前服用了大剂量的药物。经解剖，死者肠胃已高度腐蚀，面容狰狞，呈极度痛苦的抽搐状。

不到一周时间，杏花酒楼的老板和客房部主管先后离奇死亡，一时间在 A 市掀起轩然大波。市民们在茶余饭后、晨练散步之际，议论着，分析着，猜测着这两个人之间、两起案件之间的关联，还是没有任何关联，纯属独立个案。

命案必破！更何况是两起命案！两起复杂的人命案！严峻的挑战又一次摆在 A 市公安局面前！

全警动员，协同作战！一场惊心动魄的侦破大会战打响了！

（四）

三天后，A 市公安局局长王怀德向我汇报：经过缜密侦查，大量证据证实杏花酒楼的老板董刚是杀害柴小明的凶手。他对柴小明怀着极大仇恨，系典型的报复杀人。他经过周密计划和精心准备，以谈话为名把柴小明骗到家里，凶残地用砍刀在受害人头部、脖子等处连砍数刀，致受害人当场毙命。后又移尸地下室，将尸体残忍地肢解，并用事先准备好的编织袋装上肢解的尸体，开车运到十几里外一个废弃的桥洞，浇上汽油，点火焚尸。之后，凶手董刚将车开到中条山一处山洞，喝农药自尽……

“凶手的作案动机是什么？”我问，“或者说，凶手为什么对死者抱有那么大的仇恨，不仅大开杀戒，而且肢解焚尸？”

“这……这个不好说……”王局长面露难色，“凶手董刚自杀前没有留下任何遗嘱。搜查其住宅和办公室，也没有发现任何只言片语。”

“作案动机是什么？这个一定要查清楚，一定要给死者家属一个交代。”我严肃地提出要求。

“向书记，恐怕这个案件不能给死者一个清楚的交代。”

“为什么？”我惊奇地问。

“目前怀疑，仅仅是怀疑……被害人柴小明与老板娘有不正当男女关系，被老板发现。老板董刚怀恨在心，报复杀人，肢解并焚毁尸体……”

“有证据吗？”我步步紧逼。

“在案件侦破中，我们接触到一个酒店服务员。他说，一天夜晚该他值守。凌晨两三点时，他看见一个身影从老板娘房间出来，神色慌张，衣冠不整。从背影判断，那人就是柴小明。那几天老板外出西安，老板娘独守空房。他说看见这一幕才理解了柴小明说过的‘色字头上一把刀’，也才理解柴小明几次不辞而别。这个服务员还说，他认为是老板娘主动引诱的柴小明。以柴小明胆小怕事的性格，是不敢主动下手的……”

真相大白……祸起萧墙……

色字头上一把刀。真真切切的千年古训，在柴小明的身上应验了。他为此付出了生命的代价。

（五）

死者为大。

在向家属通报案件侦破结论时，公安机关只通报了凶手是杏花酒楼的老板董刚，对其残忍的犯罪手段、严重的犯罪情节和情杀这一犯罪动机没有提及。一是为死者讳，怕受害者家属难堪，面子上过不去；二是因为没有过硬的证据，仅从一名服务员偶然碰到的一幕形成推理分析，不能作为认定的直接证据。

死者家属对案情无法理解，提出了几大疑点：一是死者系年轻人，身强力壮，杀害他决非董刚一人所为，定有同谋、同犯。二是董刚如在家中杀人，在地下室分尸，难道没有任何迹象，邻居就不能发现？三是，董刚如属服毒自杀，为何选在山洞里而不是家里？四是，老板娘作为最大嫌疑人，出事之后不知去向，为何不予追究？

老板娘是本案重要人物，是连接两个男人的纽带，是她让两个人卷入感情旋涡不能自拔，从而酿成人生悲剧。她是这场悲剧的总导演、总策划，这样重要的人物怎么能缺席审判呢？

是的，她很漂亮、性感，拥有了这个时代一个女人所能拥有的一切自负的资本。这是上天给予她的特殊恩赐和眷顾，但她没有打好人生这张牌。在出手感情这张王牌时，她过于奢侈、贪婪，几近疯狂，导致全盘皆输。

当柴小明出现在她眼前那一刻，她就蠢蠢欲动了。柴小明既不英俊潇洒，也不风流倜傥，只是单纯、阳光，涉世未深，但他身上潜藏的气质还是吸引了她，让她一个三十二岁的中年少妇欲罢不能，找各种机会向他靠近、再靠近。而这种机会是大量存在的，因为她是主人，而他则是一个打工仔……终于，她得手了……在一个夏天闷热的夜晚，丈夫出差在外，她骚动的身体驱使她走向深渊……

饮鸩止渴，欲壑难填。一次次冒险，一次次疯狂——这对畸形的姐弟恋在演绎着旷世恋情和人生悲剧。

纸包不住火。在一个风雨之夜，丈夫窥见了一个颀长的男孩的身影从妻子房间溜出，身上仅搭有一条白色浴巾。奸情暴露，愤怒像火山一样喷发……人生彻底绝望……经过一番精心预谋，一场血腥、残酷的凶杀开始实施……

也许是出于爱，他没有把复仇的尖刀对准美丽的妻子。他要这个他曾经疯狂爱过的女人在痛苦、悔恨、自责中度过余生，心灵受尽炼狱般的折磨。也许，这才是对她这个女人的最大报复……

（六）

从那个风雨之夜的奸情暴露开始，老板娘就预料到，一场人生的暴风骤雨即将来临。

从发现柴小明第二次失踪、手机联系不上，她就预感到出事了——丈夫的报复行动开始了。但她没想到，这迟到的报复竟是那么惨烈、疯狂，如火山喷发，似雷霆万钧，像十级台风，瞬间吞噬了人间美好的一切。曾经疯狂的女人此刻十分冷静和理智，选择了向公安机关报案，让柴小明失踪之谜揭开了谜底。

选择即人生，人生即选择。一次错误的选择导致了人生的悲剧。一次正确的选择却可以反转人生，弥补以前的过错。老板娘这一次的选择挽救了自己。经公安机关侦查认定，没有充足证据指认老板娘参与了凶杀案件和丈夫的自杀行为。她是无罪的，公安机关不予追究。

她是无罪的吗？不！在心灵深处，她是有罪的，而且罪孽深重，罪行累累……她将面临道德法庭的审判……这个无罪的女人将戴上心灵的手铐，在道德的监狱里终身监禁，在人们的鄙夷和不屑中服役无期徒刑……

三天后，这个女人在给公安机关留下五万元赔偿金后，竟在 A 市蒸发了，从此不见踪影。她远走他乡。她销声匿迹。她遁入空门……

（七）

对于死者家属提出的四大疑点，公安机关刑侦人员一一做出了合法、合情、合理的答疑和解释。但家属、亲戚和村民的情绪仍像烈焰一样在燃烧，似地火一样在翻滚。尤其是死者家属提出的百万高额赔偿金得不到落实成为了导火索，群众的不稳定情绪瞬间被引爆了。

2010 年 12 月 15 日，北桥村愤怒的村民百十号人抬着棺材，举着白幡，亲属穿着白色的孝衣，浩浩荡荡地开进 A 市市委大院，敲锣打鼓，大放鞭炮。市委大院一时人声鼎沸，热闹非凡；加上围观群众，一时竟有上千号人。这严重干扰了机关正常的工作秩序，堵塞了正常的交通。

根据市委书记的指导，市委、市政府立即启动了突发紧急事件应急预案。我任总指挥，在公安局视频指挥中心全权指挥突发事件的处置工作。一、调兵遣将。按一比三的警力配置，三百名整装的警察不到十分钟全部到达指定岗位。二、锁定目标。通过高清视频监控探头，五名挑头闹事者、打砸抢人员进入公安机关的视野。三、疏散群众。公安局分管治安的李副局长在现场向群众喊话，要求围观市民限期撤离，不得在市委大院滞留。否则，造成的法律后果自负。四、政策攻心。在李副局长的带领下，公安局、信访局领导两次跟死者亲戚和挑头人员做工作，讲法律、讲政策、讲后果，要求死者家属通过正常的法律途径、走依法维权的路子，指明非法上访的违法性及其可能导致的法律后果，教育群众用实际行动维护大局稳定。几经劝说无效，任你苦口婆心，推心置腹，死者亲属无动于衷，拒不撤离。人群中有挑头者带头呼喊口号，扬言要冲击市委办公大楼，火烧市委机关。

形势一触即发！再不采取果断措施，局势将无法控制，后果不堪设想。指挥中心一声令下，三百名警察如虎下山，扑向五名挑头闹事者和现场活跃分子……现场其余胁从者和围观群众一见之下，如鸟兽般散去……洪水退潮，大火去势，局面趋稳。十分钟后，A 市市委大院完全恢复了往日的平静，恢复了正常的工作秩序。

经公安机关研究决定，五名闹事者因违反治安管理处罚法、严重扰乱社会秩序，被依法拘留！

临近年关，A 市市委多次召开会议，要求各级党委、政府采取强力措施，全力维护社会稳定，保证人民群众过一个欢乐、祥和、平安的春节和元宵节！

死者柴小明的棺材还放在家里，家属拒不下葬，以此来要挟政府，提出巨额赔偿和其他无理要求。

这一矛盾如不能及时有效化解，将成为“两节”安保工作的重大隐患。一场围绕着下葬的较量和博弈就此展开。

（八）

市委成立了由政法委副书记牵头的工作队，成员包括乡镇、公安、司法、律师、民政等政府有关部门，进驻死者所在的柳湾镇北桥村，依靠镇、村干部开展面对面的思想疏导工作，调处、化解矛盾纠纷，力争尽快做通工作，督促家属早日让死者入土为安。

在工作组强大的攻势和细致入微的思想工作面前，家属思想防线有所松动，提出了两个条件：一是在原有赔偿数额基础上减半，即五十万元，钱到便下葬；二是政府立即放人。

实际上，死者家属也承受了巨大的压力。“12·15”事件中，他们原以为闹一闹可以吓倒政府，闹一闹可以解决问题，满足他们提出的过高要求，没想到公安机关一出手，立即就稳定了局面，他们的七个亲戚和村民被关进了大牢。物极必反，弄巧成拙。被抓的亲属不干了，天天上门闹事，向死者亲属要人。这让他们坐立不安，里外不是人。再者，他们也听到一些风声，知道柴小明在外面与有夫之妇勾搭之事。派出所放出话来，如果家属再这样死磨硬扛不下葬，就要召开案件听证会，把案情起因公之于众。到那时，柴家人的脸面该往哪儿放！

对于家属提出的第一项条件，政府答复：在本案中，凶手已经自杀身亡。根据法律规定，免除死者的刑事责任。凶手妻子只留下五万元处理善后事宜——杯水车薪，解决不了大问题。唯一的办法是由政府机关启动司法程序，依法查封、冻结凶手生前经营的资产——杏花酒楼。但这需要一个过程，死者家属不能据此拒不下葬。

对于家属提出的第二项条件，政府的答案是：七个嫌疑人违反法律，严重干扰机关正常工作秩序，依法应予严惩。但考虑到本案的实际情况，从法律效果和社会效果相结合的原则出发，可以考虑先对其中四人取保候审，其余三人等下葬完毕立即办理取保候审手续，予以释放。但柴家人坚持款到下葬、立即释放全部在押人员。否则，拒不合作。

双方僵持不下，处于胶着状态。

（九）

12 月 18 日，在个别人的鼓动下，一些村民竟故伎重演，抬着棺材、顶着白幡，走出村庄，再次向县城进发。

时间已是腊月二十了，再有九天就是春节了。空气中弥漫着鞭炮、火药的香味，年味越来越浓。此时此刻，如再发生冲击市委的事件，影响该有多大，会给老百姓带来多大的不安全感。

工作队闻讯，立即调集警力，在柳湾镇路口设卡，把非法上访队伍拦截在乡镇，没有造成更大的负面影响。在工作队的安排部署下，乡镇、村、组三级基层干部和警察组成突击队，再次向这个顽固的堡垒发起冲锋，攻城拔寨，攻坚克难，连续三天三夜登门入户做工作，动之以情，晓之以理，口干舌燥，头晕目眩……

柴家人自知理屈，终于定下了下葬日期。工作组也从人道主义出发，答应从公安机关查封的凶手董刚的存折中支出二十万元，先行支付给柴家；先期再为两人办理取保候审手续，予以释放；剩下一人作为人质，以督促柴家人履行下葬承诺。

12 月 25 日，腊月二十九。这是柴家人跟政府承诺下葬的日子。为了防止出现变故，一大早，镇村干部就来到柴家。一是帮助柴家处理后事，二是督促柴家赶紧将死者下葬。

让干部们大失所望的是，柴家根本就没有兑现诺言的迹象——既没有按照农村的风俗起火搭灶，也没有亲戚、邻居前来吊唁问候，完全像没事发生一样。更为可怕的是，柴小明的父亲竟不知行踪，神秘地消失了。父亲是家里的主事人、顶梁柱，他一走，下葬的事岂不成了黄花菜？过往的努力岂不前功尽弃？

乡镇干部们傻眼了，面面相觑，手足无措，电话报告到工作组。组长、政法委副书记命令，就算是上天入地，也要立即把人找到！

接到这位副书记的电话，我也感到事态严重。我严肃批评工作组工作不细致，给柴家人留下了空档；同时要求公安机关增派警力，全力搜索，不放过任何可疑线索。

直到下午 5 时左右，乡镇派出所一名警察才在村头一位村民家中的柴火堆里，找到躲藏了一天的柴小明父亲。

柴父冻得瑟瑟发抖，嘴唇发紫，乡镇干部把自己身上的大衣脱下来给他披上。柴父感动得热泪盈盈。但谈到下葬，他仍然振振有词，坚持要把最后一个人先放出来。他说：“我怕政府不讲诚信，人下葬了不放人。那样的话，叫我怎么见人家妻儿父母？”

工作组坚持先下葬再放人。双方针锋相对，互不退让。

（十）

腊月里天黑得早，村庄里一片漆黑，远处不时传来一阵阵狗吠。零星炸响的鞭炮提醒人们年关已近，春节已进入倒计时，新年正一步步向我们走来。时间考验着人们的耐力，时间考验着双方的意志。

避开柴家人，政法委副书记给我打电话："向书记，这样拖下去怎么下场？不然，先放人？"

放人简单，但最后一个人放出去了，等于失掉了手里的王牌，失掉了杀手锏。一旦柴家人失信，人放了却不下葬，这匹脱缰的野马如何驾驭？残局如何收拾？我仍然坚持先下葬、后放人。

柴家人再次被激怒了。在他们的煽动下，一伙村民抬着棺材，第三次向市区出发，直奔市委机关而去。他们扬言，要抬着死人在市委过大年。

我立即命令全体警察迅速集结，分别在北桥村口、柳湾镇口、市区路口布下三道防线。我下了死命令："坚决不允许闹丧队伍跨过最后一道防线，要确保全市人民度过一个平安的春节！"

闹丧队伍浩浩荡荡，如洪流一般连续突破了村口、乡镇两道防线，向市区最后一道防线开进。

公安局王怀德局长带领五十余名警察，摆开架式，威风凛凛，严阵以待！凛冽的寒风中，公安局王怀德局长亲自喊话："我是A市公安局局长。我严正警告你们！你们的行为已严重违反了法律，扰乱了A市的社会治安秩序！由此造成的一切法律后果，由你们自负！奉劝你们立即悬崖勒马，回头是岸。否则，公安机关将依法采取强制措施，坚决打击！"

法律的尊严显灵，法律的威慑力产生作用。瞬间，这支七拼八凑的闹丧队伍止步不前了，敲打吹弹的声音戛然而止。乡镇、村干部及时赶上来做思想教育工作。

“我们还有一个人在政府手里押着，这么闹大了不好……”闹丧队伍中，一个老者善意地提醒死者家属。

在强大的攻势面前，这支队伍终于掉转头，吹吹打打地向村庄的方向退却。

晚11时，前方报告：“向书记，棺材已向墓地进发。”

晚11时40分，前方报告：“向书记，棺材已到墓地。”

晚12时10分，前方报告：“向书记，棺材已进入墓穴。”

晚12时50分，前方报告：“向书记，坟头已垒起！家属要求放人。”

第二日凌晨1时整，我向看守所所长下达命令：“放人！”

此时，漫天的雪花飞舞着，刺骨的寒风呼啸着，漆黑的原野被大雪覆盖起来，一片银白的世界。

远处传来密集的鞭炮声，绚丽的烟花在夜空高高升起，把空旷的夜晚装扮得五彩斑斓。

2011年的春节到来了！

愿天下无杀戮

（一）

“……我已瘫痪，所以我也没有了脊梁；我挺不起腰杆，所以我活得卑微……活在这个世上，我已一无所有，可怜得只剩下眼泪……但我还是克制着不让眼泪流出来，为了那点可怜的自尊。我活得很累……可我还有自尊吗？……”

“三十年，在历史的长河中不过是短短的一瞬间，但对一个人来说，却是生命中最美好的时光！而我作为脊髓损伤者，人生中最美好的时光被禁锢在轮椅上。回想过去，漫长而屈辱，仿佛一个世纪！”

“家人放弃了我，社会抛弃了我，我自己也放弃了自己！人生没有希望，生活没有目标，日子过得颓废而绝望！我没有精神失常，甚至绝望到情绪失控时我都没有自杀——不是我坚强，而是我不甘心！如果我真的死了，那冤屈真就石沉大海了……”

这一声声泣诉，一声声呼唤，反映着一位截瘫女青年的心声。她就是我们的主人公，姚芳，A 市柳湾镇后沟村人。她今年三十八岁，已在土炕和轮椅上度过了二十年的苦难和绝望岁月；今后的岁月，也将在轮椅上度过。

一切皆源于二十年前那个月黑风高的夜晚。那年，她十八岁。

（二）

十八岁，对于一个青春少女来说，是多么美好的年龄！生活充满了希望，充满了梦幻！人生的门刚刚向她打开！透过门缝，她看见了里面的缤纷四溢、五彩斑斓和绚丽美景。然而，也是在十八岁那年，生活那扇刚刚开启的五彩门，却无情地向她关闭了。

1989 年 3 月 18 日夜，姚芳和同村女伴去邻村看电影回来，路过村口一个砖窑。这时已是夜晚 10 时左右，初春的天气还带着一丝寒气，天上几颗寥寥的星辰闪着白光，但抵挡不住夜色的沉沉黑暗。两个少女正沉浸在对幸福的憧憬里，路边砖窑里忽然窜出一个黑影，把两个少女截住了。姚芳和女伴惊呆了。黑影扑向女伴，女伴挣扎、哭喊。反应过来的姚芳勇敢地扑向黑影，解救了女伴。女伴挣脱了，急忙向村中跑去，连喊：“救人……”

黑影不甘心失手，把魔爪伸向姚芳。她拼命搏斗着，挣扎着，反抗着……她用反抗、搏斗来捍卫一个少女的尊严！黑影，不，此时已经不是黑影，是一个凶手——姚芳记住了他的轮廓：中等个，瘦瘦的、长脸——恼羞成怒，丧心病狂地把他得不到手的猎物推进路边的枯井里。这一摔，彻底改变了一个少女的命运。那个枯井五米多深，里面全是垃圾和废弃的砖块。姚芳失去了知觉。醒来时，已是两个多小时后了。女伴叫来的家人和村民七手八脚，把姚芳从枯井中打捞上来，赶忙送往乡镇医院。病情严重，姚芳双腿已失去知觉，急需手术。但当地医疗条件根本达不到，医生让她立即转院。

“那时，家里除了外债，一毛余钱都没有！为了能转院，父亲三天三夜没吃没睡，挨门挨户地筹钱。三天后的晚上，我们转院去了西安。”姚芳回忆说，“转院的那天晚上下着好大的雨。一路上，雨淅淅沥沥下个不停。直到西安，雨还一直在下，整整下了一天一夜！仿佛老天也在为我的悲哀而悲愤……”

（三）

村干部及时向柳湾镇派出所报了案。辖区发生如此严重的案件，派出所领导自然不敢懈怠，立即责成警务区展开调查。当警察到达案发的砖窑时，犯罪嫌疑人早已逃跑了。

窑主是本村人王××。他说：这小子是外地人，是经本地人介绍、于两个月前来砖窑打工的。

警察立即进入窑工住的窝棚，搜寻有价值的线索。窝棚里一片狼藉，简直不像人住的地方。在犯罪嫌疑人用砖块铺就的床铺上，警察提取了一个遗留下来的提包。里面有一张纸片引起了警察的注意。它是监狱发出的“刑满释放证明”。

警察眼前一亮。刑满释放证明上载明：姓名：王增柱。籍贯：山东省聊城市莘县天头乡南张村。出狱时间：1988年12月30日。

对姚芳下手的窑工竟是一名有前科的刑满释放人员！释放后就来砖窑打工了；不到两个月时间，就再次犯罪！实属恶贯满盈、作恶多端的累犯！累犯是政法机关打击的重点对象！

警察马不停蹄，赶赴八九百公里外的山东省莘县天头乡南张村开展侦破工作。当地村干部讲，王增柱二十余年未回村里，不知去向。

家里老人已双双去世，再无亲人，至此为止，线索中断了。

（四）

姚芳陈述：住院后，我高烧不退，身上又起了褥疮；将近一个月后体温才正常，也才做了手术。

手术之后，我天真地以为可以站起来了。但命运就是这样捉弄人！我在床上整整趴了三个月，最后竟然坐都坐不起来了！大小便还是失禁，腰部以下还是没有感觉，两条腿更是像木棍一样一动不动！那种崩溃的感觉，无人能体会！

随后的日子里，我像婴儿般要从坐开始康复。第一次坐起来，那种艰难不亚于登天！我躺在床上，像个僵尸，无论使多大的力气，背就像被吸在床上一样一动不动！最后还是父亲帮忙，在背后连推带扶，我才摇摇晃晃地坐起来；背后垫上高高的靠垫，我还东倒西歪地坐不稳！人也感觉天旋地转，就像坐在山顶上一样看啥也不真实！

曾经那么健康的人，竟然成了连坐也坐不了的人！这事在很多年以前听起来就像天方夜谭，却真实地发生在我身上！以后虽然每天坚持针灸和物理治疗，父亲还锻炼我站立，但效果并不明显。就这样，我们还在西安坚持了一年。父亲倾家荡产，就为了我能站起来，哪怕是拄着拐杖。可现实还是很残酷。最后，实在拿不出医疗费时，医生对父亲说，你们是自费，花不起这钱的。他说我是压缩性骨折，一块骨头正好压在脊髓上，脊髓损伤严重，很难恢复；只有通过康复锻炼，才能改变现状！被医生判了死刑，无疑晴天霹雳。那种悲伤，那种绝望，语言都显得苍白，很难准确表达我的心情！

为了给我治疗，不仅倾家荡产，父亲甚至背负了高利贷！一年的时间，父亲一米八的大个竟然瘦得不到一百斤，整个人也苍老了十岁。那一年，父亲才四十三岁！

父亲无奈地背我回家，步履蹒跚，沉重而缓慢。那感觉真让人窒息！现在想起来，我都感到压抑！听别人说，回家时，父亲的眼神都是恍惚的！很长一段时间里，父亲都憔悴无力，甚至无语……

我的悲哀，无论对我还是家人，打击都是毁灭性的！它毁了我的一生，也毁了我们家的幸福。很多年里，我们家没有了笑，只有父母的相互指责！奶奶听到我出事，备受打击，不到一个月就去世了！而那时，我和父亲在西安正为手术焦虑。家人为了我们不分心，一直瞒着我们！直到一年后，我们回到家才知道奶奶早已去世！奶奶的去世成了父亲一生的遗憾，也是我一生的愧疚。对于家人，对于父母，我都罪孽深重！

我成了残疾人。这仅仅是我悲剧人生的开始。回到家，因为生活所迫，父母完全放弃了我的康复和治疗！甚至没钱给我买一辆轮椅。我八年都没有轮椅，生活的所有空间就是我家的土炕！父亲空闲时会背我到院子里，坐在藤椅上见见阳光！现在的人也许很难想象我们家当年的困境，就我坐的那把藤椅也是父亲的朋友送的！两个弟弟也因此差点辍学，家里的日子更是饥寒交迫。再大的痛苦，我也没有理由喊痛！

没有轮椅对我来说，并不是最痛苦的事。我最害怕的是生病。长期卧床，身上的褥疮总是不断。每次我都是用卫生纸沾上婴儿粉敷上，然后趴上一个月，一动不动。父亲说过，你可以什么也不用做，但就是不能生病！有一次褥疮很严重，我用自创的方法半年都没好，最后导致高烧不退！父母给我找来医生打点滴。一个星期里，点滴只能保证白天体温正常，一到晚上就发烧。父母手足无措！父亲更是吼我，怪我喝水少，身上有了炎症；又怪我吃饭少，抵抗力差了！我的泪只能往肚子里流！我没有任何理由去辩解！其实，那次发烧只是因为褥疮！这么多年，我活得小心翼翼，战战兢兢，就是害怕褥疮发作！

身体上的伤痛我都可以忍受，但精神上的荒芜却让人崩溃。那时家里没有电视，没有书籍，唯一的电器就是一个手电筒！几年后，还是一位叔叔——父亲的朋友，给我买了一台收音机，我的生活才有了生机！它也是我们家唯一的大电器！

1997年，市残联送了我一辆轮椅，我才获得了自由！我可以不用老躺在炕上，可以自由地去院子里呼吸新鲜空气了。我感觉像囚徒获得自由般的激动！

我不是囚徒，却过着连囚徒都不如的生活；我没有犯罪，却承受着比罪犯还严苛的惩罚！我不明白，这是命运捉弄还是世事不公！因为时至今日，没有人为我的悲剧承担责任，分担痛苦！而我却要为此耗尽青春，受尽煎熬！这么多年，我一直生活在心灵的囹圄里，活得屈辱而卑微！

我从枯井里被救上来，父亲也来了。当时就报了案，并把凶手的相片、刑满释放证等一切证据都交给了派出所。凶手是砖窑的雇工，刑满释放人员，山东人；事后逃跑。

我在西安住院一年，案子也就悬了一年，根本没有人过问！回家后，父亲跑派出所，也无结果。无奈，父亲希望窑主能给我们以经济上的赔偿，窑主却百般推卸责任，甚至带上村委会主任帮他说话！父亲跑了大半年，几乎跑断了腿，派出所的人才说，窑主只能拿出七百元，但我们家必须和窑主签协议！协议内容是：无论以后凶手是否抓住，都和窑主没有关系！为了那七百元，为了生存，我的父亲无奈地签了那霸王协议！

此后，因生活所迫，父亲实在无力为我的案子耗时间，一家人还要活下去。父亲说，不能因为我而赔上全家！他要努力赚钱养家！父亲完全放弃了我的案子，但家人把愤怒转嫁于我，甚至以我的遭遇为耻辱。这么多年，我得不到家人的理解，甚至没有话语权！我更无理由悲伤。我情绪一激动，家人就会说，你干了什么有理的事！很多年来，我每天几乎不说话。一段时间里，我甚至怀疑自己失语！

家人放弃了我，社会抛弃了我，我自己也放弃了自己！人生没有希望，生活没有目标，日子过得颓废而绝望！我没有精神失常，甚至绝望到情绪失控时我都没有去自杀——不是我坚强，而是我不甘心！如果我真的死了，那冤屈真就石沉大海了！

所以，我努力。这么多年，我几乎把生命的全部都用来写信上访，但可悲的是，我耗尽了青春也没有讨回公道！

（五）

姚芳的信访引起了上级领导的关注。1998 年 10 月，最高人民法院一名领导批示，责成 A 市认真受理信访人的诉求，查清犯罪事实，依法追究犯罪人的刑事责任，维护信访人的合法权益。

A 市公安局再次派员开展调查工作。这一次，他们从关押犯罪嫌疑人的汾河市第三监狱入手，希望找到有效线索。然而，调查的结果出乎所有人的意料。监狱狱政科一位领导告诉他们，犯罪嫌疑人王增柱又名王现民，曾用名王兴进，1991 年在洪洞县景村砖厂干活时因涉嫌故意杀人罪、强奸罪，被汾河市中级人民法院判处死刑，1992 年 1 月 22 日被执行死刑。

也就是说，于 1988 年 12 月 30 日刑满释放仅两个月后，罪犯王增柱对无辜的十八岁少女姚芳下了毒手、造成其高位截瘫后畏罪潜逃。之后不到两年，他第三次犯罪，也是故意杀人和强奸的重罪，被人民法院执行死刑。真是一个恶贯满盈、罪行累累、双手沾满受害人鲜血的杀人恶魔！

警察向审判此案的法官询问：死刑判决书中是否有在 A 市一砖窑把一名十八岁少女推入枯井的犯罪事实？得到的答复是：没有。罪犯没有交代这一犯罪事实，也没有任何人向我们反映、举报过这一事实。

警察将汾河中院的判决结果告诉姚芳，她不敢相信这是真的。警察将罪犯被执行死刑时的照片拿出来让她辨认，她不敢相信这就是那个夜晚把厄运带给她的魔鬼。

警察让当年在砖窑边种地的一村民辨认，他一眼就认出照片上被执行死刑的人就是1989年在砖窑打过工、后把姚芳推入枯井的王增柱！但姚芳坚持认为不是一个人，因为两个人的名字不一样：刑满释放证的名字是王增柱；死刑判决书上的名字是王现民。姚芳以公安机关敷衍塞责、她的案件至今未破为由，向中央、省、市各级政法机关频频发出控告信，再次走上漫漫无期的信访之路。

（六）

2011年8月，我接到姚芳的亲笔来信，哭诉自己的悲惨遭遇，要求政法机关依法查办，为一个残疾女青年主持公平和正义。"……我不是囚徒，却过着连囚徒都不如的生活；我没有犯罪，却承受着比罪犯还要严苛的惩罚……我不明白，这是命运捉弄还是世事不公？因为时至今日，没有人为我的悲剧承担责任，分担痛苦……而我为此耗尽青春，受尽煎熬！……这么多年，我一直生活在心灵的囹圄里，活得屈辱而卑微……"

受害人的声声呐喊让人震惊！女青年的血泪泣诉撼动人心！我着手督办这起闻所未闻、世所罕见的残害少女案。首先，我听取了公安局关于案件侦破工作的汇报。

公安局负责此案的崔副局长汇报：残害姚芳的罪犯原籍山东聊城莘县，因早年父母双亡，从小流浪在外，跟家乡失去联系，浪迹江湖。可能因为反侦查能力强，他频繁地更换名字，频繁地变换打工地点，频繁地实施犯罪。现已查明，罪犯曾先后在不同地方使用过王增柱、王宪民、王现民、王兴进等多个名字……但经多名与其有交集、熟悉他的人辨认照片，证明这些名字确系一个人。也就是说，残害姚芳的王增柱和在汾河市因故意杀人、强奸被执行死刑的王现民确系一个人。我们已对相关证人进行了询问并制作了笔录，这是合法的证据。公安机关的意见是：既然罪犯已被执行死刑，可以撤销案件了。

我问："这个事这么就算了了吗？"

崔副局长回答：能了的只是刑事案件。民事案件还可以启动。当然，前提是有人在这起案件中有过错，应当承担民事赔偿责任。另外，国家也可以对受害人启动司法救助。这些都是救济措施。

"窑主有没有责任？"我问，"姚芳要起诉窑主，要求其赔偿经济损失。这在法律上能站住脚吗？"

"这个不属公安局管辖。民事赔偿问题要由法院民事审判法官或律师来回答。"

我立即通知法院分管民庭的高副院长到场。高副院长针对这一问题，答复如下："最高人民法院关于《人身损害赔偿案件适用法律若干问题的解释》第九条规定：雇员在从事雇用活动中致人损害的，雇主应承担赔偿责任。雇员因故意或过失致人损害的，应与雇主承担连带赔偿责任。但是，这里的致人损害仅限于民事侵权行为，不应该包括犯罪行为。对于雇员个人的刑事犯罪行为，应由具有行为能力的雇员个人承担责任，不应该由雇主承担责任。在本案中，姚芳主张由窑主承担赔偿责任于法无据。本院不予支持。"

8 月 11 日，我带领政法委、公安局、法院、司法局、法律援助律师等有关机关工作人员，驱车来到 A 市柳湾镇后沟村姚芳的家中。乡镇领导和村干部也陪同一起到来。

这是一座普通的农家院落。坐北朝南三间土房是姚芳和母亲的住处，西边两间厢房是哥嫂和侄子、侄女的住处。村干部介绍，姚芳哥嫂与他们虽已分家，但至今仍同住一个院落。家里有两个孩子，经济拮据，没有收入来源。村里给他们全家三口办了低保，为姚芳办了"五保"。

姚芳坐在椅子上，被母亲推到北房的台阶上。母亲站在轮椅后面，两只手不停地梳理着女儿长长的头发，看得出她对这个苦命女儿的舐犊之情。

姚芳，一个坚强的年轻女性，虽然遭受了命运的无情打击，但脸庞依然丰满圆润，眼神依然坚毅明亮，头上依然长发飘飘，神情依然坦然洒脱。可以想象，二十多年前，她是怎样一个青春靓丽、聪明活泼、对生活充满幻想和渴望的少女。可以想象，如果不是二十多年前那场犯罪和人生变故，她的生活该有多么甜蜜、幸福！她的人生该有多么灿烂、绚丽！她也许早已走进大学校园，在绿荫下漫步、读书、思考。她也许早已迈入婚姻的殿堂，在花前月下享受着爱情的滋润，收获着人生的幸福。她也许早已加入公务员或企业白领的行列，在工作中奉献着自己的智慧，实现着人生的价值。

然而，人生是现实的，现实是残酷的。现实是——她是个残疾的、依靠轮椅行走的人。她至今没有进过大学校园，校园是她永远的梦……她至今没有收获爱情的甜蜜，婚姻是她永远的痛……至于公务员、白领，对她而言，更是遥不可及……她做梦都不敢想……

我代表随行的各部门向她和她的母亲表示慰问，勉励她向张海迪学习。我说："你很坚强，你就是我们身边的张海迪。"姚芳不好意思地低下了头。在阳光的照射下，她的面色显得健康、红润。我把一万五千元司法救助款交到她手里，告诉她，这是政府的关怀，希望她坚强地生活，做生活的强者。

残联的同志向她捐赠了一辆新的轮椅。宣传部的同志向她赠送了图书。但是，当公安局的同志向她通报案情，说明案子已侦破、罪犯已伏法、她可以息诉罢访了的时候，姚芳却一反常态，激动地说："不！"愤怒地想从轮椅上站起来，"不行……坚决不行……你们公安局不能骗人，不能糊弄人……两个罪犯名字不一样，一个叫王增柱，一个叫王现民……怎么可能是一个人……你们要拿出证据来……没有证据，我死也不认……我还要上访，我不会放弃！”

在场人士面面相觑，我显得尤为尴尬。

（七）

姚芳的案子成为我的一块心病，让我久久不能释怀。我要彻底查明真相，扫除心头的疑云，也要还受害人一个明白和合情、合理、合法的解释。

我委派执法检查科科长王伟忠亲赴汾河中院，调取、复制了该院（1991）汾市法刑初字第五十四号刑事判决书。判决书的内容让我心惊肉跳，惊心动魄。

公诉人：刘旺才，山西省人民检察院汾河分院检察员。

被告人：王现民，又名王兴进。男，三十八岁，汉族，文盲。山东省莘县天头乡南张村人，农民。一九八〇年五月二十一日，因强奸、抢劫罪被判处有期徒刑十二年，一九八八年十二月三十日释放。一九九一年十一月十二日被刑事拘留，同年二十二日逮捕，现押汾河市看守所。

上列被告人，因杀人、强奸一案，由山西省人民检察院汾河分院提起公诉，本院依法组成合议庭，于一九九一年十二月二十四日进行了不公开审理。经审理查明：

被告人王现民，一九九〇年在洪洞县景村砖厂干活期间，对在远景焦厂看风机的女青年董希萍产生强奸的意图。后于一九九一年八月二十五日晚九时许，携带电线、棉花套从砖厂窜至远景焦厂风机房处，趁无人之际，将董希萍颈部卡住，往其嘴里塞上棉花套，用电线反绑双手于背侧，将董挟持到焦厂西野地进行了强奸。事后，唯恐董告发，又将董挟持到距焦厂五里路一土窑洞内，将董的双腿用电线捆住，棉花套搓成条状塞入鼻孔，致董当即窒息死亡。被告王现民作案后畏罪潜逃至大宁县曲峨乡黑城砖厂，后于一九九一年十一月十二日在汾河长途汽车站由监管的管教人员认出，报告公安机关被抓获归案。

上述事实，有报案材料、现场勘查笔录、尸体检验结论、证人证言及作案用的棉花套、电线所证实，被告亦供认不讳。

基上所述，被告人王现民强奸致死人命的事实清楚，证据确实充分，确已构成强奸、杀人罪。其性质严重，手段残忍，情节特别恶劣，社会危害极大。经合议，并由本院审判委员会讨论，依照《中华人民共和国刑法》第一百三十二条、第一百三十九条、第六十一条、第五十三条第一款之规定，判决如下：

以杀人罪判处被告人王现民死刑，剥夺政治权利终身；以强奸罪判处王现民有期徒刑十年。决定执行死刑，剥夺政治权利终身。

一审宣判后，王现民以量刑过重为由，向山西省高级人民法院提出上诉。二审法院依法组成合议庭，经审理认为：上诉人王现民故意杀人、强奸的犯罪事实清楚，证据确实充分，已构成强奸罪、故意杀人罪。原审定罪准确，量刑适当，审判程序合法，王系累犯应予严惩。其所提量刑过重的上诉理由系为自己开脱罪责，本庭不予采纳。经本院审判委员会讨论，依照《中华人民共和国刑事诉讼法》第一百三十六条第一项规定，裁定如下：一、驳回上诉。二、维持原判。

根据最高人民法院依法授权高级人民法院核准部分死刑案件的规定，本裁定为核准王现民死刑的终审裁定。

1992年1月22日，山西省高级人民法院院长签发执行死刑命令，将罪犯王现民验明正身，执行死刑！

（八）

这是一个穷凶极恶、罪大恶极、不杀不足以平民愤的犯罪分子！其作案手段极其残忍，灭绝人性，丧尽天良，与残害姚芳的犯罪分子同属一类，如出一辙……由此我直觉：公安机关的查证、判断是正确的，王现民就是残害姚芳一案的元凶！

私下里，我暗暗捏了一把汗：善良的少女啊，我为你哀伤！哀伤你的悲惨遭遇，哀伤命运对你的残酷和不公。善良的少女啊，我又为你庆幸！庆幸你躲过了一次灭顶之灾，庆幸你躲过了命中一劫！你丧失了健全的身体，却保全了生命。生命，对人只有一次。它是人世间最宝贵的。留得青山在，不怕没柴烧。留住了生命，就留住了希望。留住了生命，就留住了一切。

姚芳，一位善良、美丽、坚强的女性，愿你走好今后的人生路，愿你丰富、充实你的精神世界，愿你坦然、勇敢地面对人生的苦难……

苦难，对于热爱生活的强者来说，何尝不是人生的财富？

犯罪，是人类的丑陋。杀人，是人类的劣根。它是人性中恶的、丑的、兽的本性的大爆发、大暴露。它是人类最可诅咒、最可谴责、最耻辱、最丧失人性的行为。如果说，天下无贼是文学家描绘的虚幻乐园和老百姓的美好期盼，在进入21世纪的今天，天下无杀戮则应成为执政者和人民群众共同追求的价值选择和社会理想。

我欣慰地看到一则新闻：2014年，中国每十万人杀人案件降至零点七起，成为全世界杀人案件发案率最低的国家，连美国新当选的总统特朗普都为之羡慕、钦佩、向往。而同期每十万人杀人案件，英国一起，法国一点二起，印度三点三起，美国三点八起，俄罗斯九起，巴西二十六点五起。

这是中国共产党作为执政党向全中国人民交出的最好答卷。这也是中国共产党执政的中国政府向世界提供的建设和谐世界的最好方案和最好模板。

愿天下无杀戮！

别了，A 市

转眼，已是十年。十年风雨人生，十年峥嵘岁月。

2012 年，是换届之年。根据黄龙市换届方案要求，我必须交流到其他县（市）任职，或到其他岗位任职。

与我同期到 A 市任职的同行，有的先我一步离开 A 市，有的已任职到新的工作岗位，唯有我，一个岗位一屁股坐了十年，任劳任怨，无私奉献，无怨无悔。

说真心话，我感谢 A 市，给了我一个一展身手的平台；我感谢政法委书记这个岗位，让我真正接触到社会，拥抱了生活，经历了风雨，增加了历练。

尤其是换届前这一年的经历，那场震撼灵魂的暴风骤雨，让每个人都展示出自己真实的面目，让每一个人物的命运都发生跌宕起伏的变化。世界像是一个万花筒，急剧地变幻出不同的图案，让我这个一腔热血的战士头晕目眩，一时不能适应……

在那个千变万化的时期，我坚守住了人生的底线、法律的底线和道德的底线。幸运的是，我尽到了一个战士的职责和本分。

我始终是一个战士。

> 莫听穿林打叶声，何妨吟啸且徐行。竹杖芒鞋轻胜马，谁怕？一蓑烟雨任平生。

孤独中，寂寞里，我一遍遍地吟诵着苏轼的词句，感受着诗人官贬黄州时的悲壮情怀和豁达心境……

组织决定，让我到 B 县工作，仍任同一职务：常委、政法委书记。

离别的日子在即，心中是依依不舍的情分。热土难离，情难舍。

5 月 3 日，是赴任的日子。我早早来到办公室，与前来送别的同志一一辞行。

机关的几位司机、工勤人员说：“向书记要走了，让咱们最后一次为领导擦洗一次车。”对他们，我最少关心，最少付出，而此刻，他们却捧出一颗金子一样的心来待我，让我无颜以对。

9 时，公安局王怀德局长来送行。他告诉我，一会儿有个公安局技侦大楼建设的奠基仪式，安排孙副市长讲话。

我问：“怎么没通知我参加？”

王怀德局长面有难色：“考虑到你要走了，怕不方便。”

王怀德局长与我是同甘共苦、无话不谈的战友，他的苦衷我理解。但我要忠实履行职责，站好最后一班岗。“我现在还是 A 市的常委、政法委书记，组织还没有正式免去我的职务。”我对王怀德局长说，“临时调整议程，让孙副市长主持，我宣布开工。离开前，我要以这种方式和 A 市警察们告别。”

王怀德局长答应："好，我现在就安排。"

10时整，我来到了A市公安局大院。眼前是一排排整齐列队、英姿飒爽的百余名警察。

十年来，作为一名指挥员，我与他们一起摸爬滚打，在一个战壕里出生入死，结下了生死的战斗友谊。我为他们侦破的每一起案件、取得的每一份成绩而感到由衷的欢呼和骄傲；我为他们经历的每一次挫折、遭受的损失而焦虑、忧心和自责。

曾记得，刑侦大队三中队侦破省市督办的入室盗窃、杀人案，市委政法委不仅发出表彰决定，而且破例在A市大酒店设宴为三中队全体警察庆功。

曾记得，刑侦中队长、教导员的副科级待遇落实不了，一度影响到工作积极性。我带领王怀德局长向市委书记、组织部长反映，在市委常委会召开前五个小时采取紧急补救措施，立即启动干部推荐、考察程序，使刑侦中队长的任命在市委常委会上一致通过，在各县（市）公安局中走在了前列。

曾记得，十年间，先后有七名警察、法警以身殉职或病逝在工作岗位上，我都怀着同志情、战友情亲赴家里吊唁，慰问，在遗体告别仪式上与亲密的战友告别，泪沾衣襟，泪洒长天……

一桩桩，一件件，历历在目，如在昨日……

10时30分，在孙副市长的主持下，奠基仪式开始。

我上前一步，高亢洪亮的声音在公安局大院回响："现在我宣布，A市公安局技术侦查大楼建设正式开工！"

一时间，鞭炮齐鸣，锣鼓喧天。在鞭炮炸响的烟雾中，我走出公安局，和B县派来专程接我的同志一起坐上轿车，离别A市，向新的目标奔去！

人生，从此翻开了崭新的一页！

写在后面的话

这部书稿构思有几年了，但最终撰写成功，只用了不到两个月。蓄积酝酿的时间长了，所思所感就像埋藏、压抑的火山找到了突破口，瞬间便爆发了。

在写作的近两个月里，我每日都处于亢奋状态，情感的潮水时刻在放纵奔流着。一坐到书桌前便文思泉涌，语言像不竭的河流一样川流不息，从记忆的闸门喷涌而出……

我似乎在宣泄着一种情绪，似乎要借助这些文字来证明什么。文学是圣洁的女神，文学不能有任何功利的目的。但此刻，在我心中，文学是功利的。我要用她来证明自己；或者说，我急于用她来证明自己。最初的书名叫《黄河见证》，我的功利目的由此可见一斑。

文学似乎从来是中国传统文化“穷则独善其身”的最好注脚。而当下，我似乎正处于这种“穷”的境遇中。因此，我需要用文学来证明自己，表白自我。

十六岁，在现在人眼中，还是一个稚气的年龄，而我却踏上了去北京的火车，到北京一所大学报到，开始了四年的大学生活。从家乡到北京，火车票是十五块钱。路上要颠簸一天一夜二十多个小时。一个懵懂少年，在首都北京，世界正向他打开一扇陌生而新鲜的大门。

四年里，除了读书，大学生活没有留给我更深刻的记忆。没有花前月下，没有丝竹觥筹，没有人生设计，没有青春洋溢。

二十岁那年，大学毕业，怀揣一纸文凭，带着满脑子的西方理论，一头雾水般被推入社会，扎进了最基层的现实生活。

……

三十年的岁月转瞬即逝，现在的我已是五十多岁的人了。

五十而知天命。五十，是个承上启下的年龄。你还不是老年人，但你已向老年人的行列迈进了。于是，你的心中惶惑。于是，你的脚步趔趄。面对过去，你会不自信，你会反问自己：我这三十年，究竟干了些什么？我这三十年，过得有意义、有价值吗？

你会油然而生一种失败的情绪。你会下意识地认为，自己是个失败者。但情不由衷，你也会下意识地抵触、批判这种情绪，认为自己还是做了一些有意义、有价值的事情的。

情郁于中，自然发之于外。于是，你想到了文学。你需要让文学来证明自己。于是，就有了这部《法佑苍生》。

文学是残缺的艺术；艺术是残缺的人生。呈送在你面前的这部《法佑苍生》，也是残缺的，或者是不完美的。

它本该有二十三章。《暴风雨来了》原定为第二十四章，写向志远离别A市之前发生的一系列事件。也是这一系列事件，注定了本书中许多人物的命运，也注定了向志远的悲剧走向。

这也许是本书中最出彩、最有张力的重要一章，书中人物至此展现了人性的复杂多变和命运的坎坷起伏。权衡利弊之下，我还是忍痛割爱了，朋友们也劝我不要去触碰那些事件。

我问朋友："作为一个政法大学的毕业生，在这个现实复杂的社会中，我有什么价值？"

朋友答："在那一系列事件中，在那场暴风雨中，你守住了人生的底线、法律的底线。这就是你作为一个政法大学毕业生的价值。"

我释然。

我有了自信。

我有了人生的底气。

我的底气来自生活。作为人生的开场大戏——《啊，我的青春》展示了我十六岁上大学之前的生活。那是1994年的作品，发表于我们家乡的文学期刊——《黄龙文学》。这次出版《法佑苍生》，我下决心把它收录进来。虽然从内容上它与其他篇目有些不符，缺乏逻辑上的关联，但它与它们有一种精神上的传承。我的人生信念和理想来自《啊，我的青春》描写的那个时代。

关于这篇不成熟的作品，我和本书责编萧晓红女士在微信上有个交流："你对这篇作品有什么评价？"

"《啊，我的青春》让人震撼。"

"何以见得？"

"在这部作品中，那个时代中国人的生存状态与渴望有了具体、透骨的表达，显得真实而有力。”

感谢萧晓红女士的评价。她不仅在评价一篇作品，更是在评价一个时代。

在本书的写作中，我尝试在文体上探索创新，试图开拓出一条公文体纪实文学的路子。所谓公文体纪实文学，顾名思义，就是在作品中插入、引用大段的领导讲话、大段的会议纪要、大段的诉讼法律文书，以真实再现官场的政治生态和执政党的执政方式，彰显社会治理能力现代化这一时代主题。欢迎读者诸君对这一探索和创新给予宽容、理解和批评。

值得一提的是，过去、现在的同事、朋友为此书的写作，收集并提供了大量的原始材料，也提出了宝贵的修改意见，还在打印、校对全部文稿方面尽了很大努力，在此一并表示衷心的谢意。

仇红学

2017 年 4 月 6 日晚于 C 县

附录

心香一瓣

书稿在写作过程中，与同事、朋友分享了部分篇目。他们阅后，热情地与我进行了微信互动，算是对作品的评价吧。现摘录一二，以飨读者。

拜读了你的作品，更感动于你的人品！无论你在哪里，都是尽职的领导！作品充满人情味！按现在的话说，很接地气！

——微信名：珠海峰兄

刚拜读完大作，五体投地。书记独创公文体纪实文学，融情、景、实为一体，真实地反映了在A市工作的冰山一角，抒发了对A市山山水水的赞美之情和对人民的深厚感情。我工作最愉快的一段就是在你手下那九年，感谢书记对我的关心、关怀！借此机会，提前祝全家鸡年大吉，万事顺利！

——微信名：思安

认真拜读大作，感觉很有生活底蕴。形式偏重于札记。能看出来您扎实的功底、流畅的文笔！可喜可贺！

——微信名：泓一

《愿天下无杀戮》写得非常好。姚芳是不幸的，也是万幸的。当时她可以逃跑，却为解救同伴而遭不测，有着舍己救人的高尚品格。是啊！一场变故，顷刻改变人生。可见社会治安何等重要！司法部门担负的任务艰巨！你的工作是神圣的，任重道远；你是公民的守护神！

——微信名：子兰

你有丰富的人生及深厚的工作经验，如能再多点故事和演义，作品会更引人入胜，将会更有魅力。

——微信名：泓一

《槐树沟捉鬼记》是好有深度的一篇作品。我有时候觉得只有电视剧里才有的情节，可就发生在现实中。看得我好激动。

——微信名：SPARKS

《愿天下无杀戮》已拜读完毕，心情久久难以平复，仿佛间有君深夜伏案奋笔疾书抑或敲击键盘嗒嗒声的画面。字里行间诉说着女主人公心中之怨恨、命运之不公及君心中之怜悯与义愤。当女主人公面对嫌疑人已死时，有电影《我不是潘金莲》的感觉。拜读君之作品，领略君之才华、文笔之底蕴，甚感佩服，佩服！

——微信名：SPARKS

《新来的市委书记》写得非常好。针对新旧两位领导展开，各种描述形象、细致、幽默。此篇也对各级领导班子是个提示——团结一致的重要性。

——微信名：子兰

你人生最大的价值在于你坚持了做人的道德底线！你虽然不能达则兼济天下，但那颗温暖的心足以溶化坚冰。为你祈祷——前途光明，人生无悔。

——微信名：了了

《写在后面的话》这般慷慨激昂，这般文思泉涌，这般襟怀坦荡，这般信手拈来……人的一生何其漫长，却又何其短暂！三十年弹指一挥间，你为司法奉献半生心血，无怨无悔，只想做得更好。只恨光阴迅速，如再有三十载，你的奉献会更加可歌……每篇纪实作品里，你的感慨、你的正能量都会让读者明了当今司法领域的杰出战果与执法者素质的差异。如都能守住人生底线与法律底线，人间更会充满阳光，充满希望。

——微信名：子兰

有些干部级别升了，地位高了，却腐败了。你的自信与公认是一致的，你守住了人生的底线，守住了法律的底线。你的工作是庄严而神圣的！你的言行无愧于你的人生！

——微信名：子兰

真正善良的人，见惯世间的险恶，内心却仍然充满善意和慈悲；看过世间的凉薄和冷漠，仍然温暖地过生活；即使在荆棘中穿行，亦不改良善的初衷。你的善良里藏着你的“贵人”和运气。善良是容人之行，助人之道，更是爱人之德。曾子曾说：人而好善，福虽未至，祸其远矣。做一个了悟世事却依然善良、快乐前行的人！

——微信名：了了

意气风发豪情壮，案必躬亲旨警忙。疾恶如仇魔鬼降，一心为公正气扬。人生如戏有反常，世事难料非自量。黄河岸边诉衷肠，中条山下书沧桑。

——微信名：如风